Fabrice Tassel

LES ÂMES FRÈRES

ROMAN

DU MÊME AUTEUR

Déraison d'État
(Denoël, 2012)

Courir dans la neige
(Les Escales, 2017)

Fabrice Tassel

LES ÂMES FRÈRES

ROMAN

Stock
arpège

ARPÈGE *n. m.* En musique, succession de notes distinctes formant un accord. Par extension, collection littéraire dédiée aux harmonies romanesques.

Couverture : Hokus Pokus

ISBN : 978-2-234-08826-9

Il ne savait plus quel homme il était.
Il m'a dit qu'au bout d'un certain nombre d'années
nous acceptons une vérité que nous pressentions mais que
nous nous cachions à nous-même par insouciance
ou lâcheté : un frère, un double est mort à notre place
à une date et dans un lieu inconnus
et son ombre finit par se confondre avec nous.

PATRICK MODIANO, *Chien de printemps*

Quand j'entends dire que la souffrance confère
une certaine densité à l'écriture, je ne suis pas d'accord.
Ce n'est pas vrai, pas plus que l'idée qu'il faudrait écrire
dans la joie. Il n'y a de vérité que dans le travail :
écrire, travailler, corriger, et encore corriger.
Je ne fais que cela.

ANTÓNIO LOBO ANTUNES

1

C'est d'abord un grincement aigu. Puis des coups sourds. La tôle rouillée chahutée par les vagues frotte contre le quai, on dirait une peau qui se déchire sous la pointe d'un couteau. Mon cœur bat trop vite, il a comme des ratés lorsque les roues des voitures attaquent les lourdes plaques en fonte du ferry. Partout des hommes s'agitent, courent, poussent, portent, tirent, de longs filets de sueur assombrissant leur peau farinée de poussière. Dans ce genre d'endroit l'uniforme est épargné, leurs polos multicolores dessinent un kaléidoscope s'animant au rythme de leurs longues foulées, jambes aux os anguleux qui surgissent comme deux baguettes d'un short sans fin. Ils se démènent tant qu'appuyé contre un mur, un léger tournis m'oblige à regarder le sol. Mes intestins forment un nœud bien serré, je n'ai rien avalé depuis mon départ de Charles-de-Gaulle il y a une quinzaine d'heures. C'est trop tôt, l'espace n'efface pas la trahison et la colère, il ne purge pas l'humiliation qui s'y est enkystée. Les bruits prennent le pouvoir, de gros oiseaux noirs tournoient et saturent le ciel limpide de leurs cris.

C'est un paysage parfait pour une arrivée, un endroit qu'on devrait ne pas vouloir quitter. Mais dans un quart d'heure ou une heure, au gré du travail des hommes bariolés, je quitterai ce quai balayé par le vent. J'ai besoin de mouvement, comme ces vagues qui ne s'apaisent pas et projettent la coque contre de gros pneus. Mon cœur s'emballe encore davantage, mes artères palpitent, l'épuisement de ces dernières semaines enfermé dans le petit bureau prêté par Fiona, les yeux usés, le cœur transpercé, le corps cassé, m'envahit. Le souffle redouble, les crêtes blanches cisaillent la ligne d'horizon, des paquets de poussière mêlée de sable volent et obligent à tourner la tête, les odeurs de poisson grillé et d'épices piquent le nez. Je n'ai rien à vomir, je pourrais rester des heures les yeux fermés à attendre qu'on me dépose quelque part. Je cherche la légèreté de la seconde, l'impossibilité de laisser mes tourments se déployer. Je pars nettoyer les mensonges dont les années ont accouché, mettre à vif les éclats de vérité jusqu'à les rendre douloureux, purger ma vie, comme si c'était possible. Je veux trier le vrai du faux, devenir l'archéologue de mon histoire, saisir du bout de ma pince une décision, une émotion, une image, l'examiner sous toutes les coutures et la reposer sur le tapis. Ou la jeter dans la poubelle.

La longue file des locaux s'étire, patients et volubiles, je ne comprends pas un mot mais la musique de leurs voix me rassure, l'attente semble normale, personne ne me prête attention. Je ne suis qu'une ombre, un étranger en jean et T-shirt noir, au visage creusé, soutenu par un mur, un sac à ses pieds, qui aimerait savoir repousser le temps qui vient, comme ces nuages de mousson à l'approche. Une fourmi grimpe sur le bout de ma chaussure, je me concentre sur ses efforts pour se propulser sur la bordure en caoutchouc avant de progresser sur la toile. J'attends le dernier moment pour, de mon autre pied, la pousser avec délicatesse sur le sable.

Enfant, je détestais torturer les insectes. Loïs, lui, adorait ça. Dans la forêt derrière la maison familiale, les cheveux collés sur le front par la transpiration, il arrachait de ses doigts fins une longue patte, puis une autre, les sourcils froncés, avant de broyer le tronc, le rouler entre son pouce et son index puis le jeter au milieu des broussailles, et des vieilles pierres d'un bâtiment en ruine qu'il aimait fouiller, « ici c'est la chasse au trésor, crois-moi Julien ! » C'était moi, l'aîné, qui tremblait d'effroi dans cet univers sombre et humide d'où jaillissaient des colonnes de fourmis. « Tu crois que la reine va nous dévorer ? », grognait Loïs, sadique. Je le laissais s'amuser de moi, il était si heureux que je l'aie accompagné. Je redoutais plutôt qu'il n'aille trop loin dans ses bêtises. Ce n'était pas seulement son année de moins (douze mois et quatorze jours) qui m'inspirait cette crainte, c'était son attirance pour l'interdit, l'éclat de ses yeux quand il s'apprêtait à se jeter d'un mur peut-être trop haut. « Toi, Julien, t'as peur de tout. » Et il se lançait dans le vide. Son rire se dispersait dans la lumière et j'observais la courbe de son saut sans pouvoir m'empêcher de l'admirer. Moi, je calculais ce que j'allais gagner ou perdre, et souvent je rebroussais chemin pour contourner le mur.

Je ne sais plus vraiment dans quel camp, celui des vainqueurs ou des perdants, je me situe. Mais les dés sont jetés, je m'accroche à cette certitude.

Loïs ne craignait personne, « l'autre » semblait un territoire conquis d'avance. Quand il courait vers des inconnus, amis des parents ou cousins de passage, je restais figé, les bras le long du corps, la méfiance instinctive et les lèvres serrées pour embrasser ces peaux étrangères et froides. « C'était bizarre, on avait l'impression que tu enfilais un masque dès que quelqu'un arrivait à la maison », m'a un jour dit mon père. Loïs avait ri, j'avais rougi, je devais avoir environ vingt-cinq ans. J'aurais pourtant dû être habitué, c'était le plus souvent de moi qu'on se moquait. Pas méchamment, mais comme je trouvais rarement une formule pour répliquer, ou alors trop tard, j'étais une cible facile. J'ai besoin d'assembler tous les éléments d'un sujet avant de m'exprimer, l'inverse de mon frère avec ses reparties brillantes et désordonnées. Mais quand mes idées sont en place, ça fuse. Ce sera le cas dans les prochaines semaines. Si les mots refusaient de prendre forme dans ma bouche, mes poings étaient souvent serrés, jointures blanches, face à ses moqueries. Ce n'était pas une envie chaude, concrète, de le frapper mais le seul fantasme d'interrompre son rire par un coup donnait naissance à des images qui m'effrayaient. Je me faisais parfois peur, gonflé d'une violence dont je ne soupçonnais pas l'existence, dissimulée par mon calme de tous les jours. Même à vingt-cinq ans je cherchais encore ma place, dans l'intimité de notre famille, dans l'immensité du monde. Je l'ai compris bien plus tard, et je découvre encore l'ampleur de ma quête.

Loïs mon frère, mon héros du mercredi après-midi, Loïs mon infini silence, mon double de sang, mon absence, mon étranger, mon évidence, ma victoire et ma défaite, ma vérité et mon mensonge, celui dont j'arrête parfois de me demander si je l'aime (parfois c'est aussi lumineux qu'impossible), ça me rend fou. Car il y a mille façons d'aimer, non? À contretemps, quand les mots tombent toujours au mauvais moment. En silence ou dans les hurlements. En se détestant. En douceur ou un miroir brisé à ses pieds. Mon cœur est comme anesthésié, les années ont effacé trop de bons souvenirs pour ne retenir dans leurs tamis que les violences du présent. Ou peut-être n'ai-je jamais cessé de l'aimer et le temps n'est qu'un fil qui s'étire de joies en peines, tendu mais incassable? Le revoir ferait-il fondre ces résistances tapies dans ma poitrine et mon cerveau, y existe-t-il une zone dédiée à la résilience? Des gens souffrent d'aphasie, cette incapacité brutale à prononcer le moindre mot. J'ai déjà assisté à des réunions où un intervenant s'est retrouvé ainsi, le visage figé par la stupeur, incapable de libérer un mot, un de ces foutus milliers de mots qu'il avait préparés pendant des jours. J'ai même vu un collègue essayer d'en aider un autre dans cette situation, avant de bégayer tant la tension était forte. Nous avions tous fini par éclater de rire. J'ai été terrassé par une aphasie de la vie, celle qui m'a amené sur ce quai.

Une nuit où je l'appelais, certain qu'il ne décrocherait pas, j'ai enregistré au dictaphone son message d'accueil. « Bonjour, Loïs Bracher. Pas dispo, mais jamais très loin, à vous. » Sa voix grave, si loin de son filet de cadet, m'accompagne quand je le souhaite. Il l'ignore, bien sûr. Les jours de rage, lorsque je me repasse les événements à froid, je suis prêt à effacer ces huit secondes qui me semblent jaillir de la bouche d'un imposteur. D'autres jours un élan de tendresse m'assaille et je me repasse la bande plusieurs fois d'affilée. « Pas dispo, mais jamais très loin. »

La colonne des passagers s'agite, des cris retentissent et les bagages s'empilent comme par miracle sur les épaules et les dos des hommes qui maintenant ruissellent. Dans quelques minutes j'emprunterai la passerelle pour m'installer sur une des chaises en plastique rouge qui traînent sur le pont. Le bateau s'arrachera du continent, et moi de ce présent incandescent. Tout sera prêt pour que notre histoire prenne la place qui lui revient et dessine, enfin, l'architecture de nos vies. Je vais m'éloigner de quelques heures vers l'ouest. Cela n'a aucun sens, la Terre est ronde et je finirai bien, si je prolonge mes sauts de puce, par revenir au point de départ. Je suis un fuyard qui a laissé ses instructions, ses petits cailloux. Les blancs couleur vérité, les noirs peints de mensonges.

2

Je viens de rentrer d'un jogging, mon rituel du samedi. Une heure et demie les yeux fixés sur le bitume parisien, enragé contre les muscles qui s'enflamment, à ne penser qu'à mes jambes et mon souffle rythmé par une brève ritournelle surgie de nulle part. Les baskets enlevées, encore ruisselant, je m'étire au milieu du salon, fier de n'avoir pas lâché au terrible quatorzième kilomètre, celui qui vous fait regretter votre lit, lorsque la voix de mon père envahit le téléphone. Alors que j'ouvre la porte du frigo pour saisir une bouteille d'eau pétillante un frisson me parcourt, une intonation suffit pour saisir que « quelque chose » va se passer. Puisque sa voix est depuis des années la même, calme et douce, épousant le rythme lent et régulier de sa vie, la seule précipitation avec laquelle il me lance « Loïs, ça va, je ne te dérange pas, tu as deux secondes ? », comme s'il peinait à reprendre son souffle, révèle un état d'excitation, de panique, de peur ? Mon père, le maître du silence, exprime une émotion. Enfin. Il est discret, gentil, il a des goûts simples et sûrs, comme ma mère d'ailleurs. Mais c'est un homme, et le constat vaut aussi pour elle, dont je ne saurais dire s'il a joué un rôle décisif dans mon existence, son origine mise à part. Un homme important, que j'aime, mais pas un repère indiscutable, un de ces êtres qu'on admire et qu'on voudrait imiter. S'effacer lui a toujours été naturel.

Je crois que Julien partagerait mon avis. Nos parents nous ont plutôt suivis que précédés, et cette position a semblé leur simplifier la vie. Peut-être, aussi, est-ce l'intensité de notre relation, et notre proximité d'âge, qui les a relégués à l'arrière-plan. « C'est vous qui voyez, les garçons », disait souvent ma mère, dès notre adolescence, en ouvrant les bras avec fatalité lorsque, presque par politesse, nous lui demandions un conseil : cinéma ou foot, short ou pantalon, anglais ou allemand ? Elle donnait son avis, et nous tranchions. Et lorsque nous n'étions pas d'accord entre nous, nous réglions ça entre frères, dans notre monde, avec nos lois secrètes, délicieuses et sauvages. Pourtant, nous n'avons jamais abusé de notre force, nous respections nos parents. Tous les deux employés au Trésor public (un titre qui, enfant, me faisait rêver, je m'imaginais à la tête d'une richesse infinie, mon rapport compliqué avec l'argent vient peut-être de là), ils ont vécu leur fusion jusqu'à partager les mêmes horaires de bureau. 9 heures-18 heures, pas dans le même service, mais ensemble dans ce bâtiment gris et massif qui m'impressionnait. Trente-six ans d'un service loyal, avant de rejoindre Paris à l'heure de la retraite, la décision la plus étonnante de leur vie, avec le choix de mon prénom. Je n'ai encore jamais rencontré d'autre Loïs, parfois j'en suis fier, parfois ça m'angoisse. Leur extrême discrétion, qui n'a jamais ressemblé à de l'indifférence, a pourtant favorisé l'éclosion de nos personnalités. Ils nous laissaient de la place, nous l'avons prise d'assaut. Moi le bavard tempétueux, toujours frontalier avec les limites que nos parents nous posaient du bout des lèvres, Julien l'intense silencieux, visage souvent clos, soucieux de maintenir un ordre familial qu'il sentait fragile. En quelque sorte, nous formions deux couples à la maison. Eux et nous.

Alors, dès que j'entends mon père s'exprimer avec une telle urgence, en butant sur les mots, je m'assois sur le canapé, en laissant de longues coulées glacées m'irriter l'œsophage, presque comme l'alcool. « On a reçu du courrier... Mais c'est pour toi. Je n'y comprends rien. » Ses mots ne m'aident pas à y voir plus clair. Je réplique sèchement pour apaiser mon impatience : « Un courrier est arrivé chez vous, pourquoi est-ce que ça serait pour moi ? » Il faut croire que nous voulons tous les deux éviter le cœur du sujet puisque sa voix vibre plus fort : « Mais puisque c'était pour nous, je l'ai ouvert ! Et là j'ai vu que c'était pour toi ! » Il est temps d'en finir : « Bon, de quoi s'agit-il ? » « De sortes de lettres, enfin non, j'en sais rien... » Ma voix dévisse. « Mais de qui ? » « De Julien. »

« Tu ne viens pas les récupérer aujourd'hui ? » me demande mon père une fois son calme retrouvé. « Pas le temps, mais je passerai vite. » Je raccroche, la bouteille m'échappe et l'eau coule sur le tissu. Je suis sonné. Mon ventre se noue mais je résiste à l'urgence. En vingt minutes, six stations de métro dont un changement, je pourrais tenir le courrier entre les mains mais je ne bouge pas, laissant ma sueur refroidir. Il n'y a plus grand-chose dont je peux rester le maître, il faut en profiter. Je me revois gamin le matin de Noël dans mon pyjama en éponge, excité et anxieux devant la pile de cadeaux, avec dans un coin du cœur la crainte d'être déçu.

Pourquoi m'écrire ? Julien est-il malade, amoureux, endetté, dépressif ? Prendre le temps d'une lettre, ne pas se contenter d'un SMS ou d'un mail, c'est qu'un événement grave est survenu, peut-être une date que nous commenterons, plus tard. « C'est une enveloppe plutôt épaisse », a précisé papa comme s'il était impossible de bouleverser une vie d'une phrase. « Je t'aime », « Je suis enceinte », « Je suis malade. »

Nos parents ne connaissent pas l'état de ma relation avec Julien. Je n'ai jamais jugé utile de les inquiéter avec ça, mon frère non plus. Dans un réflexe jumeau, notre silence s'est imposé. Leur fin de vie est assez encombrée de souvenirs, ils s'égareraient dans mille tracas sans voir l'essentiel, moi-même je ne comprends pas tout ce qui nous arrive. Avec le temps nos parents se sont habitués à nos absences. Ou alors ont-ils feint de s'y faire. « Vous passez à côté de votre vie » a cependant un jour lâché notre mère, énigmatique mais avec son air d'avoir compris les replis de nos existences. Si elle savait de quoi je l'ai préservée.

Je commence à regarder un film et je finis par me réfugier dans le sommeil.

Une heure plus tard mon T-shirt a séché et pue la transpiration aigre. Le coussin porte l'empreinte de ma tête. J'éteins l'écran, je regarde par la baie vitrée la brume de chaleur enrober Paris, l'alerte canicule a déjà été déclenchée. J'adore courir dans la fournaise. La souffrance est plus forte, le plaisir plus intense.

Je n'ai pas revu Julien depuis deux ans. Pour être honnête, ou précis, c'est lui qui a déserté nos existences. Je ne parviens pas à dater notre dernière rencontre. Je passe des repères en revue, les soixante-dix ans de papa, une expo au Louvre, un PSG-OM partagé, en vain. Je suis incapable de fixer le visage de Julien dans un cadre précis, il m'échappe comme parfois la dernière image d'un rêve, ou d'un cauchemar, celle qui vous laisse frustré toute la journée. J'ai pourtant une excellente mémoire, c'est indispensable dans mon métier. Qu'elle ne retrouve aucune trace de ce dernier moment avec mon frère me rappelle ces refus d'obstacle des chevaux, soudainement terrifiés devant la barrière. Deux ans ne représentent rien, ou presque, dans le foisonnement d'un milieu de vie. Encore moins dans la mienne que je mène sur un fil, ignorant tout de la direction qu'elle va prendre. J'ai l'impression de vivre dans une salle d'attente, à lire des vieux magazines écornés et à consulter ma montre en espérant qu'on m'invite à participer à la suite des événements. Deux ans sont en revanche une éternité à l'échelle des relations familiales, presque un abandon de poste. Le lien fraternel a quelque chose de sacré, même abîmé, dédaigné, haï, il ne meurt jamais tout à fait. Une zone volcanique, prête à se réveiller. Le nôtre se contente de survivre alors qu'aucun conflit majeur ne m'oppose à Julien. Ni querelle d'argent ou d'héritage, ni femme ou homme disputé, ni secret filial, ni divergence politique ou spirituelle profonde. Nous n'avons pas les mêmes caractères, loin de là, je ne connais pas toute sa vie, il ignore certains de mes secrets, et alors ? Qu'est-ce qui nous a séparés? Qui est le bon, qui est le mauvais? Quelqu'un a-t-il tort ou raison? Je repense à mes ligaments du genou, «pas tout à fait déchirés mais très distendus», a expliqué le radiologue. Entre Julien et moi, c'est pareil.

D'ailleurs, nous communiquons toujours. Enfin... nous échangeons des SMS, ces traces fugaces jetées pour se rassurer, comme si nous étions vraiment «là» l'un pour l'autre. Pas toutes les semaines, ni tous les mois, mais parfois plusieurs en quelques jours, une rafale d'attentions comme si soudainement nous culpabilisions. Nous sommes alors sur le point de partager un dîner, un ciné, puis nous restons sur le point de, incapable d'aller au bout de nos intentions. Ça s'arrête là, au réflexe de signaler un bon film, de s'indigner devant la folie de l'extrémisme religieux ou les dérèglements climatiques, rappeler qu'on est en vacances sans même préciser où, se souhaiter nos anniversaires. Nous restons au bord de nos vies, à observer les vallées de nos souvenirs, comme si passer à l'acte allait nous emmener trop loin. Mais nous exécutons notre devoir dans l'idée que nous finirons par nous recroiser. Il ne peut pas en être autrement, nous sommes frères.

Mon portable me rappelle que notre dernier échange remonte à trois mois. J'y apprenais à Julien que la Maison de l'archéologie et de l'ethnologie, et sa toute-puissante Commission des fouilles, songeait enfin à me confier une belle mission au Soudan. Il m'avait félicité avec froideur : «C'est top, content pour toi.» Un message qu'il aurait pu adresser à n'importe qui. Je m'étais bourré la gueule avec deux collègues, deux jours plus tard j'apprenais que la place avait finalement été attribuée à quelqu'un d'autre, et qu'il n'avait jamais vraiment été question que j'en hérite. Depuis, j'attends.

Nos relations sont devenues furtives après sa séparation d'avec Lisa, mais j'ignore si elle en est la cause. En quelques semaines Julien est devenu injoignable, ou presque. C'était la croix et la bannière pour l'inviter à dîner ou boire un verre. Les rares fois où l'on s'est vus, je ne savais plus s'il fallait lire dans son mutisme l'expression d'un soulagement ou d'une souffrance ultime face au dénouement de cette crise. Cette forme d'éloignement émollient nous a engourdis, il lâchait prise par petites touches. Ses sourires devenaient indéchiffrables, je restais sourd à ses mots qu'il alignait avec précaution, parlant pour ne rien dire, ou le minimum. Je fouillais ses silences, en vain. Je dressais des listes des actes qu'il pouvait me reprocher, de ceux qu'il ne pouvait pas connaître, sans avoir le courage ou l'envie de l'interroger sur les uns ou les autres. Il m'observait par instants avec agressivité, comme prêt à exploser, mais je soutenais son regard et nous restions là, deux blocs se faisant face, chacun retranché derrière sa frontière. Il baissait les yeux le premier.

Lors de nos discussions téléphoniques nos souffles et nos soupirs étaient plus fréquents que nos phrases, nos rendez-vous au Voltaire, un café à mi-chemin entre nos appartements, tournaient court, Julien affichant un masque à la place du visage, pas désespéré mais jamais joyeux. Il se tenait éloigné de toute action, comme on abandonne un livre dans lequel on ne parvient pas à entrer. D'après sa version, Lisa était partie. Il admettait qu'il était difficile à vivre, il connaissait son goût pour le silence, son attirance pour une forme d'ascétisme. Il ne racontait aucune scène en détail, se limitant à l'analyse clinique des sentiments de chacun. Julien semblait parfois peu convaincu par son propre récit, comme s'il était inutile de chercher une cause à cette rupture et qu'à la limite ce n'était pas la bonne direction à suivre pour saisir ses états d'âme, plutôt une coïncidence que l'origine réelle de son silence. Comme s'il fallait bien s'expliquer. Il affirmait ne plus savoir ce que Lisa devenait, si même elle était restée à Paris. Si je n'imaginais pas Julien capable de me mentir sur toute la ligne, il entretenait un rapport bien trop étroit avec la vérité, je le soupçonnais de ne pas vouloir que je la contacte. De toute façon elle ne répondait pas à mes appels, il faut dire que je l'ai à peine connue. C'était une jolie jeune femme qui s'était imposée dans son chemin plus que Julien ne l'avait choisie. Elle était un jour arrivée de sa province basque, où il l'avait rencontrée sur une plage un été, pour s'installer chez lui et travailler dans un restaurant. Leur histoire a duré environ sept ans, mais je n'en ai jamais su grand-chose. Tout cela était assez irréel, le genre de relation qui ressemble plutôt à une tentative de vaincre à deux la peur de la solitude qu'à de l'amour. Je ne sais pas s'ils ont un jour envisagé d'avoir un enfant.

Julien vit à l'autre bout de Paris, travaille dans un immeuble célèbre pour sa hauteur et possède un appartement dans la zone ouest, tandis que je vaque à l'est. Les jours sans pollution je peux apercevoir depuis ma tour, où je loue un deux-pièces banal (une chambre, un living) mais dont j'aime la vue dominante sur la ville, le quartier dans lequel il passe ses journées.

J'essaye d'imaginer son bureau, ses collègues, ses sujets de réflexion. Il occupe un poste important dans une société d'assurances, si j'ai bien compris il est chargé d'inventer de nouveaux produits commerciaux à partir de nos comportements. Un « data scientist », d'après sa carte de visite, mais je n'en sais pas davantage. Incapable d'imaginer mon frère, je reprends mon travail, non sans me demander si parfois, à cinq kilomètres de là, il pense à moi. Julien devient une silhouette sans paroles ni odeur, un souvenir sur lequel il faut souffler pour le faire palpiter. Mais c'est mon frère, et il le restera jusqu'à mon dernier instant, le point de départ et d'arrivée de notre histoire. Il ne peut rien y changer. Moi non plus. C'est notre espoir, et notre drame.

Dans l'évier gît une barquette de risotto aux crevettes que j'ai fini par réchauffer en fin d'après-midi. Sur la table, une bouteille de chardonnay presque pleine, et un yaourt aux framboises. J'envoie un SMS (« Hey frérot, c'est quoi ce courrier ? Bises ») en sachant que je n'aurai pas de réponse. Je ne veux pas envisager d'autre hypothèse qu'une envie de Julien de fissurer ces jours, semaines, mois et années d'indifférence. De ne pas laisser notre fraternité comme une coquille vide. Je me refuse à envisager tout autre scénario. Mais je redoute que dans ce silence, le passé n'ait déployé ses tentacules.

3

Je me suis arrêté sur une petite île toute plate que m'a conseillée le pilote du bateau. J'y ai loué pour l'équivalent de vingt euros la nuit une chambre dans une pension calme et fleurie, fréquentée par des jeunes touristes et des familles peu fortunées. La patronne, Champei, est adorable, je lui rappelle son fils, « même âge, même taille, mais pas la même couleur d'yeux ». Elle m'appelle « mister Julien », me couvre de petites attentions, une assiette de pancakes supplémentaire au petit déjeuner, des serviettes propres chaque jour, un mug de café frais qu'elle apporte, solennelle en traversant le jardin, sur un petit plateau. Elle parle peu mais elle me sourit toujours. Le matin, je lui loue un vélo déglingué pour me rendre à la plage, je nage jusqu'à ne plus sentir mes bras, je lis des romans écornés abandonnés dans leurs chambres par des Français, j'ai découvert Nicolas Bouvier et Sylvain Tesson. Il me semble revivre des voyages de jeunesse.

Le soir, je m'installe sur la petite terrasse en bois devant ma chambre et je bois une bière ou deux en fumant des Marlboro blanches en paquet souple, les mêmes qu'il y a vingt-cinq ans. L'envie m'a brutalement tenaillé dans le *duty free* de l'aéroport, je me suis promis d'arrêter à la fin de mon projet. Je laisse mes idées dériver au gré des courses brutales et inexplicables des geckos. Parfois j'en saisis une et je la formule à voix haute, comme une pièce d'un puzzle qui trouve sa place. Je ne l'écris pas pour contraindre ma mémoire à travailler, j'irai la rechercher lorsque je reprendrai la plume. Je réfléchis à une date. Loïs a dû recevoir la première lettre, j'essaye d'imaginer sa réaction, sa surprise, sa colère, sa déception, sa tristesse, quelques larmes, de la joie ? Des questions et des doutes. J'espère qu'il repense à certains événements en se demandant comment ils se sont rencontrés, évités, percutés. Qu'il cherche dans le silence de ces deux dernières années les traces du hasard et du destin. Sa part d'homme.

Je suis statisticien dans une grande compagnie d'assurances, Endless. Trente mille salariés, dont deux mille en France, le premier groupe mondial. Autant dire que dans mon travail le hasard est mon pire ennemi, presque une absurdité. Je consacre mon temps à analyser les comportements de nos clients pour imaginer ceux qu'ils adopteront dans le futur, et ainsi préparer des offres qui les protégeront au mieux. Anticipateur de risques, pourrait-on dire. « Demain, c'est aujourd'hui », ont osé nos publicitaires. Les lendemains que j'imagine doivent être nettoyés de toute mauvaise surprise, c'est un défi lancé au temps. Toute la journée je classe des données, je hiérarchise, je range, je noircis des listes, je croise, je confronte, je construis des hypothèses que je dois l'une après l'autre détruire pour ne garder que la plus fiable, l'irréfutable, du virtuel en béton. Pour une compagnie d'assurances cela se traduit par des questions qui semblent bêtes. Par exemple : faut-il mieux « couvrir » les joueurs de golf parce qu'ils sont souvent plutôt âgés, ou moins bien parce qu'ils font du sport et sont donc supposés être en meilleure santé que les autres hommes de leur âge ? À moi de répondre en croisant des centaines de milliers de données sur le profil des joueurs de golf, et si possible de proposer une innovation technologique pour mieux suivre leur comportement.

Le département auquel j'appartiens, dont je suis un des plus anciens membres, s'appelle « Développement et projection des industries de la vie ». Le « DPIV », le fleuron d'Endless. « Vitality » est le nom du programme que je dirige. En rapprochant ces millions de datas, je dois connaître la façon de vivre, se nourrir, voyager, circuler, dormir, consommer, se vêtir, se soigner, se laver, se divertir de nos dizaines de milliers de clients. Et c'est à partir de mes tableaux que sont conçus ce minuscule boîtier intégré dans le volant de votre voiture pour connaître votre façon de conduire, cette puce glissée sous votre peau qui nous indique votre rythme cardiaque, ces capteurs qui lisent pour nous le fonctionnement de vos appareils électriques. La haute couture de l'assurance, l'avenir sur mesure, le bras armé parfait du transhumanisme. Lorsque « le » pépin fatal arrive tard dans votre vie, nous vous avons protégés depuis longtemps. S'il arrive trop tôt, les gains engrangés auprès des disparus équilibrent les dépenses. Lorsqu'il est bien fait, l'assurance est un métier sans surprise. Harmonieux. C'est une vision du monde, presque une philosophie. Je plaisante.

Je connais sur le bout des doigts les « NOW », le nom de code de la femme et de l'homme idéal d'Endless, ceux que nous devons construire. Ils sont nos clients théoriques, donc parfaits : amoureux de la vie, donc consommateurs plus que réguliers, intelligents et curieux, donc avides de toutes les nouveautés que leur offre le marché, mais avisés, donc capables de ne pas prendre de risques inconsidérés qui coûteraient une fortune à leur bienveillant assureur. Ce sont mes meilleurs amis, dont je connais les pertes de sommeil, les courbes de poids, les rêves de vélos électriques, les psychotropes favoris. Grâce à eux, je glisse du monde réel à celui de demain, ombre dissimulée dans des chiffres dont je m'étourdis d'abord, pour voir plus clair ensuite. Élaborer des stratégies, c'est mon métier.

Étrangement, travailler chaque jour sur le futur me rapproche de ma mémoire. À mesure que je défie le temps grâce à nos algorithmes et nos ordinateurs ultrapuissants, je m'attache à l'importance du passé, au poids de l'expérience. Même si nous vivons toujours plus longtemps, notre capacité de stockage n'est pas exponentielle et notre zone d'oubli deviendra plus vaste. Je mesure la richesse de mes souvenirs, le courageux combat mené par notre cerveau pour conserver cette odeur, ce regard, ce baiser, tous ces instants qui résistent à l'oubli et nous émeuvent toujours, dix, vingt, trente ans plus tard.

Le hasard étant largement étranger à ma vie, ce qui m'est arrivé, environ deux mois avant mon départ, m'a laissé sans voix. C'était une magnifique journée de printemps à la chaleur légère, et alors que je me garais sur ce parking anonyme de la banlieue de Genève j'enrageais de ne pas pouvoir en profiter. Fiona, mon hôte, comme chaque fois très élégante, m'avait rejoint. Nous avions franchi les hautes barrières, longé les murs en béton coiffés de barbelés qui entouraient le gigantesque bâtiment blanc, froidement anonyme, dépourvu du moindre logo. Personne ne pouvait soupçonner que derrière les murs d'un des neuf ports francs suisses reposaient pour plusieurs milliards d'euros d'œuvres d'art, non soumises aux douanes. Depuis que les groupes terroristes avaient jeté leur dévolu sur ce butin les flux d'argent étaient gigantesques, partout les trafics explosaient, provoquant la panique des propriétaires, des galeristes, des antiquaires. Il fallait planquer ses œuvres, tel était le mot d'ordre du marché. Les États, eux aussi, étaient débordés, du pain bénit pour les propriétaires de ces coffres-forts off-shore, et pour les assureurs. Nous ne croisions personne, mais partout les caméras de surveillance nous observaient. Au comptoir, j'avais dû déposer ma petite valise, mes papiers et mon ordinateur, je n'avais gardé qu'un calepin. « Désolé Julien, avait souri Fiona, mais nous n'avons pas le choix. Vous le savez mieux que moi, nous sommes contraints à un niveau de vigilance très élevé. »

Elle m'avait escorté dans les entrailles de l'entrepôt. Nous avions vu disparaître le soleil en descendant un immense escalier de fer qui longeait une baie vitrée, puis des murs recouverts d'une peinture brillante, noire. Au fur et à mesure de notre plongée, les lumières se tamisaient et renforçaient la touche mystérieuse du lieu. Nous descendions cet escalier sans fin, comme s'il fallait fuir la surface de la terre et nous laisser engloutir au cœur d'une faille. Enfin, l'escalier s'était arrêté. Nous étions dans un hall. Au fond se dressait une porte, à l'évidence blindée, et sur le côté un petit boîtier sur lequel Fiona avait tapoté un code. Nous avions pénétré dans un immense espace de la taille d'un terrain de football, structuré par un large couloir. De part et d'autre, à l'infini, d'autres portes, toutes grises, sur lesquelles figurait un numéro peint en blanc.

« Julien Bracher ? » Celui qui m'avait interpellé était le directeur du port franc, il venait de prendre ses fonctions et tenait à faire ma connaissance. « Arnold Archiapatti, ravi de vous rencontrer. » Il était assez fidèle à l'image que je me faisais d'un homme occupant un tel poste. Très chic avec une légère touche d'excentricité, comme ce pantalon à carreaux bleu. C'était un Suisse, son accent parlait pour lui. Mon projet d'assurance globale du site, dont Fiona lui avait parlé, l'intéressait. Ses clients bénéficiaient déjà d'assurances individuelles très chères, mais une double protection lui semblait une piste à creuser. Dans mon mémo de présentation, j'avais insisté sur l'attraction mercantile qu'inspirait l'art à certains groupes terroristes, Archiapatti semblait y avoir été sensible. Alors que je lui répétais ma conviction que les pillages étaient guidés par un impératif à la fois idéologique et financier, il avait hoché la tête, le demi-sourire aux lèvres de celui qui comprend et pourrait en parler pendant des heures.

Nous avions continué à bavarder pendant la visite des lieux. De temps à autre, Archiapatti ouvrait une chambre forte pour me montrer l'ampleur des richesses sur lesquelles il veillait. C'était vertigineux, comme toujours. La plupart des pièces abritaient des peintures. Beaucoup étaient recouvertes de papier kraft, mais mon hôte avait les gestes délicats pour me permettre d'admirer des Gauguin, Picasso, Degas, Monet, mais aussi Martial Raysse, Damien Hirst ou Zeng Fanzhi. Nulle part n'apparaissait un nom de propriétaire (dissimulés, de toute façon, derrière des sociétés), c'était un univers de numéros, jusqu'à l'étiquette qui ornait chaque caisse, ou le papier entourant les œuvres. Celle-là est amusante, m'avait prévenu l'homme en ouvrant la porte 235 : des dizaines de caisses en bois y étaient empilées jusqu'au plafond. Du vin. « Que du bordeaux, et uniquement entre 1960 et 1966. Un pur passionné. » Une autre pièce abritait environ trois mille cigares, seulement cubains, dont certains avaient vingt ans d'ancienneté. « Vous voyez, on trouve de tout ici. Venez. »

Archiapatti m'avait indiqué la porte 707 qu'il avait entrouverte en gardant son index sur la bouche. Je n'avais d'abord vu qu'une pièce vide. Un sol et des murs en béton blanc sans un éclat de lumière naturelle, seuls des projecteurs délivrant une luminosité spéciale étaient autorisés pour ne pas abîmer les œuvres. Le directeur, tout sourire, m'avait invité à me décaler pour observer l'intégralité de la chambre forte. Dans un angle, un homme était assis sur une chaise en plastique noir. Il regardait le mur en face de lui. D'origine asiatique, il avait un long visage, très maigre. Ses lèvres étaient fines, presque invisibles, d'un rouge prononcé qui barrait une peau blanche et fragile comme du papier. Ses cheveux étaient coupés court, légers, on aurait dit ceux d'un enfant. Il était vêtu à l'occidentale, veste prune en tweed, pull dans la même teinte d'où jaillissait une étonnante cravate jaune paille. Un pantalon en toile beige, de belles chaussures marron. Malgré ces choix audacieux l'ensemble était élégant. Le silence de la pièce était intimidant, il ne semblait même pas respirer.

J'étais hypnotisé face à cette statue humaine. Pourquoi cet homme avait-il besoin du vide ? Se vivait-il comme une œuvre d'art ? Archiapatti avait refermé la porte avec douceur.

« Il vient d'arriver. Un cas de figure unique, je dois l'avouer. Cet homme d'affaires a loué cette salle juste pour lui. Il n'en voulait aucune autre, il a mis le prix fort. Il m'a expliqué avoir une décision importante à prendre, qu'à cause de lui le cours de plusieurs vies allait être modifié, et avoir besoin d'un calme absolu. On lui apporte un repas à midi, et le soir il rentre à son hôtel. À 8 heures il est devant la porte de l'entrepôt. Nous ignorons combien de temps il va rester ici. Il est chinois. Il s'appelle Ho. » J'avais demandé si l'homme abritait des biens dans l'entrepôt, « il en a longtemps eu, beaucoup de peintures, des sculptures aussi. Mais il ne possède plus rien ». Archiapatti s'était interrompu en observant la porte 707 pivoter.

L'homme était apparu, calme et souriant. « Pardon, nous vous avons dérangé », m'étais-je empressé de dire. « Non, ne vous inquiétez pas, ce n'est pas une église tout de même. Et puis, dans l'ensemble, c'est très calme. » J'avais machinalement parlé en français, mais son niveau m'avait impressionné, même son accent était à peine décelable. Il avait ponctué ses mots par un rire sec. Archiapatti avait fait un pas vers lui : « Monsieur Ho, je suis ravi de vous présenter Julien Bracher, expert en assurances. Il est venu de Paris pour réfléchir à la meilleure manière d'améliorer la protection de nos richesses. » Le Chinois avait souri. Le silence s'était installé aussi vite qu'il avait été rompu. « Bien, nous allons vous laisser… », avait avancé Archiapatti, mal à l'aise. Ho avait alors repris la parole : « Si vous venez de Paris et que vous êtes assureur pour un port franc, alors vous devez travailler à Endless, non ? » J'avais hoché la tête. « Quand vous aurez fini votre visite, repassez me voir. »

Nous étions le 28 avril 2018.

4

Un matin, peu avant cette rencontre, Ho s'était réveillé au point du jour comme il en avait désormais l'habitude. Il avait fixé le plafond saturé d'anges, de fleurs et de chevaux ailés de sa chambre, en se demandant comment autant de mauvais goût était possible dans un palace parisien. Le soleil s'était faufilé entre les lourds rideaux verts, il fallait se lever.

Il découvrait la solitude. Toute sa vie il avait été entouré par des bataillons d'assistants et de collaborateurs dans l'attente de ses consignes et de ses jugements. Il avait aimé sa toute-puissance, qui lui semblait irréelle, presque insignifiante, depuis qu'il affrontait la trahison de son corps. Dans le vol entre Genève et Paris il avait apprécié la liberté de ne parler à personne, de ne pas écouter de « briefs » ou de « debriefs ». Quand il ne pensait pas à son corps, un unique sujet occupait ses pensées, même lorsqu'il quittait la salle 707. Il devait lui consacrer toute son énergie. Le temps était compté. Il n'avait pas tenu une conversation depuis plusieurs jours, se limitant à « merci » quand on lui servait son repas. Cela ne lui coûtait pas, au contraire. Quand il s'allongeait, il retrouvait sa grotte intérieure, la même que lorsque enfant, dans le creux de son bras il imaginait des histoires pour s'aider à s'endormir.

Ho n'était pas un homme dur, contrairement à ce qu'il entendait parfois dans la bouche de tous ces gens qui croyaient le connaître. Il était plutôt le fils d'un enfant solitaire, le prolongement d'une jeunesse pendant laquelle il avait tellement dû compter sur lui-même qu'il en avait gardé l'habitude de se protéger. Mais ce matin-là, alors que son corps lui semblait si lourd, il regrettait l'absence d'une femme, d'un frère ou d'une sœur qui aurait pu l'apaiser. Le rassurer, c'était impossible, l'accompagner aurait déjà été merveilleux. Mais il était seul. La veille, il avait fait quelques pas aux alentours de l'hôtel non loin de l'avenue des Champs-Élysées, qui lui semblait toujours plus grouillante et vulgaire, il avait parfois honte des hordes tapageuses de ses compatriotes, avant de dîner dans sa chambre en consultant des catalogues de salles d'enchères. Ils annonçaient plusieurs ventes dans la capitale mais les pièces exceptionnelles étaient rares. Depuis des mois certains de ses amis collectionneurs répétaient que seuls les réseaux occultes permettaient, dans le chaos permanent du monde et surtout du Moyen-Orient, de dénicher de bonnes affaires. Il fallait oser frayer avec ces intermédiaires opaques, ces agents aux carrières incertaines dont la voix soyeuse résonnait un beau matin dans votre téléphone.

Son rendez-vous était prévu depuis des semaines. Ho en pressentait l'issue. Son corps, déjà dans les cordes, lui parlait. Ses gestes étaient devenus lents, enfiler son peignoir, s'asperger le visage d'eau, se coiffer, appeler le room service pour son petit déjeuner lui avait pris un temps fou. Ses mains tremblaient en saisissant sa tasse de thé, il n'avait pas d'appétit. Depuis sa petite terrasse, il jouissait d'un panorama sans égal sur l'une des plus belles places d'une des plus belles villes du monde, du moins lorsqu'elle était ainsi déserte. Il avait voyagé dans plus d'une centaine de pays et s'était offert des instants uniques, s'abandonnant, les larmes au bord des yeux, à la puissance d'un lieu. Lui dont les réactions étaient scrutées à chaque instant, car il dictait ses ordres d'un mot ou d'un regard, aimait se sentir fragile, dépassé par la beauté d'un temple, d'une pagode ou d'une église, peu lui importait, d'une sculpture, d'un pont, d'un palais. Il aimait se retrouver impuissant face à une œuvre, comme si elle lui ordonnait de simplement la contempler, l'aimer sans un mot. Mais ce jour-là, c'était son corps qui lui dictait la limite.

Le taxi l'attendait. Par la vitre il revoyait ces quartiers qu'il avait appris à découvrir depuis sa première rencontre avec M. Humbert. Il aimait cette avenue bordée d'arbres, cet hôtel particulier aux lignes pures dont le romantisme le faisait rêver, il était presque jaloux de la dimension de cette tour de bureaux. Mais ce matin, il se sentait différent. Son regard s'attardait plutôt sur cette femme qui se regardait dans une vitrine, peut-être sortait-elle de chez le coiffeur, cette autre, un sac en toile sur l'épaule, qui sans doute se dirigeait vers la piscine, cet homme encore en chaussons ouvrant la porte d'une boulangerie, cette adolescente aux cheveux roses seule dans la rue, pourquoi n'était-elle pas en classe ? Chaque seconde était aussi délicieuse que douloureuse. Il aurait voulu les arrêter, il n'avait qu'un souci à régler avant de reprendre le cours des choses. Il aurait voulu.

Le bâtiment n'avait pas changé. Toujours ces intentions graphiques grises et blanches sur la façade, les sols bleus et les murs jaune clair, pathétiques tentatives pour apporter des touches de vie, et ce puits de lumière incongru dans le hall d'entrée. Il ne l'avait pas remarqué lors de ses précédents rendez-vous hivernaux. Ho connaissait bien le chemin, troisième étage, couloir de gauche, le guichet, puis le bureau 309. Il était encore tôt, l'étage presque désert, l'ambiance des combats de la nuit encore palpable, mélange d'odeurs humaines douceâtres et d'effluves métalliques des désinfectants. Les équipes du matin prenaient leur poste d'un pas à peine plus rapide que celui de Ho, et leurs collègues qui s'apprêtaient à rentrer dormir commençaient à se détendre en lançant des blagues.

M. Humbert attendait Ho. C'était un homme très grand, son corps semblait flotter dans sa blouse blanche. La poignée de main était franche et courtoise, comme toujours. Depuis leur première rencontre, l'un et l'autre savaient que le mensonge n'avait pas sa place, c'était l'un des rares avantages de ce type de relation. Le médecin s'était assis à son bureau, une série de documents étalés sur un plateau de verre. « Cette transparence si contemporaine », grinçait Ho en silence. « Monsieur, les dernières analyses sont mauvaises. Très mauvaises. Je suis désolé. » Les deux hommes n'avaient pas trouvé grand-chose à ajouter, quelques précisions techniques, des chiffres, les mots s'étaient vite essoufflés, la marge d'erreur était nulle. Ho n'avait pu s'empêcher d'évoquer un agenda, Humbert lui avait répondu avec franchise, sans détourner le regard, puis l'entretien avait tourné court. Par un mécanisme pervers, comme seules les situations extrêmes et désespérées peuvent en produire, Ho avait apprécié la franchise du professeur. Juste avant de refermer la porte, Ho n'avait quand même pas pu s'empêcher : « C'est fini, nous sommes bien d'accord ? » Il avait espéré si fort mais le médecin avait hoché la tête.

Dans le taxi du retour, Ho n'éprouvait rien de particulier. Pas encore. Sans doute parce que Humbert, lorsqu'il lui avait proposé de tenter ces examens, était resté prudent sur leurs chances de réussite. « C'est stupéfiant comme en quelques secondes une vie peut s'écrouler », pensait tout de même Ho, propulsé dans un temps que le compte à rebours redessinait. Déjà, il n'observait plus de la même façon qu'à l'aller les passants insouciants sur les trottoirs. « Profitez ! », avait-il envie de leur hurler. Une longue vie de travail, et globalement de succès, qui s'achevait dans cette banalité. À cet instant, il ne parvenait pas à qualifier autrement ses trente mille salariés, ses millions de yuans de patrimoine, ses dizaines de sociétés. Il n'avait pas eu de famille, seulement deux longues histoires d'amour qui n'avaient pas abouti à la naissance d'enfants. La première fois, il ne le souhaitait pas, c'était trop tôt. La seconde, c'était elle. Ce matin parisien, il n'était qu'un homme d'affaires immensément riche sans héritier qui allait mourir. Ho avait demandé au taxi de prendre directement le chemin de l'aéroport. Plus que jamais, il avait besoin du silence de la salle 707. S'asseoir face au mur blanc, réfléchir, rien d'autre.

Chaque jour depuis ce rendez-vous, Ho suit les conseils du professeur et effectue en début de soirée quelques pas pour se dégourdir les jambes. Il quitte sa chaise et tourne dans la salle vide. Le mois de mai vient de commencer, la nuit n'est pas encore tombée. Le port franc est presque désert, seule une porte claque au loin. Il rejoindra ensuite sa chambre d'hôtel au bord du lac, mais il la trouve trop luxueuse pour seulement y dormir, trop vaste pour son corps qui se recroqueville. Ces fins de journée dans la salle 707 sont les moments qu'il préfère dans sa vie de reclus. Il touche au plus près sa solitude. Il se prépare. Par instants, il ne lui semble plus éprouver son corps. Il laisse les souvenirs l'ensevelir. Il savoure les bons et s'étonne de sa facilité à écarter les mauvais. Il repense au moine de son village qui répétait : « Un jour vous regarderez une photo de vous lorsque vous étiez enfant, vous verrez que cet enfant n'existe plus. Nous mourons à chaque moment, à chaque instant, mais ce n'est pas grave, ce n'est qu'un cycle de vie. »

Ho a raconté l'anecdote à cet assureur français, entre mille autres choses. Ce n'est pourtant pas son habitude de se livrer à un inconnu. Ho a toujours voulu maîtriser au plus près son destin, il n'est pas un homme d'élans impudiques. Mais entre ces quatre murs blancs où il a plus à perdre qu'à gagner, juste attendre son ultime défaite, il peut se glisser dans les bras du hasard, surtout lorsqu'il produit une telle rencontre. Julien lui a plu sur l'instant. Sa haute silhouette qu'il a inclinée avec une élégance désuète pour le saluer, ses yeux plissés quand il l'écoutait, happé par son récit.

Julien Bracher, salarié d'Endless. Ho ne pouvait que s'abandonner face à un tel coup du sort. Prêt à prendre la dernière grande décision de sa vie.

5

Cher Loïs,

Tu ne l'as sans doute pas remarqué, puisque tu ne t'intéressais jamais aux photos de famille. C'est d'ailleurs normal, surtout à l'adolescence, l'âge qui hait le temps perdu, de ne trouver aucun intérêt à feuilleter ces albums le plus souvent recouverts de fleurs moches, ces livres qui trompent l'ennui des fins de vie. Longtemps j'ai réagi comme toi, et lorsque à l'occasion d'une fin de repas d'anniversaire les albums étaient ressortis des placards de la salle à manger, je filais de table. Mais secrètement j'écoutais, muet, les parents narrer notre histoire. Je fixais les images, carrées et entourées d'une bordure blanche, je ne perdais pas un mot de ces anecdotes même si je les connaissais par cœur. La promenade en canoë sur le lac de Côme et papa qui tombe à l'eau, le merveilleux déjeuner avec vue sur le glacier du Mont-Blanc, maman qui a eu si peur aux corridas de Séville. J'étais fasciné de constater que ces histoires semblaient les intéresser comme au premier jour, souvent un nouveau détail surgissait de leur mémoire réveillée.

Alors que j'avais une dizaine d'années, j'avais repéré chez nos parents un tic de langage. Ils choisissaient la même formule pour commenter certaines photos : « Là, c'est quand on était tous les deux, Loïs n'était pas encore arrivé. » La phrase revenait comme un mantra en feuilletant les pages du gros album à couverture verte et de celui orné de flamants roses. Avec aucun autre. J'en avais d'abord déduit que cette expression recouvrait une période de la vie des parents antérieure à notre naissance, et que mentionner ton absence n'était qu'une facilité de langage. Avec le temps, j'avais commencé à en concevoir une certaine amertume car nos parents auraient très bien pu dire « Julien n'était pas encore arrivé », ou même « Julien et Loïs n'étaient pas encore arrivés ». Cela paraît bête, mais ce genre de réflexion met du temps à se former dans la tête d'un gamin qui oppose une résistance inconsciente aux questions fondamentales.

La logique avait fini par me rattraper et, un jour, je devais avoir onze ou douze ans, j'avais sorti les albums vert et à flamants roses du placard. J'avais d'abord été rassuré : tu n'étais effectivement pas « arrivé », les dates précédaient ta naissance. D'ailleurs sur ces deux albums, qui recouvraient un peu moins d'une année, on voyait maman enceinte de toi, elle se promenait dans la campagne, au soleil l'été, ou buvait un verre en terrasse avec papa. Ils semblaient heureux, même les couleurs légèrement passées de ce genre d'images n'avaient pas affadi leurs sourires. Tu ne vas pas me croire, Loïs, mais il m'avait fallu plusieurs heures de consultation solitaire pour que l'évidence m'explose au visage : je n'étais nulle part sur ces images. Or les dates inscrites sur la première page des albums étaient indiscutables : j'avais un an lors des albums vert et à flamants roses. J'avais bien revérifié : tu n'étais pas né, mais j'avais un an. Où étais-je, alors ?

J'avais traversé les jours suivants dans un trouble profond. La tête me tournait, je me cognais aux meubles en déambulant dans la maison, je dormais par à-coups comme si je redoutais de perdre le fil de ma pensée. Même le Top 50 et Stade 2 ne m'intéressaient plus. Je restais silencieux en osant à peine croiser le regard des parents, convaincu qu'ils sauraient y lire mon angoisse. J'en venais à me demander si je leur ressemblais vraiment, papa n'avait-il pas un nez beaucoup plus long que le mien ?

C'était l'été, nous n'avions pas école et toute la journée tu tournoyais dans mes jambes. J'avais envie de te gifler. Pas parce que tu me réclamais sans cesse de jouer avec toi, mais parce que j'avais encore vérifié : tu ne manquais sur aucun album. Chaque étape de ta croissance apparaissait en quelques images, avec pour chacune un commentaire rédigé d'une écriture parfaite sur une étiquette blanche. Moi aussi j'avais mes étiquettes mais avec cette énorme absence. La jalousie me dévorait. Je croquais tout ce qui me restait d'ongles puis je soulevais des petites parties de peau qui libéraient des bulles de sang. Que s'était-il passé ? C'était intenable et impossible à comprendre seul.

Un soir, alors que maman préparait le repas dans la cuisine, j'avais osé : « Pourquoi je ne suis pas avec vous sur tous les albums photos ? » Elle s'était interrompue, les mains pleines de farine : « Tu as été malade quand tu étais petit, tu avais quatre mois. Tu digérais mal, tu vomissais trop souvent. Le docteur a dit que ton estomac n'était pas bien formé, et que tu devais voir des spécialistes. Ils t'ont opéré mais ils ont aussi voulu te garder à l'hôpital. Tu y as passé huit mois. Comme c'était loin de la maison, on ne pouvait pas venir tous les jours. Et puis j'étais fatiguée, j'attendais ton frère tu sais, d'ailleurs tu es rentré quand il est né ! C'est pour ça que tu es absent sur quelques photos. Tu comprends ? » En parlant, elle avait tiré une chaise pour s'asseoir, les mains toujours farinées. « Pourquoi tu ne me l'as jamais dit ? » « J'avais peur que tu penses que tu étais en mauvaise santé. Et puis ça commence à faire longtemps... » J'avais eu envie de rire puis de pleurer de soulagement. Il y avait une explication. Crédible, cohérente et même mieux : mes parents s'étaient occupés de moi. Ils avaient choisi cet éloignement pour me soigner, c'était pour mon bien. S'ils n'avaient pas été davantage présents, c'est parce qu'ils ne pouvaient pas, c'est tout. J'avais ressenti une vague de chaleur m'envahir, un gigantesque poids s'envolait de ma poitrine.

Mais le temps, cet accoucheur de doutes, a fait son œuvre. J'ai commencé à examiner l'épisode sous toutes ses facettes. Mon regard a vrillé, les fins de déjeuner me mettaient de plus en plus mal à l'aise, je m'éclipsais au plus vite. Les invités partis, j'emportais en cachette les deux albums dans ma chambre et je réfléchissais. Aujourd'hui ça paraît simple, presque logique, mais j'entamais une démarche fondamentale : je mettais à distance la parole souveraine en me demandant si le récit maternel était crédible. Mais la marche était trop haute. J'étais incapable de remettre en cause les faits, encore moins de les critiquer, donc j'avais vite renoncé. Je n'avais pas osé interroger papa pour recueillir sa version, je ne trouvais pas de mots qui n'auraient pas été soupçonneux, or accuser ses parents d'abandon me semblait une position inaccessible. Tout ceci devait donc être vrai, et juste, l'admettre serait le meilleur moyen de vivre en paix.

Mais ça n'allait toujours pas, comme un grattement dans la gorge, une gêne persistante. Un jour, mon maître nous a demandé de décrire dans une rédaction notre plus grande peur. C'était une idée assez farfelue, limite vicieuse. Sans hésitation, j'avais raconté la découverte de mon absence dans le patrimoine photographique familial, et la panique à l'idée que mes parents m'aient abandonné plusieurs mois, même pour me soigner. Peu à peu mon souvenir se modelait avec précision, les mots qu'ils auraient dû dire prenaient forme : « Là, c'est quand on était tous les deux, Julien était à l'hôpital et on ne se rendait pas compte qu'il avait besoin de nous, et Loïs n'était pas encore arrivé. » La douleur m'avait envahi. Je commençais enfin à comprendre la contradiction, le mal pour le bien, où se nichait la vérité. Je ne me souviens pas de t'avoir jalousé, toi qui, pendant mon séjour à l'hôpital, avais grandi dans le ventre de maman, mais ma douleur n'en était pas apaisée. Nous partagions la même histoire avec un regard opposé : mes parents étaient persuadés de m'avoir sauvé, j'étais convaincu qu'ils m'avaient abandonné. Mon 18 sur 20 ne m'avait pas consolé.

Le passage dans l'âge adulte n'a rien arrangé. J'ai commencé à vivre sur mes gardes, à observer la réalité comme si elle pouvait à chaque instant défaillir, muer pour mieux me tromper. J'étais remplaçant au foot? Alerte. Je manquais le bus de quelques foulées? Trahison. Ma carte bancaire était avalée? Complot. Cette étudiante refusait de dîner? Coup bas. Le monde se liguait contre moi, je ne pouvais pas lutter contre de telles forces. Une forme de douce paranoïa avait pris le contrôle. Mes succès, car je réussissais malgré tout souvent (le bac, le permis, gagner des tournois d'échecs, embrasser puis coucher avec des jolies filles), me surprenaient, comme s'ils n'étaient qu'un accident de parcours, une bonne surprise qui ne devait pas m'inciter à baisser mon niveau de vigilance. Les choses se sont améliorées mais il m'arrive de vivre encore certaines situations en me sentant d'emblée exclu, alors que rien ne l'indique. Dans un groupe j'ai l'impression de ne pas exister, d'être inaudible et invisible alors que personne ne m'a témoigné une quelconque hostilité. Je ne trouve ma place que sur la durée, par petites touches. Je suis un solitaire contrarié, toujours enclin à m'effacer, mais heureux quand on cherche à me retenir. Mes émotions jaillissent comme un trop-plein. L'autre jour, je me suis effondré devant une vidéo d'un nourrisson sourd pendant plusieurs semaines et qui, en entendant pour la première fois la voix de sa mère, s'est mis à pleurer de joie. J'ai souvent le sentiment qu'une membrane fine et transparente me sépare du monde, le rendant lointain et impalpable. Seules les statistiques et l'étude des « NOW », mes compagnons virtuels, m'apaisent.

Nous n'avons pas échangé un mot depuis deux ans et je commence par te rappeler cette histoire, tu dois me prendre pour un fou. Mais c'est plus qu'une trace, c'est une cicatrice. J'ai énormément lu sur ce sujet et le constat est implacable : on ne vit pas seul ou presque pendant plusieurs mois, bébé, sans en ressortir transformé pour toujours. Dans l'immense majorité des cas un enfant ayant connu cette situation peine à s'accrocher au monde et aux autres. Il combat un manque, un vent de solitude souffle dans cette faille. Dans sa mémoire friable, son passé de sable, est gravée la certitude qu'il devra se débrouiller seul, qu'il ne pourra, à certains moments, compter sur personne alors qu'il a tant besoin de s'appuyer sur du solide, un roc qui jamais ne le décevra. Un frère?

Le monde m'est suspect, je compose avec et je tire parfois une fierté à avancer. Mais il y a des creux, comme celui que j'affronte depuis des semaines. Endless est traversé par des rumeurs : mise en vente ou futur plan de licenciements, nous l'ignorons mais quelque chose se trame. Je suis plutôt un privilégié dans l'entreprise, un salarié sur lequel on compte, et pourtant je suis fragile. Un matin, j'ai découvert que des objets avaient été déplacés sur mon bureau. Mon agrafeuse bleue décalée d'une dizaine de centimètres vers la gauche; ma souris transparente posée à côté de son tapis; mon casque audio gris métallisé rangé à l'envers. Des changements indétectables pour le profane, mais personne ici n'ignore ma maniaquerie, je range mon bureau chaque soir de la même façon. Cet incident m'a tracassé toute la journée, et je ne sais toujours pas qui a fait le coup. Un autre jour, j'ai pris en filature ma voisine de bureau, Emmanuelle Givray. Sur un coup de tête je l'ai attendue dans le parking, caché dans ma voiture, et je l'ai suivie pendant plusieurs kilomètres. Elle s'est arrêtée faire des achats pour le dîner, puis a repris son chemin jusqu'à une grande villa blanche. Je n'ai rien appris de particulier sur elle, mais j'étais heureux d'avoir levé un petit morceau de ce voile d'apparences qui nous relie toute la journée. Je n'avais aucune autre intention, Emmanuelle ne m'est que sympathique, mais la relier au monde extérieur me permettait de sortir de mon isolement. Je vis trop seul.

Je veux découvrir le lien profond qui unit ces quelques mois de solitude totale, mon talon d'Achille, à mon être. Mon fil rouge. Cette place si difficile à trouver me hante, elle est le berceau de tant de silences, le nôtre surtout. Je veux comprendre pourquoi je t'aime mais que tu ne me manques pas. Que tu me sembles si loin.

Mais le tableau n'est pas tout noir. Un événement peut nous rapprocher. Je viens de découvrir un secret sur Endless. C'est prématuré de te donner les détails mais j'ai déjà mené une partie de l'enquête. C'est explosif, l'avenir de l'entreprise est en jeu. Je cherche un allié, un espion, un cheval de Troie. J'ai besoin de celui en qui j'ai une absolue confiance, qui aura les reins assez solides pour affronter des découvertes complexes, celui qui avancera malgré les difficultés. Je t'ai choisi. Ces deux années ne t'ont pas effacé, j'espère que je n'ai pas non plus disparu de ta mémoire. Il ne s'agit pas de prendre des risques insensés, rassure-toi, juste rencontrer des gens, les écouter, comprendre ce qui se cache derrière leurs masques. Je vais te guider, tu ne seras pas seul. J'ai confiance en toi.

Je me fais peut-être des illusions : j'ai égaré le fil de ta vie, peut-être vas-tu ranger ces quelques feuillets dans ton bureau, en les oubliant jusqu'à la fin de ta prochaine mission, comme on cherche à effacer un mauvais souvenir, ou un de ces moments de faiblesse qui parfois nous coûtent cher. Nous en connaissons tous.

Je t'embrasse.

Julien

6

Trois jours, déjà, et mes SMS restent sans réponse. Le portable à la main, j'arpente la ville, tôt le matin et en début de nuit, à la recherche d'un brin de fraîcheur, au minimum d'un air moins collant. Mes vêtements pèsent des tonnes, comme chaque été les travaux de voirie ont commencé, le bruit des machines, l'odeur épaisse du goudron, les cris des ouvriers m'oppressent. Je m'assois en bord de Seine, la regarder m'apaise pendant quelques instants, tout comme Notre-Dame, majestueuse de sérénité, la flèche fièrement dressée vers le ciel. Puis je repars, sans direction précise. J'ai la foulée nerveuse, je traverse la chaussée n'importe comment. Le plus souvent je reste à Paris quelques semaines, entre deux missions. Des mois, déjà, que je tourne en rond.

Je n'en peux plus. Je n'aime que les chaleurs sèches, celles de mes chantiers lorsque je suis obsédé par la délicatesse qu'exigent quelques centimètres carrés d'un éclat d'os, un tesson de céramique ou un morceau de métal dont je ne sais encore rien. L'archéologie est une affaire d'oubli de soi et de patience face aux mystères qui n'ont pas choisi de se dévoiler depuis des siècles. Ici, je n'ai que les rues dont il reste si peu à découvrir, et les bars parfois, pour faire semblant de tromper le temps. Je m'entête en postant souvent le même message (« Julien, j'ai bien reçu ta lettre, reparlons-en mais devant un café, non ? Je t'embrasse, L »), pris d'une incontrôlable frénésie. Épuisé, je m'arrête sur un banc. Je réagis à contretemps : Julien ne m'a pas adressé la parole depuis si longtemps, et il répondrait à mon premier claquement de doigts ? C'est impossible mais attendre m'est insupportable. Lorsque le travail est achevé, j'aime que le temps s'accélère, que mes vœux se réalisent au plus vite. Quand je rejoins le présent, je n'ai plus une minute à perdre.

La lettre n'a pas quitté ma table de salon, je ne parviens pas à la ranger dans un tiroir de mon bureau. En l'observant, j'ai l'impression que Julien me regarde, les sourcils à peine dressés. « Alors ? », dirait-il. Je l'ai lue et relue. Elle m'obsède déjà. Annonce-t-elle une catastrophe, des mots trempés dans un poison invisible ? Un appel au secours devant la maladie, des dettes, l'amour qui s'envole ? Quel danger peut menacer son entreprise ? Parfois, encore, je crois lire les mots d'un quasi-inconnu dont je ne connaîtrais plus que des fragments de mémoire. Comme s'il était enseveli sous une avalanche et, qu'à la surface, je ne captais que des « bips-bips » à peine audibles. Je n'ai aucun souvenir des albums vert et à flamants roses, son séjour à l'hôpital a dû traverser deux ou trois de nos repas familiaux, et seulement par des allusions d'une extrême fugacité, des lambeaux de phrases suspendus dans le silence. Julien ne m'en a jamais parlé, pas même une petite complainte, jusqu'à cette logorrhée qui remonte comme un épanchement impossible à réfréner.

Un boomerang. Julien revient dans ma vie aussi vite et brutalement qu'il s'est envolé, il y a deux ans. Un jour, j'ai reçu un SMS. Il revenait d'une mission à Genève et il voulait simplement savoir comment j'allais. J'avais répondu tout de suite, j'ai toujours le message : « Super, de passage à Paris, la mission est un succès, au-delà de nos espérances. On se voit ? » Silence. Les jours suivants, j'avais insisté, laissé des messages agacés, puis désabusés. Plus rien. J'étais reparti et j'avais oublié. À mon retour, des semaines plus tard, je l'avais appelé, en réponse quelques dizaines de signes avaient fait vibrer mon smartphone. C'est arrivé une fois, deux fois, dix fois. Je n'ai plus jamais entendu le son de sa voix et nous avons commencé à écrire ces parcelles de nos vies, souvent des poussières sans intérêt.

C'était une période complexe, euphorique, notre travail s'était achevé sur un triomphe salué dans de nombreux pays, je ne m'appartenais plus. « Quand je serai stabilisé, tout redeviendra comme avant, je prendrai du temps pour Julien, on se parlera », espérais-je. Je me trompais.

Je tourne en rond dans la ville incandescente. Où est Julien ? Ses mots résonnent comme ceux d'un homme loin de tout, mais il sait se montrer facétieux. Il est peut-être perché en haut de sa tour, ou chez lui, à quelques kilomètres à vol d'oiseau. Je pourrais frapper à sa porte, mais d'expérience je sais qu'il ne m'ouvrirait pas. Mon honneur me retient, aussi, face à un homme qui me dédaigne. Que cherche-il ? M'attend-il ? Peut-être tourne-t-il en rond dans son appartement, avant d'enchaîner les longueurs de piscine, puis de s'abriter sous son casque audio «*gris métallisé*» qu'il pose ensuite bien parallèle à son «*agrafeuse bleue*». Il doit se relever la nuit, puis attendre le matin en pensant «*aux rumeurs*» qui courent dans Endless, cloîtré dans ses obsessions, le visage clos et les lèvres pincées. En réalité, je l'imagine. Il est devenu mon étranger, un hologramme, mon frère virtuel. Là et absent à la fois.

Je relis ses quelques pages à la terrasse des cafés. Il affirme avoir traversé sa vie sur une jambe, avec un bras, un poumon. Amputé de toute confiance en l'autre, parce que la sienne l'aurait déserté. Méfiant, en position défensive, prêt à mordre. Je n'ai pourtant aucun souvenir d'une quelconque agressivité chez Julien. Enfant, il était peu bavard, secret, dans la lune, quand je sautais, criais, riais. Il était le garçon du salon, moi celui du jardin. Lui toujours propre, moi crotté. Il passait ses mercredis et samedis souvent seul, à lire et dessiner, alors que mes copains frappaient à la porte à tour de rôle pour filer dans les bois voisins. Mais nous avions notre propre harmonie. Je connaissais ses sourires, j'entendais ses silences, il pouffait à mes pitreries ou parvenait à me faire taire d'un regard lorsque je le dérangeais. Nous nous aimions comme deux garçons qui se comprennent sans parler, sans doute comme tous les frères, des «reufs», j'adore ce vocabulaire que je n'entends que dans des chansons. Nous ne partagions cependant pas tout, capables de nous réfugier dans la solitude nécessaire à notre construction. Nous vivions, avant tout. Sans trop nous poser de questions, même quand nous étions pleins d'une boule de rage acide qui s'évanouissait une fois le vélo emprunté rendu, le disque perdu racheté, le coup de poing pardonné. Son austérité ne m'a jamais inspiré l'image d'un gamin malheureux, pas davantage celle d'un jeune adulte dépressif. Il a certes toujours gardé une distance avec les situations et les êtres, cette pointe de prétention de celui qui ne laisse pas le premier venu fréquenter son royaume. Moi, j'ouvrais grand mes portes, accueillant de manière égale la vulgarité, le brio, la bêtise brute à l'âge où on ne choisit pas vraiment ses copains. Je prenais tout et je continue, prêt à parler avec la canaille et le philosophe, à m'enfermer un après-midi dans un amphithéâtre pour suivre une conférence sur la cosmologie ou la naissance du mouvement punk, à passer des heures en bibliothèque sur des traductions de l'écriture cunéiforme avant d'écouter ma vieille voisine rabâcher ses commérages dans la cour de l'immeuble.

Les heures passent, je suis une impatience douloureuse, plein d'une hargne que je traîne entre les flots de touristes. Cette ville déborde de monde, cela devient invivable, je rêve de déserts infinis et brûlants, de vent de sable et de pierres. J'ai tellement de questions à poser à Julien, de temps à rattraper. Je redoute d'être passé à côté de son malheur dans une indifférence maladroite, sa souffrance d'un côté du trottoir et mon insouciance de l'autre, celle d'un égoïste, sans femme ni enfants, qui se nourrit d'impulsions et de coups de tête. Je ne peux pas laisser Julien sans réponse, je vais l'aider même si j'ai bien d'autres chats à fouetter. Cela fait des mois que j'attends une position claire de ma hiérarchie, que je m'épuise à écouter le directeur de la « Maison », lorsque je parviens à lui arracher quelques mots, m'indiquer qu'il « a besoin d'éclaircissements ». J'ai besoin d'aide.

Que mon frère pense à moi pour l'assister dans son enquête m'étonne. J'ai toujours travaillé seul ou en petit groupe, loin de la hiérarchie, enchaînant les missions au gré des découvertes de mes collègues, de nos lectures, des accords politiques noués par la France ou des investissements de fondations privées. Je ne me suis jamais rendu à Endless, mon frère ne m'y a pas convié. C'est un nom que je lis parfois lors de campagnes de publicité dans le métro ou dans les journaux, opaque et froid à l'image de cette tour dans laquelle il passe ses journées. Il promet de me guider en furetant dans je ne sais quel compartiment de notre passé. Cela m'effraye.

J'aime l'instant, le bouffer et l'oublier, alterner les éclats et les erreurs. Comme tous ceux qui ont beaucoup perdu j'ai une théorie sur les vertus de l'échec, maintenant j'en ai aussi une sur les dangers du succès. Je ne suis jamais resté au pied de mon avenir à le regarder en me demandant par quel bout l'attaquer. J'ai toujours aimé avancer, je rêve parfois d'être un homme sans l'ombre de sa mémoire. Celle de Julien semble tourner à plein régime, elle me rappelle ces gigantesques pelles excavatrices capables de charrier des tonnes de terre en un mouvement. Que lui arrive-t-il ? Faut-il que j'en parle à nos parents ? Non, je vais encore les inquiéter, c'est une affaire à régler entre nous.

Épuisé par ces heures de marche et de fausse attente, la décision s'impose. J'ai dîné chez Julien moins d'une dizaine de fois, je ne visualise même plus sa cuisine. Je n'ai aucun souvenir de son parfum, et un doute sur la couleur de sa voiture. Tout cela n'a aucun sens.

7

Antoine Hermann est aussi désordonné au quotidien qu'il est rigoureux dans son travail. Il trimballe ce paradoxe depuis toujours en concluant que cette situation vaut mieux que l'inverse. Ce matin, il s'en veut : il a oublié son paquet de Kleenex dans sa voiture. Il est rarissime qu'il se sépare de cette vingtaine de petites et moelleuses feuilles de papier tant elles lui ont sauvé la mise. Quand il sort le paquet de la poche de son costume une lueur s'allume dans les yeux de son interlocuteur. Lorsqu'il soulève la languette et cherche du bout des ongles une feuille à sortir, ce sont des secondes de gagnées, un peu de calme avant les mots cruels qui vont bientôt tomber comme la foudre. Antoine donne souvent l'impression de saisir difficilement une extrémité de mouchoir, mais c'est parce que ses doigts ne sont pas fins. En réalité il est d'une incroyable habileté, il peut en sortir vingt, un par un, en moins de dix secondes. S'il prend son temps c'est pour réfléchir, ou créer un effet de suspense. Il pourrait inventer une compétition, il en existe dans tous les domaines, hier encore il lisait un article sur les récents championnats du monde de cache-cache, en Italie, il aurait adoré y participer. Et lorsqu'il tend le paquet avec un mouchoir à moitié sorti, comme on le fait en offrant une cigarette, il obtient souvent une esquisse de sourire, toujours un « Merci », parfois un « Merci, monsieur ». Il se lève alors pour aller se reverser de l'eau, ou toussoter pour couvrir le bruit de l'opération. Il arrive qu'une personne lui en demande un deuxième. Parfois il cède son paquet entier, avant d'en extirper un autre de son sac sous le regard presque admiratif de son interlocuteur qui sait alors qu'il est entre les mains d'un homme organisé, prévenant. Avec Éliane, ce matin-là, il a pris son temps, il a choisi ses mots, et même son ton. Il a aussi parlé de son avenir, il a alors lu de la surprise dans ses yeux, elle qui mélange tous ces jours qui se ressemblent. Elle lui a même dit qu'il était « gentil » lorsqu'il lui a proposé de retourner à sa voiture pour y chercher un paquet.

Antoine est un de ces hommes ontologiquement heureux. Il aime la vie, en jouit, la pétrit, en respire chaque seconde comme l'air pur qui s'engouffre dans sa chambre dont il laisse toujours une fenêtre ouverte. Chaque jour il renouvelle sa promesse : s'offrir un petit moment de bonheur, un plaisir égoïste. Un bon verre, une pâtisserie entre deux rendez-vous, deux minutes, appuyé contre un mur le visage offert au soleil, le choix d'un vêtement confortable, des fleurs offertes à Cécile, dix pages d'un bon livre, une partie de cartes avec Quentin ou de chatouilles avec Elsa, le bonheur et la sensualité ne doivent pas déserter une journée d'Antoine. Il a toujours eu ce caractère, il ne l'explique pas et ne veut surtout pas remettre en cause cet optimisme invétéré, son carburant pour distribuer des Kleenex.

Pas davantage qu'il ne sait expliquer son optimisme naturel, Antoine ne sait pourquoi il a choisi son métier. L'argent n'a jamais été un objectif, ses parents en avaient assez pour que ce ne soit pas un sujet à la maison. Sa politique des petits plaisirs n'est pas trop onéreuse, son plus gros budget annuel tient dans les quatre billets d'avion qui expédient sa famille chaque été au bout du monde. Il voit néanmoins le sujet de façon un peu différente à force de connaître les émoluments des patrons qui l'emploient. Réussir de prestigieuses études n'a pas, non plus, représenté un chemin impératif vers le bonheur, une très bonne école de commerce a fait l'affaire parce qu'elle constituait la garantie de trouver un emploi, et offrait la possibilité de passer une année d'études aux États-Unis. C'est d'ailleurs à l'université de Boston qu'il a découvert que son meilleur atout portait un nom et était même enseigné dans un cours : les *soft skills.* Les compétences humaines : l'intuition, la bienveillance, la capacité à travailler en équipe. Harmoniser ces qualités avec un travail plus technique pouvait donc permettre de faire carrière, la perspective avait comblé Antoine qui n'en demandait pas plus.

Éliane n'a pas eu la chance de faire des études, songe-t-il alors qu'elle s'empare d'un deuxième Kleenex, peinant à décoller la languette, mais qu'est-ce que c'est mal pensé ces paquets, c'est insensé. Antoine se sait capable de contacter l'entreprise pour se plaindre, comme à Noël lorsqu'il s'amuse à renvoyer des boîtes aux fabricants en disant qu'un chocolat était « pourri », le plus souvent il reçoit la même boîte en cadeau. Ça l'amuse follement, comme une petite revanche sur ce système qui le fait vivre mais le rend fou, parfois. Éliane a commencé à bosser à seize ans dans cette usine d'abattage de poulets. Elle en a quarante-huit. Pendant ces trente-deux années, l'arrivée de trois enfants et celle de deux maris ont été les événements majeurs de sa vie. Sinon, les journées ont été identiques, deux cents poulets à vider et nettoyer chaque jour, les épaules et les bras qui s'usent, les jambes qui gonflent, les odeurs qui, avec le temps, n'existent plus. Les week-ends à s'occuper des enfants, faire des lessives et des courses et s'arrêter acheter une grille de Loto, cuisiner, repasser, partir en fin de dimanche se promener en voiture quand il pleut, dans la forêt quand le soleil est là, et soupirer très fort, le lundi matin, quand dans le ciel bleu marine de l'aube se découpe la silhouette de l'usine, et que le ticket perdant rejoint les autres dans le vide-poche de sa vieille Clio. Un de ces jours elle pourrait bien rejoindre les gilets jaunes sur le rond-point à la sortie de la ville.

Éliane a compris. Il lui a fallu plusieurs minutes, c'est normal devant ces mots compliqués, ce vocabulaire technique qui pourrait se résumer en une phrase, malgré le soin qu'Antoine prend pour être clair et le moins brutal possible. La quadragénaire se frotte les yeux, Antoine remarque ses ongles abîmés, ses mains épaisses et rougies. Il est profondément touché par cette femme usée. La lecture de son dossier lui en a rappelé beaucoup d'autres, consultés dans une salle aussi froide et banale qu'aujourd'hui, à l'arrière d'une aciérie, d'une usine métallurgique, d'une fabrique de lait. Il comprendrait qu'elle se mette en colère, il souhaiterait presque que cette violence explose, qu'elle l'accuse d'incarner un système impitoyable, mondialisé, ultra-concurrentiel, dominant, alors qu'elle défend un peuple laborieux, courageux, impuissant. Mais Éliane ne bronche pas, elle attend comme elle a attendu toute sa vie.

Antoine est un homme heureux très bien payé pour en prendre plein la gueule. Cela lui est arrivé à deux reprises, cela le menace tous les jours. La première fois, c'était un technicien logistique de cinquante-huit ans. Un homme calme, droit, dont les mains posées sur les cuisses n'avaient pas bougé d'un centimètre pendant les explications d'Antoine. Pas un mot, surtout pas « Au revoir ». C'est alors qu'il avait la main sur la poignée de la porte qu'il avait pivoté, déployé ses jambes sur trois foulées, puis sa main droite s'était envolée pour venir frapper la joue d'Antoine. Sa tête était partie en arrière, sa chaise avait basculé et la moquette avait amorti son corps. Lorsqu'il s'était relevé, l'homme était déjà dans le couloir, il n'avait toujours pas desserré les dents. Antoine n'avait pas soufflé un mot de l'incident à la direction de l'entreprise. La seconde fois, c'était un soudeur d'une petite trentaine d'années. À peine Antoine avait-il commencé à parler que la table, très légère, s'était soulevée, retombant partiellement sur sa tête, tandis que l'ancien salarié s'acharnait sur la porte avec ses poings avant d'être ceinturé par des collègues. Antoine leur avait demandé de se taire.

Partout où il passe, les salariés l'appellent le « dégraisseur ». Le « manager de transition », disent ses patrons, qui aident d'autres patrons à régler une situation exceptionnelle en leur envoyant des bataillons d'« Antoine ». C'est même devenu le nom officiel de son métier, objet de recherches universitaires, de rapports, d'audits. Les *« crash program »*, les projets *« Time to move »*, *« Act »*, c'est pour eux. Les tableaux de « PIC » (performance individuelle comparée) et de *« win ratio »*, Antoine connaît par cœur. À certains moments, et dans certaines régions comme le Nord et l'Est, les fermetures d'entreprises sont si nombreuses que des profils comme le sien manquent. Cela chagrine Antoine d'exercer un travail aux noms si laids. Cela ne colle pas avec son caractère, la bienveillance avec laquelle il met en œuvre les décisions d'actionnaires et de dirigeants dont en rien il n'est responsable. Lui, il exécute. *« Action, please »* : combien de fois a-t-il lu cette injonction dans des e-mails justifiant sa mission. Une fusion, un programme d'investissement, un creux dans les carnets de commandes, une discussion avec les banquiers qui échoue, un incident entre les actionnaires, les déclencheurs peuvent varier, mais la conclusion est immuable : des salariés doivent quitter la boîte. C'est la tâche d'Antoine. Le sort d'Éliane.

Elle se lève en lissant les plis de sa jupe. « N'oubliez pas, Éliane, vous avez un avenir. Les indemnités vont vous donner du temps, et je vais me débrouiller pour que vous ayez une bonne formation en couture, il y a une très bonne entreprise dans la région qui recrute souvent. Ce n'est pas fini. » La femme sourit, murmure « Merci, vous êtes gentil, vous. » Par « vous », elle pense à son chef de chaîne, un abruti aux cheveux rasés qui aime humilier les femmes, et le patron de l'usine, un énorme type avec une gourmette en or et une Mercedes S. Mais cet Antoine ne fait que son boulot, songe-t-elle, même si c'est un drôle de travail que de virer des gens.

Antoine referme le dossier d'Éliane et le range avec ses mouchoirs. Voilà, une mission de plus. Il reste quelques minutes à observer cette petite salle sans fenêtre dans laquelle une trentaine de vies viennent de basculer. Dès demain elle recommencera à accueillir des réunions où les survivants continueront à se battre pour leur avenir. Antoine se lève, quitte la pièce et se dirige vers la sortie. Il songe déjà à sa prochaine mission qui commence dans une semaine. Elle sera bien plus complexe. Pour la première fois de sa carrière, songe-t-il en s'asseyant dans son train, il se sent inquiet avant même le début d'un job. C'est sans doute lié à la façon dont Anne Montelier, la P-DG d'Endless, lui a présenté le travail, il y a quelques jours : Antoine la connaît depuis longtemps, elle lui a offert un visage brutal qui ne lui ressemble pas. Elle n'a pas abusé de mots pour lui exposer le tableau : « Nous allons peut-être nous séparer d'un nombre important de collaborateurs. Deux cents environ, 10 % des effectifs. Il faut aller très vite. » Antoine l'a sondée sur les motifs : « Plusieurs très gros contrats que nous risquons de perdre. On n'y voit pas encore clair mais je peux vous raconter ce que je sais. »

Tout est parti du « Chinois », comme elle le surnomme sans qu'Antoine ait relevé une marque de racisme, juste de la colère. « Ho est l'un des plus gros clients d'Endless. Il fait du fret. Un colis sur deux qui quitte l'Asie dépend de lui. Il possède d'innombrables sociétés. Celles qui ont une antenne en Europe sont pour la plupart assurées chez nous.» Anne ne l'a pas rencontré souvent, trois ou quatre fois tout au plus, mais elle a gardé l'image «d'un homme doté d'une incroyable capacité à rester immobile». Elle se souvient d'heures de réunion pendant lesquelles Ho laissait parler ses collaborateurs. Ses yeux se déplaçaient de l'un à l'autre, ni ses mains, ni son buste, ni ses jambes ne bougeaient d'un centimètre. Quand il le décidait il lançait des phrases sèches qu'aucun membre de son équipe ne discutait. «Ses mots étaient son mouvement», se rappelle Anne.

La P-DG est furieuse car Ho a utilisé les fonds d'une de ses entreprises assurées par Endless pour effectuer une acquisition illégale. «Une opération très technique, je vous donnerai les détails plus tard. Mais notre lien avec cette boîte a suffi pour nous entraîner dans un dossier judiciaire complexe.» D'après Anne Montelier, l'enquête policière progresse, mais lentement. En revanche, la justice commerciale a déjà infligé une lourde amende, dix millions d'euros, à la société de Ho ainsi qu'à Endless. «C'est une sorte de caution qui sera au final ajustée selon notre collaboration dans l'enquête. Une manière de nous tordre le bras. Ce vieux filou nous demande de partager le paiement de la sanction, sous peine de retirer tous ses contrats chez nous. Il faudrait alors tailler dans les effectifs, il pèse au moins un tiers de notre chiffre d'affaires! Ce n'est pas tout : Ho s'estime victime et veut porter plainte contre ceux qui l'ont soi-disant escroqué!» Montelier est déchaînée, elle n'a qu'une obsession : «Cette affaire doit disparaître, pour Endless c'est une atroce publicité.»

Elle a fait une offre à Ho : il paye seul l'amende et il retire sa plainte, en échange elle lui garantit des tarifs avantageux sur ses futurs contrats, car elle a besoin de le garder parmi ses clients, et il le sait bien. Le protocole d'accord doit lui être livré le 6 juin. En attendant, Antoine s'est vu confier une première mission baptisée par Montelier « le plan Next » : « Certains salariés doivent penser que quitter Endless sera la meilleure chose qui puisse leur arriver à ce moment de leur vie. Il faut les y préparer, leur faire croire qu'ils participent à leur destin, cela les aidera à accepter notre décision. Mais trouvez d'abord une ou deux personnes qui vous aideront à identifier les maillons faibles. »

La douceur de cette fin de journée le caresse, il jubile à l'idée d'une semaine de vacances en famille, dans le sud de l'Espagne, avant d'embaucher. Sans le souvenir d'Anne Montelier, Antoine se sentirait léger. Mais cette idée de trier les salariés d'Endless pour repérer les plus faibles, les inciter à partir, ne lui plaît pas. Et encore moins celle de s'appuyer sur des espions internes. Il finit par conclure que sa philosophie est juste : le bonheur se conquiert à chaque instant. En approchant de sa maison, il s'achète une bouteille de champagne.

8

Dans la chaleur naissante du petit matin, je lève les yeux vers les milliers de vitres teintées d'Endless, ce paquebot de verre aux abords de Paris. L'immeuble émerge de la froideur urbaine grâce à ses dimensions vertigineuses, c'est impossible de l'ignorer. Je me sens écrasé comme lorsqu'on se trouve au pied de ce building de Bombay, un monstre juché sur une colline (j'y ai, il y a quelques années, piloté la restauration d'un temple) dans lequel vit… une famille de quatre personnes, celle de l'homme le plus riche du pays. Combien sont-ils ici ? Je fixe cette paroi qui ressemble à de l'or aux pires heures de la journée, lorsque les rayons du soleil frappent le verre. Je suis à deux doigts de reculer : chercher Julien sur son lieu de travail a quelque chose d'irréel. Mais puisqu'il m'ignore, je vais le chercher. Puisqu'il m'écrit, nous allons parler.

Je l'imagine m'observant derrière un de ces rectangles de verre. Un long frisson d'excitation me grimpe le long de la colonne vertébrale, j'ai peur comme devant tout univers inconnu. Mais j'aime les défis, les lignes jaunes. Des colonnes de salariés me contournent, longues enjambées et têtes baissées, cigarettes mal écrasées dans un grand pot métallique avant de s'engouffrer dans un tourniquet géant. J'ai choisi un pantalon sombre et une veste noire, comme je l'espérais je ne suis pas le seul. La qualité de mes vêtements me fait davantage ressembler au vigile posté à l'entrée de l'immeuble qu'aux cadres qui me doublent. Gigantesque et impassible, il me toise. J'exhibe calmement une enveloppe « à l'attention de M. Julien Bracher. Service "Prospectives" URGENT ». « Pièce d'identité, s'il vous plaît. » « C'est trop bête, je l'ai oubliée au bureau hier soir. Société Vivatek. Je dois seulement déposer l'enveloppe à l'accueil. » Le type hésite. La qualité de mes vêtements me place dans son camp : « Bon, je dois quand même vous faire un badge provisoire, à quel nom ? » « Harold Berger. » « Comme un berger ? » « C'est ça. Encore merci. »

À l'intérieur, tout me semble démesuré, la hauteur de la verrière, celle des plantes dans des pots gigantesques. L'accueil se trouve à une bonne vingtaine de mètres du bureau des vigiles. La foule est dense, c'est ma chance. Le badge en évidence, le débit ultrarapide, j'explique à l'hôtesse que je dois remettre « ce pli à M. Julien Bracher. En mains propres. Il m'attend ». Je prends un air sévère, important. Elle appelle le poste de Julien, personne ne répond. « C'est urgent, mademoiselle. » Elle regarde les vigiles, qui sont occupés. « Son bureau est au vingt-septième étage, bonne journée monsieur Berger. » Je contourne le stand de l'accueil. L'homme qui m'a badgé fume à l'extérieur du bâtiment. Mon enveloppe bourrée de papier bulle sous le bras, je file vers un ascenseur dont les portes viennent de s'ouvrir.

Mon frère ne m'a jamais beaucoup parlé de son métier, ses silences m'ont même empêché de m'y intéresser. « J'examine toutes les conneries dont nous sommes capables, et je fais en sorte que nous ne les répétions pas », blague-t-il parfois. J'ai toujours établi un parallèle entre son travail et son comportement solitaire et méthodique. Sa vie intérieure semble coïncider avec le monde rigoureux et harmonieux de ses statistiques. Je jalouse cette opacité qu'il maintient sur son métier, comme s'il s'agissait d'une mission secrète. C'est pourtant moi qui ai découvert le premier ma vocation, et j'en suis fier.

Vers quinze ans j'avais choisi, pour occuper mon temps avant les vacances des parents, un stage d'archéologie en Auvergne. Un pur hasard, je crois que les formules escalade et camping étaient complètes. À cette époque, déjà, toute expérience ne me semblait pertinente que si elle était ultime, ou presque : me faufiler dans les voitures les plus rapides des grands frères des copains, escalader les murs les plus hauts, les parapets les plus étroits, je grimpais, je sautais, je courais, rien ne m'arrêtait sinon l'instant précédant celui de trop. Une semaine d'autonomie totale dans un univers inconnu, c'était parfait. L'archéologie n'était qu'un mot mais au moins je serais à l'air libre. J'étais rentré du stage en plein après-midi. Les parents travaillaient, le père d'un copain m'avait ramené à la maison. J'avais jeté mon sac dans ma chambre avant de rejoindre Julien qui lisait dans le jardin. « J'ai trouvé ! », avais-je crié en courant vers lui. Depuis son hamac, il avait tourné la tête avant de lancer, la voix ramollie : « Quoi ? » « Eh bien ce que je veux faire plus tard ! Tu croyais que j'étais en vacances ou quoi ? »

Devant son absence de réaction, je n'avais pas trouvé les mots pour lui expliquer avec précision comment cette première expérience m'avait procuré un extraordinaire sentiment d'apaisement. Chaque fin de journée, j'avais lavé avec soin mon matériel avant de ranger, un peu triste, ma pioche, mon fil à plomb, ma truelle, mes pinces. J'avais découvert, fasciné, un monde de silence et de solitude. J'avais enfin consenti à des efforts sans rechigner. J'étais à ma place. De cette époque j'ai construit un équilibre qui ne m'a plus jamais quitté. Je ne grimpe plus sur les parapets mais je suis toujours celui qui ne veut jamais qu'une soirée se finisse, à la recherche de la dernière danse, de l'ultime verre, d'une autre porte à ouvrir, d'un sourire dont je rêverai demain. Je suis sensible aux influences dans ma façon de m'habiller, me déplacer, m'amuser, j'aime m'oublier dans les mouvements, ma vie requiert une variété de rythmes en écho avec mes états d'âme irréguliers. Mais, une fois dans les replis de la Terre, je redeviens méthodique, en ordre. Comme Julien. Mais il a toujours considéré sa carrière comme supérieure à la mienne. Plus noble, plus utile, plus visionnaire.

Pourtant, lui ai-je souvent répliqué, s'intéresser à la mémoire du monde devrait mériter davantage de respect. J'ai souvent eu l'impression d'être à ses yeux un homme inutile, allongé dans la terre et la boue à la recherche d'un temps qui ne l'intéresse plus. Mon frère n'est pas un cas unique. Les médias s'intéressent très peu à nous, seules les découvertes historiques exceptionnelles font l'objet de quelques articles, de brèves émissions qui ponctuent des mois de fouille, des années de recherche. Mais nous aimons cette discré-tion. Les archéologues sont des personnes souvent secrètes, mes frasques à la ville ne font pas de moi une figure à part dans notre communauté. Nous sommes des protecteurs de mémoire. En les mettant à nu, puis à l'abri, nous veillons sur des richesses immenses. Les hommes ne s'y sont d'ailleurs pas trompés, les pillages d'œuvres d'art étaient déjà un sport national sous l'Empire romain. J'ai souvent rappelé à Julien, plongé dans ses livres, comment notre travail a participé à la découverte de l'écriture, sans des générations d'archéologues le sumérien, le vieux perse, l'élamite, le hittite, l'urartéen, le hourrite seraient toujours des langues inconnues. Et notre histoire un fil cassé, un texte rempli de pages d'ignorance. Il n'écoute que d'une oreille, sourit comme à un jeune enfant qui avance avec maladresse des idées qu'il croit connaître.

Pour lui, pas de coup de foudre. Tout a été plus lent même si, lorsqu'il a rejoint Endless il y a une vingtaine d'années, il était un pionnier dans sa discipline. « Un jour nous serons tous surveillés à distance, vous verrez ! », aimait-il répéter sous nos regards interrogatifs. Internet, la Silicon Valley déjà le fascinaient, il avait deviné cette mise en ligne globale des connaissances qui s'annonçait, il sentait que sans bouger d'un point fixe il pourrait un jour explorer des vies partout dans le monde. Il nous a régulièrement appris ses promotions, nous ne comprenions pas toujours son métier mais nos parents étaient si fiers. Mais avant de trouver sa voie Julien a longtemps tâtonné derrière son calme olympien, à l'inverse de mon intuition adolescente. Claquemuré dans sa chambre, il préférait des heures de rêverie et de lecture à son travail scolaire, il ne sauvait sa tête que grâce à une étonnante capacité de concentration qui lui permettait d'absorber l'essentiel quelques jours avant un devoir. Bien sûr, il avait une facilité particulière en maths, « il voit clair au milieu des aveugles », disait sa prof. En progressant à Endless Julien rayonnait enfin, à sa façon, silencieuse et presque prudente.

Son entrée dans le DPIV, ce petit groupe de génies, avait marqué une forme d'apogée. Cette solidité soudainement irradiante ne m'a presque jamais fait douter, même pendant ces deux années d'absence, de son équilibre, sans doute de son bonheur. Julien trace sa route tel un homme d'habitudes, quand je suis le foutraque, l'inconstant, le gars sans femme ni enfants, sans périodes de travail régulières. Le frère des « sans », pas malheureux mais lisant dans les yeux de ses proches le reflet d'un type destiné à tâtonner jusqu'au bout de sa vie. « Tu fouilles, tu fouilles... mais que trouves-tu ? », voilà un SMS de Julien que j'ai retrouvé l'autre jour. Nos mondes parallèles ne nous ont pas aidés, chacun plongé aux deux extrémités du temps, moi le passé, lui le futur, chacun plutôt éloigné d'une vie concrète.

L'ascenseur s'ouvre soudain, je suis le flot humain qui converge vers le même endroit : un auditorium de mille places à l'entrée duquel un panneau indique « Point d'information sur les perspectives d'avenir d'Endless ». Je trouve difficilement une place assise tant la réunion semble attendue, des salariés garnissent les marches entre les allées, tentant de se rafraîchir avec des tracts syndicaux transformés en éventails. Au pied des travées, un homme en bras de chemise rassemble des feuilles et tapote un micro pour en vérifier le niveau sonore. Il tousse plusieurs fois, à la recherche de sa voix, regarde avec appréhension l'amphithéâtre plein à craquer. En rangeant ses documents il renverse son verre d'eau, une longue traînée liquide traverse la table. Il commence à fouiller dans sa sacoche quand un de ses collègues, élégant dans un costume en lin marron clair et des mocassins portés sans chaussettes, se précipite avec un paquet de Kleenex pour l'aider à éponger. Il lui prend furtivement l'épaule pour le rassurer, l'orateur le remercie d'un signe de la tête avant de s'installer devant le micro. « Bonjour, merci à tous d'être venus si nombreux. » Je scrute la foule à la recherche de Julien. S'il est là, il sera plutôt dans les derniers rangs, à distance mais concentré. Je ne le vois pas. « ... la situation est toujours confuse. Endless vit sous la pression d'un de nos plus importants clients, M. Ho, qui menace de retirer ses contrats. Le dialogue social est parasité par une affaire judiciaire dont nous ne connaissons pas les détails. Il est d'autant plus important de garder collectivement notre sang-froid. »

Les regards sont braqués vers le syndicaliste, des mains commencent à se lever. Les chemises blanches collent le corps des hommes en dessinant leurs pectoraux ou leurs formes arrondies. Des femmes entortillent leur collier de leurs doigts bagués, font glisser leurs bracelets sur leurs avant-bras en manque de soleil. Les mains massent des visages fatigués, des mâchoires se contractent sans relâche. Un ostéopathe se régalerait de ces corps tendus, muscles serrés, dos noués, nerfs usés. Je croise des yeux affolés ou vides. Ces hommes et ces femmes habitués à tout maîtriser découvrent leur plus grand point faible : l'ignorance, et la vulnérabilité qui l'accompagne. Ils ne savent pas ce qui va se passer. C'est l'amorce de la peur, leur chemin vers le bloc opératoire. « Mais quand y verra-t-on enfin clair ? On ne peut pas rester éternellement sous la pression du Chinois, non ? », crie un homme en levant les bras. Quelques applaudissements appuient sa demande. Tous ces cadres, ingénieurs, statisticiens, spécialistes du marketing, font connaissance avec la crainte du lendemain. Ils ressemblent à des enfants qui auraient peur de se lever et tenir sur leurs jambes. « C'est vrai, c'est épuisant... », soupire ma voisine. Tant qu'il reste une dimension conceptuelle, ils adorent le doute, c'est plus intéressant que des certitudes. Mais son irruption dans leur vie est un choc, comme si s'ouvrait devant eux une porte donnant sur le monde réel. Celui des coups durs, des trous d'air et des licenciements, les vingt-deux mille départs de France Télécom ont frappé les esprits. L'époque change, leurs propres algorithmes désormais les menacent. Ils découvrent le vide qui borde leur monde.

La réunion s'achève. Les salariés semblent abattus et sortent dans un cortège de murmures. Je me sens ridicule, je cherche encore Julien du regard mais la foule est trop compacte. Je m'approche du syndicaliste.

« Bonjour, Loïs Bracher. Le frère de Julien... Vous le connaissez ? »

L'homme marque un temps d'arrêt mais semble soulagé que je ne vienne pas l'interroger sur la situation d'Endless.

« Oui.

– Voilà, depuis quelques jours je n'arrive pas à le joindre au téléphone, or j'ai une information importante à lui transmettre. Je me suis dit que je n'avais plus qu'à venir à son travail... Pouvez-vous m'emmener à son bureau s'il vous plaît ?»

J'ai dû choisir le ton adéquat.

« Gaetano. Suivez-moi. »

Il me tend la main. La mienne tremble.

Le plateau où travaille Julien est un vaste espace entouré de hautes vitres et segmenté en longues tables qui elles-mêmes abritent des espaces individuels, parfois six, parfois huit, « c'est selon l'organisation de chaque service », m'indique Gaetano, « et sur les côtés, les bureaux des chefs ». « Lequel est celui de Julien ?» « Ah mais il n'en a pas, tenez voilà son espace, celui au bout de la rangée. Il n'est pas encore arrivé. » Je découvre une banale table blanche, un ordinateur et divers objets, dont l'agrafeuse bleue et le casque audio métallisé. L'endroit ne donne pas l'impression d'une activité frénétique. Je n'ose rien dire. Gaetano s'approche de moi et chuchote : « Ici, ce sont les cadors d'Endless, vous savez. Les créatifs. » Puis il pose son index sur ses lèvres pour me recommander le silence.

La voisine de Julien, une belle jeune femme, écrit sans réagir, les oreilles protégées par un casque. « Emmanuelle », est-il inscrit sur son poste fixe dont je note mentalement le numéro. Elle me jette un rapide coup d'œil en esquissant un sourire automatique. Gaetano s'éloigne et me fait signe de le suivre.

« Julien doit être en rendez-vous extérieur, je suis désolé.

– Merci pour le coup de main. Je vais insister au téléphone, et je repasserai si c'est nécessaire. Je peux vous laisser mon numéro, si vous le croisez ?

– Bien sûr. »

Gaetano me raccompagne dans le gigantesque hall. J'ai faim.

J'attends mon plat dans un restaurant italien où j'ai pris mes habitudes. Je n'ai aucune envie de déjeuner seul chez moi devant la lettre. Je suis surpris. J'imaginais Julien comme un des grands chefs d'Endless, avec bureau fermé et perché dans les derniers étages, et je découvre une rangée de tables jumelles. Il ne m'a jamais donné la moindre information pour le situer dans son entreprise, mais à sa façon d'en parler j'avais retenu qu'il faisait partie des « chefs », comme s'il existait un lien naturel entre son statut d'« aîné » et sa fonction. Ma déception est l'expression de ma fierté écornée pour mon frère. Parmi les nombreux sentiments qu'il m'inspire, le mépris n'a jamais trouvé sa place. Lui, en revanche, me considère-t-il encore avec cette légère condescendance ? Mes nombreuses missions ne m'ont-elles pas fait gagner quelques galons ? Mes orecchiette n'arrivent toujours pas, je m'agace, lorsqu'un numéro inconnu apparaît sur mon écran :

« Loïs Bracher ?

– Oui ?

– C'est Gaetano. Je ne vous dérange pas longtemps, mais je suis mal à l'aise. Je vous ai menti tout à l'heure : Julien ne pouvait pas arriver à Endless. Il a posé un long congé. Nous ignorons où il se trouve. »

9

Ho ne quitte plus Genève. Il a abandonné sa luxueuse chambre d'hôtel au bord du lac pour s'installer dans la salle 707 du port franc. Ses bagages sont stockés dans un coin de la salle des livraisons afin de ne pas encombrer son lieu de méditation. Les jours passent, il se sent comme chez lui. Grâce à Arnold Archiapatti, Ho peut se doucher dans les sanitaires réservés au personnel. En revanche il doit sortir pour se nourrir, une fois par jour, le soir en général. Il appelle un taxi, passe deux heures en ville et rentre. Il gère ses affaires dans le plus grand secret. Parfois une valise remplie de vêtements neufs lui est apportée par un chauffeur surgi d'on ne sait où, ou un colis de livres, une boîte de cigares, son dernier plaisir, des médicaments. De temps à autre, il arpente le couloir le téléphone vissé à l'oreille, mais pour des durées assez brèves.

Il passe l'essentiel de ses journées assis sur sa chaise au milieu de la pièce. Endless est suspendu à sa décision sur sa plainte, le 6 juin se rapproche. Le monde tournoie mais Ho reste immobile, les yeux rivés sur le mur blanc. Au centre de lui-même.

Archiapatti a eu beau insister mille fois, Ho n'a pas demandé de lit. « Mais enfin monsieur, vous savez combien il est délicat de trop chauffer ces salles, vous ne pouvez pas rester comme ça ! », s'échine le directeur du port franc en resserrant ses mains autour d'une de ses nombreuses écharpes en soie. Ho reste intraitable. Le soir, en rentrant du restaurant, il passe encore une heure ou deux devant le mur. Puis il s'enroule dans un long manteau en laine noir, et s'allonge dans un coin de la salle, à même le béton. Il adopte toujours la même position, en chien de fusil, et n'en bouge plus.

Petit, il ne parvenait pas à s'endormir. Cela rendait fous son père et sa mère qui n'avaient pas les moyens de lui offrir une chambre séparée. Son petit matelas se trouvait dans un coin de la pièce, alors que le grand lit en bois des parents trônait au centre. Pourtant, Ho fournissait des efforts. Avec méthode, il testait toutes les positions favorables pour trouver le sommeil : sur le ventre, le dos, les genoux en boule, les jambes bien allongées, les mains posées à plat sur le drap. Il veillait toujours à ce que ses pieds restent bien positionnés vers le mur, sinon les esprits lui joueraient des tours. Mais rien n'y faisait, le sommeil s'échappait. Il murmurait des chansonnettes à de petits personnages fictifs qui avaient construit une cabane dans le haut de son lit, à droite. Il imaginait une famille qui dînait réunie, puis les parents couchaient le petit en l'embrassant dans le cou. Le garçonnet répétait la scène chaque soir dans le creux de son bras. En vain. Il se rassurait en concluant qu'il était assez heureux pour ne pas avoir envie de voir la journée s'achever. Mais il savait qu'il se mentait sans parvenir à identifier ce qui l'empêchait de s'endormir.

C'était une crainte difforme, plus forte que la banale peur du noir. Il cherchait quelque chose sans deviner quoi. Son père n'était jamais là pour le rassurer, car il rentrait toujours très tard du travail. Pour améliorer son maigre salaire de paysan que lui versait l'État, il avait développé une petite activité de transport de marchandises. Chaque soir, il enfourchait sa mobylette et trimballait des paquets aux quatre coins des campagnes environnantes, surtout pour des personnes âgées qui vivaient seules et ne parvenaient plus à se déplacer. Des vêtements, de la nourriture, des outils circulaient grâce à lui de famille en famille. Il gagnait une toute petite somme chaque fois mais, mises bout à bout, cela complétait sa solde. Cela ne paraissait alors pas grand-chose, mais un jour Ho réalisa combien son père était un précurseur de la libre entreprise. Qui ne le sut jamais car il mourut peu avant que le Parti n'autorise ce type d'initiative individuelle.

Un soir d'été, alors qu'il avait une dizaine d'années, épuisé par une journée passée à courir dans la campagne, son esprit avait lâché prise et s'était envolé en paix vers des images joyeuses et désordonnées. Le claquement brutal de la porte d'entrée l'avait extirpé de sa bulle cotonneuse. L'enfant s'était raidi dans ses draps, le corps bien collé le long du mur, les muscles durcis. Le retour prématuré de son père était un événement exceptionnel. Il avait découvert, le cœur battant, la scénographie domestique, les pas lourds dans la cour centrale, puis les glissements des pieds nus sur le parquet de la pièce principale ; les différents grincements des portes, l'aigu de celle de l'entrée, le gras du battant de la cuisine dont la résistance avait vite cédé sous son vigoureux coup d'épaule. La montée de l'escalier, ralentie par la fatigue.

Ce soir-là, le ton était vite monté entre ses parents. Malgré leurs efforts pour ne pas crier, Ho percevait des bribes de leurs chuchotements hargneux. « Rien à faire », « il n'en saura jamais rien », « pas la peine de lui expliquer » « beaucoup trop jeune ». Lorsque le silence s'installait, Ho ne bougeait plus. Il avait soulevé la tête, la nuque douloureuse, pour apercevoir sa mère, allongée sur un coude, qui regardait son père se déshabiller. Ho passait l'essentiel de son temps avec elle, il l'aimait tant. Certains soirs, la vision de son corps qu'il imaginait endormi l'aidait à trouver le sommeil. Ho attendait, et commençait à transpirer. « Tu ne veux jamais voir la vérité en face » avait lancé sa mère, la voix plus rauque. « La vérité, la vérité, quelle importance ! », avait répliqué le père de Ho, en haussant la voix. Ho avait reposé sa tête et fermé les yeux, mais ses parents ne semblaient pas se préoccuper de lui. Il avait laissé un filet d'air s'échapper tout doucement de sa bouche sèche, comme s'il avait peur qu'on découvre sa présence. Sa mère s'était retournée dans un froissement de draps, une façon de mettre un terme à la conversation. Le père avait grogné avant de se laisser tomber lourdement sur le matelas. Très vite il avait ronflé. Malgré tous ses efforts, Ho n'avait pas fermé l'œil, passant la nuit immobile comme s'il s'était réfugié dans une zone secrète de son âme.

Les jours suivants il était resté muet. Au début sa maîtresse l'avait jugé fatigué, puis elle s'était emportée contre son silence. Ho ne parvenait pas à lui expliquer en quoi l'affrontement entre ses parents l'avait à ce point traumatisé. Quand elle le retenait avec elle après les cours il restait planté près du tableau, bras le long du corps et tête baissée, redoutant de dire une bêtise. Elle lui infligeait des dictées difficiles, il multipliait les fautes et elle le menaçait d'une punition bien connue des enfants de la région : le garder la nuit entière à lire en lui piquant les jambes avec une aiguille pour qu'il ne s'endorme pas. Ho était perdu. Il ne savait plus s'il était toujours chez les petits ou si la découverte de la tension familiale l'avait propulsé chez les grands. Ses petits mensonges d'enfant (affirmer qu'il s'était bien lavé alors qu'il s'était contenté d'une toilette de chat, dire qu'il avait bien mangé à la cantine alors même que ce n'était pas le cas) lui semblaient un exemple de haute trahison, ses petites vérités s'évanouissaient dans l'immensité et la complexité du monde des adultes. Il pressentait que des choses importantes avaient été dites ce soir-là, peut-être même le concernaient-elles de près, mais il lui était impossible de préciser son sentiment. Il était paralysé. Il craignait que le moindre mot ne soit retenu contre lui.

À la maison c'était pareil, il lui était inconcevable de laisser entendre à ses parents qu'il les avait surpris, cela revenait à briser une sorte de pacte familial. Alors il se taisait, provoquant l'inquiétude de sa mère, mais pas celle de son père; depuis cette nuit il rentrait encore plus tard que d'habitude et ne croisait même plus son fils. Il avait fini par sortir de son silence lors d'une bagarre dans la cour qui l'avait obligé à hurler pour séparer deux de ses meilleurs amis. Mais Ho n'a jamais oublié cette nuit et ces jours de jeûne des mots.

Ho se surprend à aimer ce voyage dans son passé. Pendant des décennies il a manqué de temps pour se retourner, il n'est même pas certain d'en avoir eu envie. Courir après la fortune ne lui a pas permis de nourrir beaucoup de passions, hormis celle pour les sculptures anciennes. En presque quarante ans de labeur, il a bâti le plus grand groupe de transport de Chine : la quasi-totalité des colis circulant dans le pays, et des conteneurs le quittant, dépend de son empire. Il sait ce qu'il doit à son père, qu'il revoit quitter la maison, des paquets attachés à l'arrière de sa vieille motocyclette Qingqi. Dans leur petite ville de Pojiao, il avait été le premier à parier qu'un jour gagner sa vie en dehors du régime serait possible. Il avait raison. À la fin des années 1970, Pékin avait autorisé les agriculteurs à créer leur entreprise. Le père de Ho, qui s'était empressé de régulariser ses tournées occultes à motocyclette, se passionnait pour le sujet. Il en parlait pendant des heures avec un cousin membre du Parti. Grâce à ses explications, Ho avait compris que les paysans allaient bientôt fondre en masse vers les villes pour y trouver encore plus de travail et d'argent. L'industrie explosait, partout l'État construisait des routes, des ports, des voies ferrées. Le transport devenait un marché décisif.

Après plusieurs années à travailler dans une ferronnerie, et à accumuler des économies, Ho avait racheté une petite société qui acheminait des matières premières (du sable, de l'eau) sur un chantier ferroviaire que le Parti avait lancé dans la région. Puis une autre, destinée à approvisionner en fer et en cuivre l'usine qu'un haut cadre du comité local venait de créer. Les banques avaient commencé à prêter de l'argent aux particuliers, Ho avait continué ses emplettes jusqu'à la création de son groupe, Mingyun. À quarante ans, il était déjà un homme puissant et respecté, mais il ne s'était pas arrêté là, en jouant de ses anciennes amitiés et de nouvelles alliances nouées avec des hommes de la génération montante. Vingt ans plus tard, il dirigeait un empire.

Le mur blanc permet à Ho, les yeux mi-clos, de traquer ses souvenirs. Rien ne le distrait. Son corps est figé, repoussant les fulgurances de la douleur, tandis que son esprit plonge dans des milliers de visages, de mots, d'odeurs. Il n'aime rien d'autre que cet instant où, comme par magie, une scène refait surface, intacte, pleine de ses couleurs, du son des voix. Il est surpris que certaines images se soient ainsi frayé un chemin dans l'encombrement de sa mémoire. Il observe, guette, se demande souvent quelle sera son ultime vision, sa toute dernière pensée. Il flotte entre deux mondes.

10

Un rayon de soleil me réveille en sursaut. Quelques secondes plus tôt, je marchais au milieu d'une foule immense dans une ville aux immeubles de verre. Des milliers de femmes et d'hommes, les traits déformés par la colère, marchaient en rangs serrés et scandaient : « Je suis Julien ! Je suis Julien ! » Je suis allongé dans la position que j'imagine être celle des morts dans leur cercueil, sur le dos, les mains croisées sur la poitrine. Mon cœur bat vite, je transpire. La chaleur est encore montée de plusieurs crans. Paris étouffe. Je n'ai même plus envie de courir.

Le soleil achève de me réveiller mais je peine à rallier la réalité, fragile : alors que mon frère semble rejoindre ma vie, il disparaît. Je saisis sa lettre, de plus en plus froissée, sur la table de nuit. Je repousse les draps, la voix rauque de Gaetano me revient : « Nous ignorons où il se trouve. » Je suis foudroyé. Depuis le coup de fil de notre père, je ne me suis pas demandé une seule fois si Julien était vivant, comme si je ne voulais pas défier une évidence. Je n'ai aucune indication sur la date à laquelle il a écrit, peut-être était-ce antérieur à son départ.

Après ma douche, je bois un café puis j'appelle Gaetano. Je lui demande s'il est vraiment inquiet, il prend son temps pour répondre : « Je ne sais pas... Julien était soucieux ces derniers temps. Il parlait beaucoup de ces rumeurs de plan de départ, il espérait qu'Anne Montelier ferait preuve d'honnêteté, c'était une valeur qui semblait l'obséder. Il répétait sans arrêt que "l'honnêteté ne se brade pas, c'est comme la dignité", tout cela était assez étrange... » Je lui demande si Endless a lancé une enquête, il répond sèchement comme si je l'accusais d'une faute : « Mais sur quel fondement ? C'est un salarié qui a posé un congé. Simplement, au bout d'un mois on pensait qu'il aurait donné quelques nouvelles, au moins pour dire quand il rentrerait, c'est pour cette raison que je vous en ai parlé. Il est d'une telle conscience professionnelle... Julien est très respecté à Endless. Mais au fait, quand l'avez-vous vu pour la dernière fois ? Vous êtes bizarres pour des frères ! » Je ris nerveusement, bafouille que je voyage beaucoup à l'étranger. Gaetano a raison, je cours après un fantôme. Le plus simple serait de renoncer, que Julien m'écrive ce qu'il veut et revienne quand ça lui chantera, j'ai déjà bien assez à faire avec mes soucis. L'idéal serait d'insister auprès de la « Maison » et de solliciter une mission le plus vite possible. Peu importe où. Mais c'est impossible. Je m'habille n'importe comment et je claque la porte.

Papa me confie un double des clés de mon frère. Je ne lui dis rien de mon inquiétude puisque le départ de Julien ne change, en apparence, rien à nos inexistantes relations familiales. J'explique à la va-vite aux parents que, fatigué par des rumeurs de licenciement, il est parti en vacances et m'a demandé de récolter deux ou trois informations administratives dans son ordinateur, « rien de grave, je vous raconterai, promis ». Ils n'ont rien dit, papa s'est frotté le visage à plusieurs reprises comme pour chasser les mauvais esprits. Je doute de les avoir convaincus, ils semblent épuisés de ne plus comprendre leurs fils.

Si je ne me souviens plus de notre dernier dîner chez mon frère, je me rappelle l'avoir aidé à emménager dans cet immeuble moderne, il y a sept ou huit ans. Une journée de printemps, lui, moi, deux de ses collègues dont j'ai oublié les prénoms, dommage, cela pourrait m'être utile. Julien était heureux de s'installer dans cet endroit où Lisa allait le rejoindre, à la fin de la journée nous avions partagé des pizzas et des bières, assis sur les cartons. C'était simple et joyeux. En montant l'escalier métallique vers le troisième étage, cela me semble il y a un siècle.

Mes mains tremblent, la clé tombe bruyamment sur le béton blanc et sale. Un frisson me saisit devant la porte grise. Et si Julien gisait, mort, dans son lit? Sa cuisine? Sa salle de bains? Et si cette histoire était dramatiquement banale : burn-out, faux congé, suicide, les obsèques dans trois jours, fin de l'histoire. En France, dix personnes meurent chaque semaine à cause de leur travail. J'expire. La clé trouve enfin son chemin. Je pousse doucement la porte. Aucune odeur suspecte. Je renifle encore mais cela ne sent rien. Ni produit nettoyant ou alimentaire, litière de chat, plantes, chaussures dans l'entrée. Je marche vite en jetant un premier coup d'œil dans chaque pièce. Je ne reconnais aucun meuble, aucune photo ou affiche. Pas de corps. Je me détends. J'ai été stupide. Et puis non, cela aurait été anormal de ne pas avoir eu peur.

Un jour, j'ai cru Julien mort. Je devais avoir dix ans, lui onze. C'était pendant nos vacances d'été. Je lui avais proposé une partie de « rien du tout » dans la campagne derrière la maison. Le « rien du tout » était de notre invention, cela ne consistait qu'à se courir après, se battre pour de faux, histoire de se pousser dans l'herbe ou la terre, et parfois la bagarre quittait la fiction lorsque à force de corps à corps bourrés d'électricité, un coup de poing partait trop fort dans les côtes, un autre suivait, et la vraie colère montait comme une poussée de sève, ne s'interrompant que lorsqu'un jet de sang jaillissait d'une lèvre ou d'une arcade. Il avait renâclé, « un jeu de gamins, tu me fatigues », avant de céder par désœuvrement pendant ces journées sans collège ni lycée qui précédaient le départ en vacances en famille.

J'avais entraîné Julien non loin d'une ferme à côté de laquelle se trouvait un hangar rempli de superbes bottes de foin, jaunes, rectangulaires, bien alignées. Je le savais, j'y avais passé des heures les jours précédents, à traîner, rêvasser, attendre que mon frère quitte ses livres puisque mes copains avaient déjà déserté la ville. Julien avait fini par céder devant mes invitations répétées. Je connaissais bien les bottes, surtout celle qui ponctuait une rangée tout en haut, pas très loin du toit du hangar. J'avais emmené Julien dans ces hauteurs et, après quelques bonds dans la paille, je lui avais lancé le défi de se jucher « sur celle tout en haut, on verra si tu peux toucher la tôle avec tes mains». Il m'avait ri au nez puis avait pris trois pas d'élan avant de s'élancer. Je me souviens encore de l'effroi qui m'avait alors saisi car je savais que cette botte n'était pleine que du côté qui nous faisait face, de l'autre il manquait un énorme paquet de paille qui formait une béance. Julien ne pouvait pas savoir qu'elle était beaucoup plus légère que les autres, je l'avais vérifié en la soulevant dans mes propres bras avant de la reposer à sa place. Elle avait cédé sous son poids, vers l'avant, le précipitant dans le vide.

À dix ans on ne sait pas estimer une hauteur, trois mètres ou huit mètres c'est presque la même chose, mais on sait reconnaître la peur. Je m'étais approché du bord de la rangée et j'avais vu Julien roulé en boule en bas, dans l'herbe. Il ne bougeait pas, les deux mains enroulées autour de sa cheville droite. Je me souviens de m'être dit que s'il tenait cette partie de son corps, cela ne pouvait pas être trop grave. N'empêche, il était immobile. «Julien!» «Julien!» J'étais redescendu comme une flèche pour m'approcher de lui. «Crétin, crétin...», murmurait-il, sans savoir que l'entendre suffisait à me rassurer. Une fine couche de transpiration mouillait son front et ses cheveux, son T-shirt était plein de poussière sèche. Il semblait si vulnérable, le grand frère, qu'une forte émotion m'avait étreint. Il s'était même appuyé sur mon épaule pour rentrer à la maison, je m'étais senti tel un héros ramenant du front un camarade blessé.

J'avais joui d'être un sale mec. J'avais aimé, avec ma part de honte, cette pulsion de rage et de frustration libérée, l'apaisement une fois la limite franchie. J'avais osé prendre un risque, casser les règles, imposer les miennes. J'avais découvert la vraie nature du pouvoir. Ma jeunesse me protégeait de l'inconscience de mon projet, du danger réel que j'avais fait courir à Julien. Il aurait sans doute pu se casser les jambes, voire pire, mais je ne le percevais pas vraiment. Je lui avais tendu un piège, il était tombé dedans, je n'en demandais pas davantage. Je ne me souviens même plus pourquoi j'avais agi ainsi. Sans doute Julien m'avait-il lancé un de ses regards humiliants qui sanctionnaient mes remarques d'enfant. Un de ses regards sans mots, glaçant, qui me permettait d'imaginer les formules galopant dans sa tête. Cela n'empêchait en rien notre amour, au contraire lorsque Julien m'observait ainsi j'avais le sentiment qu'il me demandait davantage, de complicité, de compréhension, de rire, d'intelligence, comme s'il attendait que je sois à la hauteur de notre relation ou de sa personnalité, je ne sais plus, mais je me souviens de cette forme d'exigence que je ressentais. Il profitait au maximum de son statut d'aîné, ce pouvoir décrété comme naturel même avec une seule année d'écart. Personne ne voyait combien j'en souffrais, nourrissant en silence mon désir de revanche.

Le contraire m'aurait surpris : l'appartement est rangé au cordeau, à peu près l'exact opposé du mien. Il a été nettoyé avant un très long départ. Mes doigts ne retiennent aucune poussière sur la table du salon ou de la cuisine. Je m'efforce de repousser encore toute éventualité dramatique. Julien est maniaque, c'est tout, je revois son bureau à Endless. Dans l'entrée, plusieurs paires de chaussures, de sport et de ville, sont alignées dans un petit meuble en fer. Dans la cuisine les ustensiles sont rangés, rien sur le plan de travail et l'évier. Le frigo est vide et nettoyé. Sur la table de nuit reposent des livres, beaucoup de guides de voyage de toutes les régions du monde, soigneusement empilés, des romans historiques, des essais de sociologie. Aucun désordre dans la salle de bains, pas de trace de médicaments. Dans la penderie de la chambre, je trouve des costumes, gris et noirs, quelques pulls sombres, des chemises bleues ou blanches. Je passe mes mains entre les vêtements comme si j'allais y retrouver un secret, je me sens ridicule mais il faut bien chercher quelque chose. Il m'arrive d'éprouver la même chose au début d'une fouille, lorsque les données topographiques sont insuffisantes et exigent de partir à l'aventure.

Je peine à sentir les traces de huit années de vie. Presque trois mille jours. Julien a peut-être fait un grand ménage, jeté des souvenirs, des vêtements, des livres et des meubles. Il me file entre les doigts. J'espérais trouver des indices probants sur sa destination, un reflet de sa vie, mais je me heurte à un lieu de souvenirs déjà refroidis, un territoire comme abandonné. La bibliothèque du salon abrite des photos de lui et Lisa, à San Francisco, Singapour et Rome. Souriants et bronzés, un de ces millions de couples en vacances dont on ne peut rien savoir derrière cette jolie image, sinon à quoi bon la prendre. Qu'est-ce qui n'a plus marché entre eux ? Je l'ai rarement vue, mais Lisa m'a laissé le souvenir d'une jeune femme joyeuse, bavarde et très amoureuse. Pourtant, même au moment de leur séparation Julien ne racontait rien de particulier sur elle, comme si ces années passées ensemble avaient moins compté que d'autres. Une anecdote m'avait quand même frappé lors d'une de nos rares soirées au bistrot : « Elle disait que je n'étais pas assez curieux d'elle, que je ne lui posais jamais de questions. C'est faux, mais tout ne m'intéressait pas dans sa vie, c'est normal non ? Doit-on tout savoir de l'autre pour l'aimer ? » Du Julien tout craché. Il faut peut-être que j'essaye de retrouver Lisa. Julien ne m'a jamais beaucoup interrogé sur ma vie sentimentale, et pas du tout lors de nos échanges à distance. Il en connaissait les grandes lignes, plutôt irrégulières et fracturées, mais il ne prenait pas la peine d'entrer dans les détails.

Seul son bureau témoigne d'une certaine activité. Je laisse de côté l'ordinateur fixe qui doit être triplement verrouillé. Je fouille dans les nombreux papiers dispersés autour. Au milieu de publicités et de factures d'électricité, je trouve des relevés de compte bien garnis, en dizaines de milliers d'euros. Je ne suis pas surpris qu'il ait un bon niveau de vie mais les montants m'étonnent malgré tout et je mesure l'écart qui nous sépare. Jeune, Julien disait n'attacher aucune importance à l'argent alors que j'espérais « palper » après toutes ces années d'études, m'acheter un loft et une voiture allemande, ce que je n'ai jamais réussi à faire alors que mon frère s'est offert une élégante voiture anglaise vintage avec son premier salaire. Quand s'est précisé mon choix de carrière Julien ironisait sur « l'inévitable fin » de mes illusions. « Ce n'est pas sous terre que tu feras fortune, c'est fini les chercheurs d'or, tu en as conscience au moins ? » Ou alors il se montrait cinglant : « Je travaille pour le futur, moi. Les datas, c'est le pétrole de demain. » Il semblait vouloir me prévenir de quelque chose qui me menaçait et que je ne semblais pas voir. Comme si, à ses yeux, mon goût prononcé pour l'argent trahissait une faille dans ma personnalité, une faiblesse qu'il redoutait à ma place. À d'autres moments, il relevait mon dilettantisme à l'école, mes lectures trop irrégulières, mon aide insuffisante aux parents dans la vie quotidienne. Julien savait appuyer là où ça faisait mal. Il aimait ça. Et puis il redevenait tendre, soudainement. Sans prévenir.

Je vérifie les dates : pas de courriers anciens, son départ semble correspondre à ce que m'a dit Gaetano. Je finis par m'affaler dans son canapé. En quelques jours je suis passé d'une vie d'archéologue à celle de détective privé. Si Endless ne mène pas d'enquête, faudrait-il que je prévienne la police ? Mais qu'expliquerais-je aux enquêteurs : Julien est un salarié qui a posé un long congé, un homme qui n'a pas vu son frère depuis deux ans, et alors ? Eux, qu'auraient-ils envie de savoir ? Julien est majeur, libre de ses faits et gestes. Gaetano a raison, j'aurais l'air ridicule.

Lorsque je referme la porte grise, ce n'est pas une distance qui nous sépare. C'est un gouffre. J'ai peur.

11

J'avais vingt-six ans lorsque Loïs s'est pour la première fois éloigné longtemps de moi. Un stage de fin d'études l'avait emmené par hasard au Cambodge. Il devait y rester un an. « S'il ne craque pas avant », avait rigolé notre père avant son départ. Nous l'ignorions encore, mais il s'agissait de l'un de nos derniers repas à quatre puisqu'à son retour nos vies professionnelles se sont emballées et ont accaparé l'essentiel de notre temps. Nos autres existences ont pris leur place, celles de salarié, d'homme en couple, de fils s'éloignant de leurs parents, de frères occupés à bâtir leurs parcours et s'observant de loin en loin. Même nos réveillons de Noël ont commencé à sauter au gré des missions de Loïs à l'étranger. Mais, alors qu'il s'envolait vers Phnom Penh, nous n'en étions pas là. Notre fratrie avait des aspects fusionnels. Notre famille ressemblait encore à quelque chose.

Contrairement aux prévisions paternelles, c'est moi qui ai craqué. Au bout de trois mois seulement, Loïs m'a manqué. Un sentiment de vide physique, un besoin d'entendre son rire, de lire la malice de ses yeux. J'en ai été étonné, je n'imaginais pas nos liens aussi forts, et je me sentais plus dépendant de lui que lui de moi. Je découvrais aussi une envie de jouer encore au grand frère qu'on consulte et respecte, sans être dupe de nos âges. Depuis l'Asie, Loïs me téléphonait régulièrement, sa voix devenue si lointaine en raison de la médiocre qualité du réseau. Alors il profitait de l'apparition des mails, je lui répondais malgré le rythme déjà très soutenu que m'imposaient mes premières années à Endless, celles où je devais percer, me construire ma place pour envisager, un jour peut-être, d'intégrer le DPIV. Ces échanges irréguliers me laissaient frustré. Et puis Loïs, d'après ses récits, vivait des expériences fortes et nouvelles, cela me troublait de n'en rien connaître, comme s'il me trahissait. Au téléphone je partageais sa joie en l'encourageant à me raconter. Je l'imaginais enthousiaste, curieux, toujours partant pour une découverte. Durant notre enfance et notre adolescence nous avions toujours passé nos vacances ensemble, une chance offerte par la régularité horlogère de l'emploi du temps de nos parents qui, non contents de travailler dans le même bâtiment et aux mêmes horaires, prenaient évidemment les mêmes congés, au jour près. Plus tard, pendant nos études, nous avions pris l'habitude de passer un moment ensemble chaque été, souvent une semaine, parfois deux, au camping, dans la même tente, au Pays basque ou en Ardèche. Parfois tous les deux, d'autres fois avec des amis communs.

Ces souvenirs me rattrapaient tant qu'un soir j'avais prétexté des vacances que ma direction me proposait de prendre par anticipation pour lui annoncer mon arrivée. Il avait semblé surpris, et heureux.

Je tremblais, mélange de fatigue et d'impatience, en récupérant ma lourde valise en toile dans la cohue, saturée de cris aigus, de l'arrivée à l'aéroport de Pochentong. Je venais d'apercevoir Loïs de l'autre côté de la barrière réservée aux locaux. Il me faisait des signes en sautillant sur place. Je le reconnaissais à peine avec ses cheveux noirs bouclés devenus longs, son visage barbu amaigri et étiré, ses vêtements en toile colorée. Il portait des tongs en plastique, dont j'avais vite compris l'intérêt en plongeant mes grosses chaussures dans une dizaine de centimètres d'eau. La capitale n'était encore qu'un assemblage baroque de rues en terre transformées en une épaisse gadoue, c'était la mi-août et les flèches liquides de la mousson tombaient chaque après-midi du ciel. J'étais si heureux de le retrouver. Je n'avais encore jamais voyagé en Asie mais je me sentais à ma place. À ses côtés. Les frangins réunis.

Six jours plus tard j'étais de nouveau à l'aéroport. Seul avec mes grosses chaussures crottées, à négocier mon vol retour.

Tout avait explosé la veille. Comme chaque soir Loïs avait tenu à ce que nous rejoignions un ensemble de rues réputées « chaudes » près du fleuve. Comme chaque soir, sauf le premier que j'avais vécu comme un rituel initiatique, j'avais résisté, insistant pour que nous passions la soirée sur sa terrasse fleurie, à dîner dans la chaleur enfin déclinante. J'avais encore cédé devant sa bouderie et nous étions repartis sur sa petite moto, moi m'accrochant à la taille de Loïs qui s'amusait à plonger sa roue avant dans des légions d'ornières remplies d'eau saumâtre, y trempant nos jambes ou nos pantalons, mais dans les endroits où nous allions, seuls les dollars faisaient de nous des princes, notre allure n'avait aucune importance. Un soir, Loïs avait poussé le jeu jusqu'à démarrer brutalement sur une roue arrière, me faisant valser et atterrir dans une de ces gigantesques flaques. Allongé dans l'eau j'avais senti sous mes mains le contact de détritus plastiques et végétaux, impression odieuse renforcée par l'impossibilité de voir quoi que ce soit dans la rue faiblement éclairée. Des rats m'avaient frôlé, Loïs avait ri, j'avais crié, nous nous étions encore engueulés. J'avais repensé à la botte de paille.

Je ne le reconnaissais plus. Jusque-là rarement attiré par l'alcool, il buvait une dizaine de bières lors de nos virées nocturnes. Prudent, il roulait n'importe comment, sans casque, « à la khmère » plastronnait-il, alors qu'il ne maîtrisait aucun des codes de la circulation locale. Plutôt gastronome, il se goinfrait de hamburgers dans des bars climatisés pour expatriés alors que les restaurants délicieux pullulaient. Il me rappelait un adolescent qu'on aurait débridé, d'ailleurs il plaidait « la liberté formidable qu'offre le pays ». Je m'échinais en vain à pointer les dérives de son comportement, restreignant ma propre consommation d'alcool, qui n'était déjà pas très élevée, singeant à l'excès ma trouille lorsqu'il traversait en force un carrefour, en lui répétant chaque soir mon envie de rester à la maison. Je bouillais, il en rajoutait encore. « Mais profite, Julien, profite ! »

Je découvrais les moments d'hystérie de mon frère sous un nouveau jour. Encore plus extrêmes, incontrôlés, imprévisibles. Sa personnalité semblait se fragmenter, l'alternance des séquences calmes et des moments où il était déchaîné s'accentuait. Autre nouveauté, il prenait un plaisir croissant à défier les lois, se vautrant avec délice dans l'atmosphère corruptrice de ce genre de pays.

Un soir, alors que nous rentrions d'un bar sur les bords du Tonlé Sap, il avait sans hésiter proposé à un policier dix dollars pour qu'il nous laisse repartir, avant même que le fonctionnaire ne suggère que ce geste pouvait débloquer la situation. Loïs ne semblait avoir peur de rien ni de personne. Il riait des situations qu'il provoquait, il jubilait de ses risques. Je n'osais pas lui en parler, par crainte d'une réaction violente.

Il était en revanche irréprochable dans son travail, et jouait à satiété de cet argument. Je le tenais de son supérieur hiérarchique, un type visqueux que j'avais immédiatement détesté, avec lequel Loïs avait tenu à ce que nous partagions un repas dans un élégant restaurant. « Tu vois, je sais me rendre utile pour la culture locale, la vraie », avait-il fanfaronné après que son patron eut vanté sa ponctualité, son investissement et sa maîtrise technique sur le chantier d'un groupe de temples situé à une dizaine de kilomètres de la capitale. Loïs, quelle que soit l'heure à laquelle il s'était couché, rejoignait le site à 7 heures, et en rentrait à 18 heures. Une demi-heure plus tard il avait déjà avalé deux bières. Pas une fois il ne m'avait proposé de le rejoindre sur le chantier, j'étais tellement nerveux en sa présence que je préférais flâner seul dans les rues pendant la journée, peinant à savourer ces instants de liberté tant je pensais à lui. Son comportement m'obsédait.

Ce fameux soir, nous avions d'abord bu dans des bars. Comme d'habitude il m'avait répondu « demain on restera chez moi, promis. Allez viens, et puis on a encore toute la vie pour être sages ». Accoudé à un comptoir, il m'avait expliqué être heureux de son choix de vie, « si je peux multiplier les expériences comme celle-là, ce serait merveilleux ! » Je ne voyais pas bien l'aspect « merveilleux » de son existence, et notre débat n'en finissait pas, entre moi, « l'austère derrière son écran », et lui, « l'expat' qui tourne mal ». Je me sentais vieux et caricatural à lui rabâcher ces évidences, implicitement fier de jouer mon rôle mais désespéré de constater mon échec. En le regardant se trémousser maladroitement sur des pistes sombres, au milieu de jeunes et misérables prostituées qui singeaient leur joie de vivre, je tentais de me consoler : il avait vingt-cinq ans et le temps d'y voir plus clair.

Après une « dernière » tournée, Loïs m'avait entraîné dans un club de massage. « Un vrai massage, rien de glauque. » J'avais cependant vite compris la nature de l'endroit en observant une trentaine de jeunes femmes, parfois des gamines, derrière une vitre longue d'une dizaine de mètres. Elles étaient habillées de dessous rouges, faisaient semblant de se limer les ongles, souriaient mécaniquement lorsque la patronne l'exigeait en hurlant d'une voix aiguë. C'était froid, pathétique. « OK, pas pour moi, on y va », avais-je lancé à Loïs. Les yeux rougis, il était fasciné par le spectacle. Je sentais, à sa façon de parler avec la maquerelle et au whisky qu'elle lui avait aussitôt servi, qu'il était un habitué. Il ne regardait pas le corps des filles, mais leurs visages et leurs yeux. Cela me semblait encore pire, c'était comme s'il essayait d'instaurer une forme de séduction. Ces gamines ne souhaitaient qu'une chose : dormir et être tranquilles. « Vas-y, je reste », avait lancé Loïs. « Mais ça craint vraiment, tu ne peux pas faire ça ! » « Faire quoi ? » « Eh bien, aller avec une de ces filles... » « Julien, j'ai vingt-cinq ans. Je sais ce que je fais. Je ne vais pas "aller" avec une de ces filles, je vais passer un moment avec l'une d'entre elles, ce n'est pas pareil. » « Ah bon, et tu penses qu'elle va adorer masser ton superbe corps, c'est ça ? » « C'est ça ou elle bosse dans un champ au fin fond d'une campagne. Tu ne connais rien à ce pays, Julien. » La médiocrité de l'argument m'avait fait fuir. Le lendemain matin j'étais à l'aéroport.

J'avais perdu. Je n'étais plus le grand frère, rassurant, protecteur. Un rôle que je n'avais jamais revendiqué mais dans lequel ma position d'aîné et mon tempérament m'avaient naturellement installé. Une place que Loïs m'avait toujours attribuée, ironisant sur mon calme, mes silences. Depuis toujours, dans le secret de nos conciliabules, lorsque sa propre énergie finissait par l'épuiser il me demandait s'il avait « bien fait » : d'embrasser Stéphanie, de rembarrer Paul, d'abandonner le rugby pour le foot, d'acheter des baskets orange, de se destiner à l'archéologie, de ne pas envisager de se marier. Cette époque de partage était révolue.

Nous avions basculé dans une forme de défiance, d'affrontement sourd. C'était, à mon retour en France, mon premier constat. Évident, implacable, j'en éprouvais une tristesse et un sentiment de défaite. Si ce séjour à l'étranger n'avait pas définitivement changé Loïs, ces quelques jours de crise allaient scinder notre vie commune. Nous n'allions jamais effacer cet épisode, certains mots prononcés, des regards. Pour la première fois, un morceau de notre histoire s'était brisé.

Je n'ai jamais reparlé du Cambodge avec lui, ou plutôt nous avons tacitement décidé de n'en retenir que les bons moments. Mais son comportement m'est toujours resté opaque. Fuyait-il une peur, mais laquelle ? Avait-il cherché à me provoquer ? Voulait-il s'affirmer comme le cadet qui prend son envol ?

Après cet épisode, j'ai longtemps évité l'Asie. Et puis, il y a quelques années, j'ai commencé à y voyager assidûment, Lisa aimait aussi beaucoup cette région. Laos, Thaïlande, Birmanie, Indonésie, Malaisie, Singapour. J'y ai toujours trouvé une forme de sérénité, comme un écrin. Lorsque j'ai réfléchi à la destination de mon exil, je n'ai pas hésité. Je me suis installé à trois heures de bateau des côtes cambodgiennes. Ce n'est pas une manière d'éviter le passé puisque je suis venu l'affronter. C'est plutôt une évidence. J'aime ce moment de l'année, le début de la mousson, ces alternances brutales de chaleur étouffante et de pluies fraîches, cette forme de violence régulière mais à l'intensité variable. Je suis fier de sentir quand la pluie approche et qu'il est urgent d'enfourcher mon vélo. Je vis encore très seul, mes seuls échanges se limitent à quelques mots en anglais avec Champei qui, désormais, m'invite parfois à partager le dîner familial. Je savoure ses phôs sous le regard intrigué de son mari et de ses trois enfants. Je suis mon immuable programme de plage et de lectures, je ne porte plus de montre, me laissant bercer par mes habitudes et la lumière. Je me fonds dans la population du village, je suis souvent le seul Occidental à marquer un arrêt au temple. Les touristes sont rares à s'aventurer sur cette petite île desservie par bateau une seule fois par semaine. La vie me semble plus lente, il pourrait ne jamais rien se passer que je ne m'ennuierais jamais. Ma prochaine lettre prend forme. Il faudrait peut-être que je me dépêche, mais je ne suis pas encore prêt. Et laisser monter la pression n'est pas une mauvaise idée.

12

Le temps me semble à l'arrêt. Je n'ai pas progressé d'un pouce depuis mon passage dans l'appartement de Julien. J'y suis revenu deux fois, espérant sans y croire le trouver dans son canapé ou sur sa terrasse. J'ai encore fouillé dans les placards et les poches de vêtements à la recherche d'un indice, une carte de visite, un numéro de téléphone, une facture de billet d'avion, que sais-je. Je ne parviens pas à chasser un fond d'inquiétude, le comportement mystérieux et illisible ressemble à Julien mais n'a aucun sens. La chaleur ne retombe pas, je me réfugie dans des salles de cinéma climatisées pour y revoir des vieux classiques, je marche à la découverte de quartiers que je ne connais pas. J'ai arrêté d'envoyer des SMS, j'attends une autre lettre. Je ressens une impatience grandissante qui m'agace. Je suis pris en otage.

En finissant de déjeuner sur une terrasse ombragée, j'appelle Gaetano. Il est nerveux, lui aussi, d'autant que la situation ne s'éclaircit pas dans l'entreprise. La direction d'Endless est tétanisée, personne ne prend la moindre initiative pour rassurer les salariés dont la peur augmente et la motivation s'effondre. En revanche Gaetano tient sa promesse, il veut m'aider. Il me donne un nom qui pourrait m'être utile : « Antoine Hermann. Il a pas mal fréquenté Julien, d'après ce qu'on m'a dit. »

Je reconnais sans peine les deux bouts d'avenue qu'il faut longer à la sortie du métro, puis supporter le rugissement des voitures en bruit de fond avant de tourner à droite pour emprunter une artère moins large et déjà bordée d'immeubles de bureaux, déboucher enfin sur une esplanade vide et écrasée par Endless. Seul, dans un angle, un petit square donne un semblant de vie au quartier. Je porte une chemise et la même veste que lors de ma première visite, par chance j'y ai laissé le badge de visiteur que personne ne m'avait réclamé. J'avance à grandes enjambées sans m'arrêter devant le vigile qui parle de foot et jette un coup d'œil distrait sur le morceau de plastique pendouillant autour de mon cou.

L'hôtesse, différente de celle de ma première visite, accepte sur-le-champ de m'aider, Antoine Hermann doit avoir une certaine importance dans l'entreprise. « Monsieur Hermann ? J'ai M. Bracher devant moi. Loïs Bracher. » « M. Hermann peut vous recevoir. » Un ascenseur vitré ultrarapide me dépose au vingt-troisième étage. Une silhouette sportive, joliment enveloppée dans un costume gris en lin, vient à ma rencontre. « Antoine Hermann, enchanté. Suivez-moi. » Je reconnais l'homme qui avait donné des mouchoirs à Gaetano lors de la réunion d'information. Son bureau est un petit local sans charme situé au fond d'un couloir qui se termine par une issue de secours. « Pas génial, mais quand on est de passage...» J'attends que nous soyons assis pour lui répondre : «De passage? Excusez mon ignorance, mais Gaetano, qui m'a conseillé de venir vous voir, m'a très peu parlé de vous.» «Je suis une sorte d'intérimaire en ressources humaines. Une mission par-ci, une mission par-là. Toujours dans les moments compliqués. De passage, donc.» Il inspire, derrière sa bonhomie apparente, un pouvoir immatériel auquel je ne suis pas habitué. Je pressens un homme de mots et de concepts alors que j'aime les échanges secs et concrets, parfois brutaux. Je ne sais pas par où commencer, j'ai peur qu'il ne me croie pas. J'attends. «Vous venez pour Julien, vous êtes...» «... son frère, oui.» Quelqu'un qui s'intéresse à moi me donne presque envie de l'embrasser. «Je ne travaille pas ici depuis longtemps, mais Gaetano m'a expliqué la situation. Enfin... il m'a parlé du congé de Julien qui, en soi, n'est pas un problème. Certes, il l'a posé assez subitement et dans un moment particulier pour l'entreprise, mais bon... pourquoi cela vous inquiète-t-il à ce point?» Je me tortille sur mon fauteuil : «Nous avons des relations plutôt distantes, je ne comprends pas ce qui se passe. Comme vous, je ne vois pas de raisons objectives de m'angoisser, et pourtant... Ma présence ici est sans doute absurde, vous ne pouvez rien pour moi.» J'hésite, puis je choisis de ne pas évoquer la lettre de Julien. «Ne vous excusez pas, j'admets que la situation est un peu étrange. Le service dont dépend Julien n'a pas de nouvelles, malgré deux messages que lui a laissés un de ses chefs, il est donc légitime de commencer à s'en préoccuper...» «Vous connaissez mon frère?» «Je l'ai croisé dans des réunions à deux ou trois reprises. Un type brillant, aucun doute. Et sympathique. Mais nous n'avons pas eu le temps de partager davantage, j'espère que ce sera le cas à son retour.» «J'ai assisté à l'AG d'information, Julien a-t-il pu craquer sous l'effet du stress?» «Je l'ignore, je ne le connais pas assez. Concernant Endless, c'est trop tôt pour vous répondre, nous naviguons à vue. Je vous propose de nous tenir au courant mutuellement, ça vous va? Je suis ici aussi pour assister les familles des salariés en cas de souci, donc n'hésitez pas.»

Son costume me semble étouffant, je transpire. J'enrage contre mon impuissance. Il pourrait me dire n'importe quoi, je n'ai aucun élément pour le contredire ou le conforter. Je suis seul, à côté de la plaque, dans cet univers inconnu qui est pourtant ma seule piste pour avancer. Je me lève le premier.

Antoine Hermann m'indique le chemin de l'ascenseur. Je passe devant de petites salles de réunion inutilement éclairées, un salarié — le plus souvent un homme — se tient debout devant un paperboard couvert de chiffres et de courbes. Les lieux se ressemblent, les gens aussi. Les couleurs manquent, partout du blanc jaillit : de la lumière, des tables et des murs, du papier sur les tableaux, des chemises, des hommes, et puis du gris, du noir, pour les vestes et les pantalons de tailleurs. L'importance de l'argent est partout, dans ces moquettes épaisses, ce marbre à la sortie des ascenseurs, l'allure altière des hommes et des femmes, la position de cette tour qui surplombe le quartier. Malgré sa froideur, le tableau dégage une impression de force collective impressionnante. Je suppose qu'ici à la moindre erreur la porte vous est grande ouverte. La pression doit être terrible, chaque journée un combat.

Ma vie de nomade m'a rendu étranger à ce genre d'univers. La chaleur, la pluie, le froid, le vent sont mes bureaux. Il y a trois ans, j'ai passé parmi les plus beaux moments de ma vie dans le désert du Taklamakan, en Chine. J'étais parti seul en repérage, mais à cause d'une avarie sur leur avion, le reste de l'équipe n'a pu me rejoindre que cinq jours plus tard. Je me suis rarement senti aussi libre et heureux. Et je n'étais pas si seul. Lorsque, mes compagnons revenus, nous avons découvert que j'avais installé mon bivouac à quelques mètres d'un cimetière enfoui peuplé de momies exceptionnellement conservées. J'aime ces surprises, me fondre dans un environnement jusqu'à me sentir étranger à ma vie d'avant. Perdre mes repères me provoque une montée d'adrénaline, l'impression de vivre avec davantage d'intensité. J'étouffe vite lorsque, entre deux missions, je dois passer quelques semaines dans la bibliothèque de la « Maison » à lire des études pour de prochains voyages. Les jours de temps clair j'aperçois au loin les fenêtres scintillantes d'Endless. J'essaye alors d'imaginer Julien, un homme comme des milliers d'autres perché en haut d'une tour, à la recherche d'un sens à donner à sa vie. Au fil des mois ma vision a perdu de sa netteté et de ses couleurs, comme un tableau inachevé. Je ne voyais plus qu'une silhouette dévitalisée, un arbre d'automne en train de perdre ses feuilles. Mais, finalement, mon existence est-elle si riche ? De nous deux, qui a réussi, qui a échoué ? Mon parcours aurait peut-être été plus simple dans un environnement aussi normé qu'Endless, avec des bataillons de collègues stimulants, des chefs implacables, des objectifs précis, des contraintes budgétaires claires, des contrôles réguliers.

Plongé dans mes pensées, j'ai dépassé la zone des ascenseurs. Le décor est partout le même, on dirait les couloirs de ces grands hôtels où seuls les numéros de chambre vous guident. Je ne sais pas quelle direction prendre. Je croise un groupe de femmes dont l'une croit savoir que « ça va bouger bientôt. Montelier n'est pas du genre à se faire tordre le bras ». Elles se taisent toutes à mon passage, je dis « bonjour », elles me répondent à peine. Alors que je m'agace, j'aperçois la silhouette d'Antoine dans un bureau d'angle, immense. Il est debout, une femme lui fait face, assise dans un fauteuil en cuir. Hermann effectue de grands moulinets avec ses bras, il semble parler très fort. Son interlocutrice ne bronche toujours pas, les bras croisés sur sa poitrine. Antoine quitte sa veste et traverse le bureau. Il ponctue ses mots de gestes brutaux, la main tendue qui fend l'air pour mieux asséner ses propos. Impossible de reconnaître l'homme bienveillant et affable que j'ai eu devant moi quelques minutes plus tôt. La femme se lève et commence à lui répondre. Elle semble déterminée, inflexible, elle a haussé le ton, elle agite à son tour ses mains.

Deux hommes se sont placés derrière moi, un gobelet de café dans une main, le téléphone dans l'autre, et observent la scène. Ils semblent captivés. « Montelier qui ne se contrôle pas, ça c'est rare... C'est à cause du Chinois ? » « C'est clair. Endless est soupçonné d'escroquerie à cause de lui. » « Et ce type c'est qui ? » « Hermann, le dégraisseur. Si le Chinois fait sauter ses contrats, c'est ce mec qui va gérer le plan Next. »

Anne Montelier, voilà donc la femme qui obsède Julien. Celle qui dira bientôt si « les rumeurs » sont fondées, si « ça va bouger ». Ce doit être une femme de caractère pour avoir engagé le bras de fer avec Ho. Diriger plus de deux mille personnes représente une responsabilité qui me dépasse. À quoi ressemblent ses journées, combien de décisions prend-elle ? Est-il vrai que les gens comme elle reçoivent jusqu'à mille mails par jour ? Je dois en recevoir mille par an, et encore. Connaît-elle mon frère ? Est-elle au courant de son départ ? Antoine enfile sa veste, Anne Montelier le raccompagne en posant une main sur son épaule.

Je redescends quatre à quatre les escaliers. Julien n'est nulle part et partout. Je surgis sur l'esplanade et me laisse envahir par le vent qui s'est enfin levé. Je voudrais qu'il m'emporte près de mon frère, et loin de moi.

13

Une photographie collée près de la tête de lit de Ho ne parvient pas à briser l'uniformité de l'espace, où le blanc règne toujours. Le temps, lui aussi, semble ne former qu'un bloc. Les souvenirs, bien que précis, se diluent dans la succession des semaines et des mois, parfois des années, constituant un tableau qui l'étourdit. Ce matin Arnold Archiapatti, gêné, lui a demandé s'il comptait rester encore longtemps. Ho l'a d'abord regardé sans un mot, comme s'il n'avait pas entendu la question ou qu'il faisait face à un directeur d'hôtel inquiet pour son planning de réservations. « Je l'ignore, a-t-il répondu, cela va dépendre de mon corps. Pas de mes désirs. » « Bien sûr... », a battu en retraite Archiapatti comme s'il venait de réaliser sa maladresse.

Ho n'est plus assis sur sa petite chaise, mais allongé sur un lit médicalisé. Il peut encore marcher mais cela l'épuise. La maladie fait son chemin, confirmant les prédictions du professeur Humbert qui passe le voir toutes les semaines, parlant peu, ne restant jamais très longtemps. Pourtant Ho attend ses visites comme celle du Messie. Près du lit se trouve un petit meuble blanc à deux étages, bourré de médicaments. Derrière ont été installés une perfusion et du matériel d'assistance respiratoire. Un infirmier est présent toute la journée dans un bureau voisin de celui d'Archiapatti, et l'hôpital de Genève est assez proche pour gérer une urgence nocturne. Humbert tente parfois de convaincre son patient de revenir dans « sa » clinique parisienne mais, face au silence de Ho, il a compris que son entreprise était vaine. Par chance, ironise le professeur, les conditions d'aération et de climatisation de la pièce, prévues pour des œuvres d'art, sont d'une telle qualité qu'il est cliniquement envisageable que Ho passe la fin de sa vie dans la salle 707. Il ne le dit pas mais il sent que Ho l'a compris. Archiapatti, à l'évidence, aussi.

Ho n'a jamais accordé d'importance aux dates et à la durée des événements. Toute sa vie il a délégué cette tâche à ses assistants. Non pas qu'il n'en mesurait pas l'importance pour un homme d'affaires de son envergure, d'ailleurs ses équipes avaient pour ordre de lui présenter trois fois par jour son planning des heures suivantes, qu'il amendait, les lunettes ramenées du front sur le nez en un geste habile, les sourcils froncés. Aucun de ses collaborateurs n'a jamais connu la raison pour laquelle il haïssait les repères temporels, le respect des horaires et des rendez-vous. Il s'est contenté de donner le change puisque la vie des affaires ne souffre pas d'approximations en la matière. Même du haut de sa puissance il a dû jouer le jeu, en pestant.

Quand sait-on qu'un souvenir de l'enfance est vrai ? Sont-ils toujours biaisés, déformés, fantasmés ? Est-ce l'unique période de notre vie pendant laquelle la vérité reste inaccessible, protégée derrière la barrière des années et les replis de notre imaginaire ? Ho fouille son histoire, triant les images comme un chercheur d'or. Il ne s'était jamais livré à cet exercice de façon aussi détaillée, jusqu'à se rappeler l'odeur des fleurs dans le champ non loin de la maison familiale, le bruit de la faux du voisin.

Peu de temps après le mystérieux dialogue entre ses parents qui l'avait maintenu éveillé toute la nuit, sa mère était morte. La vie dans une ville rurale en Chine, il y a presque quatre-vingts ans, était beaucoup plus rude qu'aujourd'hui. Les récoltes de pommes de terre, de maïs pour les cochons, ou de sarrasin toute la journée à l'extérieur, et l'absence d'isolation de leur petite maison avaient eu raison d'une santé fragile, qui absorbait la moitié des revenus de la famille. Un soir d'hiver, elle était partie d'une pneumonie qui l'avait foudroyée en à peine un mois. Si Ho ne se souvient pas de la date, il conserve l'image de sa mère pendant ses dernières heures. Les yeux paniqués, roulant dans leurs orbites avec des trajectoires désordonnées, elle le fixait avec une intensité inconnue. Elle voulait lui dire quelque chose, il en a toujours été convaincu. La peur de partir ne pouvait pas, seule, expliquer une telle énergie. Ho n'avait pas quinze ans.

Le père et le fils avaient commencé à vivre ensemble. À cette époque, il n'était pas rare, dans cette situation, que l'enfant aille vivre chez une tante ou un oncle, mais le père de Ho avait refusé cette solution. Son fils continuait d'aller à l'école avant de passer la fin de journée seul à la maison, à faire ses devoirs et jouer dans la cour, avant qu'une voisine ne vienne lui préparer son dîner. Le père, qui avait d'abord diminué ses tournées sur sa mobylette, avait ensuite expliqué à Ho qu'ils manquaient d'argent. Il s'était remis à sillonner la région jusque tard dans la nuit. Les économies rentraient à nouveau mais il voyait moins son fils.

Malgré ses nombreuses absences, Ho avait l'impression de découvrir son père. Depuis le décès de sa mère, il habillait les moments passés avec l'enfant d'une particulière attention. Quand il était à la maison il veillait à ne presque pas boire, lui posait de nombreuses questions sur son travail scolaire, ce qu'il n'avait jamais fait dans les classes inférieures, et il se risquait même dans la préparation de ses plats préférés, des beignets au porc. Ho appréciait ces gestes, et pourtant ce comportement le troublait davantage qu'il ne le réjouissait, et il n'osait pas interroger son père sur les causes de cette nouvelle attitude dont il redoutait qu'elle ne soit annonciatrice d'un autre bouleversement. Ces moments apaisés ne parvenaient pas à effacer sa mère, bien sûr, ni le souvenir des tensions entre ses parents, même si Ho avait toujours eu l'impression qu'elles étaient comme nécessaires à leur équilibre. Les mots jetés la nuit où son père était rentré prématurément résonnaient encore.

Ho était heureux d'observer un père découvrir qu'il pouvait vivre par lui-même, prendre et assumer des décisions. L'adolescent aimait lorsqu'il chaussait ses lunettes pour se pencher sur des documents administratifs, prévoir les comptes de la maison, lui demander s'il avait besoin de vêtements neufs, et même s'en racheter pour lui, dont un grand manteau en cuir. Des décennies plus tard il s'en était offert un très semblable. Cet épanouissement paternel n'étouffait pourtant pas les souvenirs douloureux. Lors des rares soirées qu'ils passaient ensemble l'homme parlait beaucoup de sa mère à l'adolescent. Alors qu'ils étaient assis dans la petite cour devant la maison, une tasse de thé et un verre d'alcool de riz à la main, le père lui racontait leur rencontre, grâce à une amie d'enfance commune, leurs années de jeunesse amoureuse dans cette petite ville qu'ils n'ont jamais quittée, puis la conquête de la liberté, notamment grâce à sa petite activité privée de transport de marchandises, elle se partageant entre le travail à la maison et quelques heures dans une blanchisserie. « Et puis tu es arrivé », comme si l'expression suffisait à résumer la beauté et l'importance de ce moment. Ho l'interrogeait alors sur ses premiers mois, son enfance dans la maison devant laquelle ils étaient, quinze ans plus tard, assis. Son père semblait prendre du plaisir à lui répondre tout en précisant que sa mère avait davantage de souvenirs et d'anecdotes que lui, qui travaillait alors nuit et jour. Il mettait beaucoup d'application à restituer les histoires, en souriant et en parlant doucement. Entendre qu'elle aimait chanter en se brossant les cheveux, regarder le soleil se coucher, tisser du coton pendant que son fils jouait, remplissait l'adolescent d'une joie immense.

Des décennies plus tard, ces images nourrissent Ho avec une force qui le surprend. Il est devenu un réfugié du passé, son unique tempo. Cela fait des semaines qu'il fréquente les allées de sa vie, mais il lui semble enfin prendre le contrôle de ses souvenirs. « Ce tri m'apaise, ces moments sont simplement posés au centre de ma mémoire, aucun enjeu ne les entoure », explique-t-il au professeur Humbert. Il revisite ses hésitations, ses pires erreurs, ses lâchetés, sans se cacher. Il découvre que ne plus se soucier de l'avenir offre une grande liberté, celle d'être lui-même. Il est prêt.

14

Presque seul dans la cantine, en écoutant le couinement des sabots en plastique des employés qui commencent à nettoyer les tables, Antoine engloutit son repas. Les aliments industriels chutent dans son estomac crispé, il mâche à peine, sans plaisir. « Je veux un pré-plan d'action. Des salariés doivent penser que quitter Endless est leur meilleure décision. » Les mots d'Anne Montelier, lors de son recrutement, l'obsèdent. Il y voit presque un débat philosophique : comment convaincre quelqu'un que son choix de vie est le mauvais, qu'un autre chemin est possible ? C'est tellement plus simple de montrer la porte. La manière est plus brutale, certes, mais d'une certaine manière plus franche aussi. Après avoir géré plus d'une centaine de plans sociaux, Antoine est persuadé que l'essentiel est de convaincre qu'un « après » existe, il appelle ça son « honnêteté paradoxale ». Finasser sur la façon de présenter le départ est une perte de temps. Ils évoquent toujours le sujet lorsque Antoine monte dans son bureau lui faire un point sur son travail. Sa patronne reste persuadée que « les choses » se passeront « moins violemment» en «accompagnant» ceux qui s'interrogeaient déjà sur leur «légitimité» dans l'entreprise. «Antoine, il faut les convaincre qu'ils peuvent avoir envie d'une vie nouvelle.» «Mais il ne faut pas prendre les gens pour des cons, Anne! À cinquante ans, on ne repart pas si facilement de zéro, on ne peut pas les obliger à avoir un désir d'ailleurs s'ils veulent rester ici. Beaucoup sont vraiment attachés à Endless, tu sais!» «Je n'aurai peut-être pas le choix, Antoine. J'ai déjà le Board sur le dos, on doit absolument prendre les devants, être imaginatifs. Dépêche-toi de recruter tes espions, tu iras plus vite.» Antoine sent qu'Anne Montelier est de plus en plus stressée par ce dossier. Il doit exister un danger qu'il ne mesure pas encore.

Dès le premier jour, alors qu'il installait son ordinateur dans son minuscule bureau, la directrice des ressources humaines, une femme grande et forte, était entrée sans frapper pour lui remettre un dossier. Une trentaine de CV y reposaient, assortis pour chacun d'une fiche de commentaire. «Je croyais qu'on licenciait, pas qu'on embauchait?», avait-il tenté de blaguer. «Je vous propose de recruter en interne pour mieux licencier», avait-elle répondu sans un sourire. Il avait été à deux doigts de remballer ses affaires, puis il s'était souvenu que c'était impossible.

Depuis, Antoine compulse des CV. Ceux que la femme lui a remis, et d'autres qu'il a demandés à la DRH. Quand il met les pieds dans le service, un silence éloquent l'accueille. Il n'est pas surpris puisque sa mission concurrence leur travail, mais avec le temps il parviendra à les amadouer, il est rompu à ces ronds de jambe diplomatiques. Il travaille seul, ne s'interrompant que pour descendre déjeuner au sous-sol où il observe les équipes, cherchant à placer des noms sur des visages. Si le Chinois maintient sa plainte et retire ses contrats, dans quelques semaines, ou mois, dix pour cent d'entre eux auront été virés. Lui sera dans une nouvelle entreprise, un nouveau bureau, une nouvelle cantine à rechercher de nouveaux « points de fragilité ». Pour atteindre son objectif il a dressé une petite liste des qualités de ses futurs espions : capacité de trahison (à l'égard des collègues) ; loyauté (à son égard) ; ténacité (pour maintenir son jugement si Antoine émet des doutes) ; souplesse (pour revenir sur sa décision si Antoine maintient son choix) ; vision globale (pour juger un collègue, y compris sur sa vie privée) ; technicité (à estimer les limites d'un salarié).

Pendant quelques jours, Antoine a cru avoir trouvé la perle rare : Julien Bracher, un des cadors du « Développement et projection des industries de la vie ». Un type dont les rapports d'évaluation annuels louent « la fidélité à la hiérarchie », « le sens de l'organisation », « l'esprit d'initiative », « les capacités de travail », tout en pointant « un côté solitaire », « un désintéressement marqué pour l'argent », « une sorte de violence contenue, mais plus marquée ces derniers mois ». Un profil intéressant, avait jugé Antoine, assez *corporate* pour saisir l'enjeu de la mission, suffisamment ambitieux pour la garder secrète.

Il l'avait invité à déjeuner Aux trois présidents, un des rares bons restaurants du quartier. Il avait découvert un type beaucoup moins renfermé que les rapports ne l'indiquaient, peu bavard mais assez joyeux, cultivé et passionné par sa mission de décryptage des comportements grâce aux datas. Il semblait croire en sa mission, au point qu'Antoine s'était senti observé, analysé, un rôle qu'il jouait habituellement. Avec prudence, il avait évoqué des « ajustements » plutôt qu'un plan social, « de la souplesse dans la mise en œuvre des compétences de chacun ». Julien Bracher souriait avec ironie à certaines de ses formules. Antoine, décontenancé, n'était finalement pas parvenu à exprimer le projet des « espions » de Montelier, cela lui avait semblé trop brutal pour une première prise de contact. D'autant que la veille, il avait eu une autre idée.

Au moment du café, il avait demandé à Bracher s'il accepterait de repérer dans son service les salariés capables d'intégrer « un pool des meilleurs » susceptible de rejoindre l'actionnariat d'Endless. Il avait lu des études expliquant qu'un nombre croissant d'entreprises scandinaves avaient développé ce modèle. Ainsi cela lui éviterait de demander frontalement à Julien le nom des mauvais élèves de son service, mais plutôt de les repérer par déduction. Il en tirerait aussi la satisfaction d'apporter sa propre touche au projet sans se contenter d'appliquer la stratégie de la P-DG. « C'est une idée compliquée, mais audacieuse », s'était contenté de réagir Julien Bracher. Puis il s'était mis à bombarder Antoine de questions sur l'origine de sa présence, la raison qui pouvait justifier qu'*Endless* se porte si mal. Il s'était même intéressé à Ho, dont peu de salariés connaissaient le nom, pour la plupart c'était « le Chinois ». « Pourquoi porterait-il plainte contre ceux qui l'ont escroqué ? » Antoine, bien qu'intrigué, n'avait pas su quoi répondre. En se dirigeant vers Endless, Julien, mis en confiance, avait fini par ne plus dissimuler une forme de fragilité. « Je me sens un peu schizophrène, un jour à boucler un projet important, le lendemain à redouter un appel de la DRH... »

Antoine l'avait senti sincère et l'avait rassuré sur ses compétences. Il avait aussi senti que Julien Bracher ne lui avait pas tout dit, et qu'il faudrait le revoir. Il n'en a pas eu le temps.

Le rendez-vous, ce matin, avec Loïs Bracher lui laisse aussi un goût étrange. Antoine s'est senti mal à l'aise lorsque le frère de Julien le scrutait, les yeux plissés, la tête légèrement penchée comme un enfant intrigué. « Il ne me croyait pas, ou ne voulait pas me croire. Je lui en ai pourtant dit si peu... », songe-t-il. Il a envie d'aider ce type étrange qui semble déconnecté du réel, perdu dans un endroit comme Endless. Cette histoire de frères qui ne se fréquentent pas, ça le touche, Antoine a une sœur qui n'en a que le titre, et qu'il ne voit que de loin en loin. Et puis cette boîte est étrange, il en a fréquenté assez pour être certain de son diagnostic. Cela tient à des signaux, comme lorsque les éléphants se réfugient au sommet d'une montagne à l'approche du tsunami. Il ne lui a pas fallu trois heures à Endless pour repérer la peur. C'est un courant d'air froid, presque électrique. Des silences qui se forment au détour d'un couloir. Des grappes de salariés réunis autour de celui qui sait, ou est réputé savoir, voire « aurait entendu dire que ». Des managers qui, du jour au lendemain, disparaissent au fond de leur bureau, déroulent leurs rideaux. Une direction évanescente, ou physiquement fantomatique, occupée à échafauder des plans machiavéliques dans des salles de séminaires d'hôtels. Antoine a connu tout cela mille fois. L'angoisse est comme un liquide que rien n'arrête. L'autre jour, il a surpris une cadre de haut niveau sortant des ressources humaines. Elle a rougi et, devançant ses mots, lui a expliqué qu'elle se renseignait sur son compte formation. Il a vérifié : elle a déjà utilisé toutes ses heures. Antoine hume un parfum darwinien, une atmosphère de guerre flotte dans les salles impersonnelles, les rangs sont serrés, les paperboards quadrillés de projets, les auréoles marquent les aisselles. Les meilleurs sont en mode alerte, les plus faibles, au moins ceux qui le savent, ont commencé à se ronger les ongles. Antoine a besoin d'en savoir davantage. Surtout s'il veut aider Loïs Bracher.

Dès qu'il l'a quitté, Antoine est monté dans le bureau de Montelier. Il avait pour intention de surjouer la colère et puis, face au silence de la patronne d'Endless qui l'observait, visage de cire et bras croisés, le ton était monté sans qu'il ait à se forcer. « Anne, j'avance à l'aveugle ! J'ai besoin d'éléments concrets pour recruter mes espions... enfin vos espions, plutôt. » « Je vous en dirai davantage dès que je le pourrai. Je mène ma propre enquête, il me faut encore du temps. Ho a un point faible, j'en suis convaincue. Mais si je n'arrive pas à le faire céder, Antoine, il me faut les deux cents noms au plus vite. » « Je sais... Ah, je viens de perdre un très bon espion potentiel : Julien Bracher, un type brillant du DPIV. Il a disparu du jour au lendemain. Certains parlent d'un burn-out. J'ai même son frère sur le dos, je sors à l'instant d'un rendez-vous avec lui. » « Le frère de Julien Bracher était dans nos murs ce matin ? » « Oui... Je n'aurais pas dû ? » « Si, si... Mais concentrez-vous sur votre mission. » Elle l'avait raccompagné une main posée sur l'épaule.

Avant de ranger son plateau, Antoine boit une dernière gorgée d'eau. Il serre si fort le verre que son pied se brise.

15

J'ai pris mes quartiers au bout du bar, histoire de ne pas jouer des coudes chaque fois que je commande un verre. Un collègue de passage à Paris m'a invité à la fête d'un hôtel dirigé par un de ses amis, non loin des grands boulevards. Je n'ai pas encore croisé mon collègue, je suis perdu au milieu d'inconnus parmi lesquels personne n'a jamais passé une nuit dans ce beau bâtiment blanc, peu importe, tout le monde est venu pour boire et danser. L'été est là. Trois jours se sont étirés depuis mon rendez-vous avec Antoine Hermann. Ma lutte contre l'attente tourne en ma défaveur, je regarde trop souvent ma montre, je ne peux m'empêcher de scruter sans espoir mes SMS. L'après-midi, j'aligne des longueurs de piscine, ma nouvelle lubie, dans les bassins qui s'éclaircissent avec les premiers congés. Le soir, je saisis la moindre occasion pour ne pas rester seul dans mon appartement surchauffé. Les rues sont joyeuses jusque très tard, les terrasses et les parcs remplis, la musique résonne par les fenêtres. Le soir, je sors. Le matin, je dors.

Vers midi, j'ai laissé deux messages à Gaetano qui ne m'a pas rappelé. Puis j'ai téléphoné au directeur de la « Maison ». Glacial, il m'a coupé la parole en raccrochant alors que je lui demandais quand il espérait voir clair. C'est la première fois qu'il me traite aussi ouvertement comme un paria. Il faut que j'enregistre nos prochains appels, que je cherche un avocat. Je suis descendu m'acheter *L'Équipe* en me disant que c'était un signe d'ennui, puis j'ai envisagé de retourner à Endless, mais sans savoir ce que j'y trouverai de plus. Je ne me vois pas faire le pied de grue au pied de l'immeuble, à attendre Gaetano ou Hermann, les vigiles vont finir par me repérer. Je déteste subir le temps. Julien m'enferme dans son histoire, son absence fabrique un petit morceau de ma vie alors que je n'ai rien demandé. Mais je ne parviens pas à lâcher prise et à passer à autre chose. Je classe les informations dont je dispose, je relis la lettre, je pense à ce Chinois qui semble faire tourner tout le monde en bourrique avec sa plainte. Surtout, Julien n'est toujours pas là. Le coup de fil de mon collègue a sauvé ma fin de journée. Alors, je bois en regardant des gens qui me ressemblent mais que je ne connais pas.

Pour fêter mes quarante ans, j'avais organisé un magnifique anniversaire. Péniche louée en bord de Seine, orchestre, personnel pour assurer le service, une trentaine d'invités, des amis que je voyais trop peu en raison de mes déplacements. Julien n'est jamais arrivé, et j'ai passé la soirée les yeux accrochés à mon portable. C'était déjà une époque où nous nous fréquentions de loin en loin, mais je n'avais pas imaginé qu'il puisse me faire défaut ce soir-là. La soirée était gâchée lorsque, peu avant minuit, un livreur avait apporté un grand bouquet de fleurs, un magnum de champagne et ce petit mot : « Mon frère : les gens et moi, tu sais bien... Je renonce. Mais je suis auprès de toi, sois-en certain. Je t'embrasse très fort, Julien. » « Les gens et moi, tu sais bien... » Julien et ses pirouettes. Julien qui garde ses distances, toujours, en sachant combien cela peut fasciner. J'ai senti Antoine Hermann sous cette forme particulière de charme que déploie mon frère, ces plages de silence dont on ne sait si elles sont de l'écoute ou de l'indifférence, comme une attention pudique qu'il faudrait conquérir. Julien est un homme auprès duquel on a envie d'exister, de faire ses preuves.

Je sursaute en apercevant une jolie jeune femme se faufiler entre les clients pour commander deux verres de vin blanc. Elle est maquillée, ses cheveux sont souples et brillent, mais ses traits dégagent une certaine froideur.

« Emmanuelle ? »

Elle se retourne, je jurerais qu'un voile de contrariété a assombri son visage.

« Oui ? »

Je revois Emmanuelle Givray en train d'écrire, un casque sur les oreilles, près du bureau vide de Julien.

« Je suis Loïs Bracher, le frère de Julien. Je suis passé l'autre jour dans votre service...

– Oh oui, bien sûr ! Pardonnez-moi, moi et les visages...

– Pas de souci... Vous connaissez cet hôtel ?

– Non, non, une amie m'a invitée. Bonne soirée...

– Juste un instant, s'il vous plaît. Vous en pensez quoi de toute cette histoire?

– Laquelle?

– Eh bien la situation à Endless, le départ de Julien... C'est votre collègue le plus proche, non?

– Oui, on s'entend bien. Sur Endless je ne connais pas bien le dossier, ça se gère à la direction, pas à notre étage.»

Emmanuelle parle vite, elle a les bras et les jambes tournés sur le côté comme si elle s'apprêtait à partir. Elle regarde souvent derrière mon épaule.

«Et la situation de Julien, ça vous inquiète? Il vous avait dit qu'il allait partir?

– Non... Je crois qu'il avait pas mal de congés en retard... mais vous ne savez rien, vous non plus?

– Pas grand-chose, on ne se parle pas beaucoup, je pensais qu'il vous en avait dit davantage puisque vous le fréquentez tous les jours...

– Eh bien non justement...»

L'alcool et la solitude me rendent plus bavard que je ne le voudrais, et son envie de partir m'agace. Je fais crisser ma barbe sous mes doigts.

«Nous sommes assez distants, mais son départ m'inquiète. Si brutalement, à un moment important pour Endless, on dirait une fuite mais ça ne lui ressemble pas trop. Et ça ne semble pas préoccuper grand-monde...

– C'est un reproche?

– Prenez-le comme vous voulez, mais à l'image des autres vous semblez obnubilée par l'avenir de votre boîte, celui de vos copains en revanche...

– Julien n'est pas un copain, c'est un très bon collègue. Il est majeur et vacciné, il doit se prélasser au bout du monde... Vous m'excusez?»

Plongés dans notre face-à-face nous n'avions pas vu venir la destinataire du second verre de vin blanc, qu'Emmanuelle Givray manque de percuter en pivotant.

« Manue, qu'est-ce que tu faisais ? »

Je me décale : Anne Montelier. Imposante dans un tailleur blanc cassé, une cigarette à la main. Elle ne me remarque même pas. Elle tend sa main vers son verre, s'en saisit sans dire merci mais en s'approchant du visage de « Manue », qui recule brutalement et n'a d'autre choix que de se tourner vers moi.

« Anne... Je te présente Loïs Bracher, le frère de Julien. »

Anne Montelier tente de se ressaisir, s'éloigne d'Emmanuelle, passe une main dans ses cheveux.

« Anne Montelier, bonsoir.

– Bonsoir... Je vous avais reconnue. Je suis passé à Endless il y a quelques jours, j'ai demandé un coup de main à Antoine Hermann au sujet de mon frère.

– Je sais. Antoine me l'a dit.

– Ah... »

Elle a repris ses esprits. Son regard est dur, Emmanuelle ne semble plus exister.

« Tout comme je sais que vous avez aussi assisté à notre réunion d'information, et que vous avez rencontré Gaetano Spogia.

– Vous savez tout ! »

Mon rire, forcé, est couvert par le bruit de la musique.

« Tout, je ne sais pas. Mais beaucoup, sans aucun doute. Bonne fin de soirée, monsieur Bracher. »

Les deux femmes s'éloignent, épaule contre épaule dans la marée humaine, en se parlant dans l'oreille. Je suis dégrisé, ma sueur est froide. Un homme me bouscule, un vent de panique m'envahit, le monde entier est-il contre moi ? Ce matin, mon directeur. Ce soir, ces deux femmes, si distantes, et menteuses, Emmanuelle me jurant qu'elle ne connaît pas grand-chose à l'affaire Endless, « ça se gère à la direction ».

Je reste seul au bar. J'en veux tellement à Julien de me faire subir cette humiliation. L'envie de tout plaquer m'assaille, mes larmes sont proches, elles me surprennent. Mais nous pourrions nous haïr jusqu'au bout de nos forces, le jour de sa mort restera le plus triste de ma vie. Je ne fuirai pas ce soir.

16

Genève, le 28 avril 2018.

« C'est l'histoire d'une femme qui pleure depuis cinq mille ans... » Ho s'interrompt, les forces lui manquent. Sa voix, d'habitude rauque et profonde, s'écroule, noyée dans sa dévotion. Julien attend. Pour la première fois depuis qu'ils ont pris place sur leurs chaises en plastique (« Il ne faut jamais être assis trop confortablement lorsqu'on veut bien parler », avait décrété le vieil homme), il perçoit le silence absolu de la salle 707. Cela lui rappelle la légende des chambres sourdes, ces pièces anéchoïques réservées à l'entraînement des astronautes qui peuvent y éprouver le vide de l'espace et entendre leur sang couler dans leurs veines. Certains ont alors peur, paraît-il, en écoutant leur corps vivre.

Alors que Julien toussote pour rompre le silence, Ho extrait de sa veste prune une photographie : « C'est elle. » Julien saisit l'image. Les années ont fatigué les couleurs, le papier est froissé. Qu'importe. La finesse des traits a vaincu le temps, le pommelé des joues, les lèvres, bien que serrées, offertes tant elles semblent réelles, tout dans ce visage en marbre blanc, presque de couleur chair, le saisit. Un long frisson l'envahit. La béance à la place des yeux, arrachés, renforce l'opacité de l'expression. Même le nez brisé à sa base n'atteint pas l'harmonie de la sculpture. « Je vous présente la Dame de Warka, murmure Ho. Elle date de trois mille ans, au moins, avant Jésus-Christ. C'est un tel geste d'amour... » Le vieil homme sourit, reprend l'image et la glisse dans sa poche intérieure. Julien hoche la tête. Impassible. Un brasier dans le crâne.

Seul le froid de la pièce le distrait par instants, l'obligeant à glisser les mains dans les poches de son pantalon. Ou lorsque Ho marque une pause, à la recherche d'un détail, d'une date, d'un mot. En entrant dans la salle 707, une fois la visite du port franc achevée et le contact avec Archiapatti établi, Julien a compris qu'il devrait se plier à la mise en scène choisie par son hôte. Pour le reste, il a avancé en aveugle. Que lui voulait ce vieil homme qui l'avait presque convoqué ? Qui était-il, sinon ce riche collectionneur dépeint par Archiapatti ? En levant les sourcils d'étonnement, Ho s'est montré magnanime : « Ce n'est pas grave, nous crevons de nos ego, sans doute n'avez-vous jamais vu mon visage... Mais je suppose que vous connaissez le groupe Mingyun, le premier client d'Endless ? J'en suis le dirigeant, et le fondateur. »

Les deux hommes entendent quelqu'un, sans doute Archiapatti, frapper à la porte. Ho lève la main droite pour intimer à Julien de rester assis. Le vieil homme est secoué par un rire silencieux, sa silhouette tressaute. Lorsque les coups cessent, il murmure : « Il ne comprendrait rien à ce que je vais vous raconter. Il ne s'intéresse qu'à la valeur des œuvres... et à ses pantalons à carreaux ! »

Ho ne s'arrête plus de parler. Sauf lors de ces brèves pauses ludiques, son corps reste immobile, ses mains parallèles sur ses genoux. Seuls de brutaux rictus déforment par instants son visage, témoins d'une douleur dont Julien ne parvient pas à identifier l'intensité. Mais il est si vite absorbé par le récit qu'il n'y pense plus. Certes, parfois, l'homme d'affaires hésite, semblant douter de sa mémoire. Ou emprunte des détours compliqués, enjambant les époques de sa vie, comme lorsqu'il évoque l'achat de ses premiers camions qui, une poignée de secondes plus tard, se retrouvent à filer sur la route de la soie : « Rallier la Chine à l'Occident était un rêve. Faire circuler mes marchandises sur cette route légendaire a toujours représenté un objectif, presque une mission. Voilà pourquoi je me suis retrouvé à Bagdad, il y a quelques années, pour un voyage d'affaires. » Voilà où le vieil homme voulait en venir, songe Julien, tout ouïe.

« C'est là que j'ai rencontré Faraj Basmachi, poursuit Ho. Il était l'ancien conservateur du musée national d'Irak, un ami d'une de mes relations d'affaires. Basmachi était un homme délicieux, cultivé, assez coutumier de la guerre pour témoigner d'un sens de l'humour incomparable. » L'art a réuni les deux hommes, Ho racontant ses visites dans les musées où Faraj n'irait peut-être jamais, Londres, New York, Paris, son ami lui faisant découvrir ses trésors. Le coup de foudre avec la Dame de Warka a eu lieu au troisième étage du musée de Bagdad, en haut d'un escalier « large comme un virage ». La sculpture, haute d'une vingtaine de centimètres, trônait derrière une vitre blindée. « Personne n'avait oublié avril 2003. »

Julien ne bronche pas, la date ne lui évoque rien de particulier. Ho le comprend après quelques secondes de silence : « En 2003, trois semaines après que les Américains ont attaqué l'Irak, le musée a été pris d'assaut par une foule de pillards, un mélange de trafiquants et de badauds qui leur ont emboîté le pas. Pendant quatre jours ils ont volé tout ce qu'ils pouvaient. Les soldats américains n'ont pas levé le petit doigt, ils restaient postés près du ministère du Pétrole. Un symbole ! Une honte surtout ! » La voix de Ho siffle, rebondit contre les parois. Des heures durant, il avait écouté Basmachi lui narrer minute par minute ces quatre jours de terreur, cloîtré dans son appartement à écouter les tirs et les bombardements, apercevoir la fumée s'échapper du musée, avant la découverte des salles dévastées, des vitrines saccagées, des statues gisant dans la poussière occasionnée par leur chute. Et, en haut de l'escalier principal, la béance de l'emplacement où trônait le visage au nez cassé. « Julien, vous imaginez cette merveille aux mains des ignorants ? » interroge Ho avant de ressortir la photo de sa poche. Par chance, la Dame de Warka avait été vite retrouvée. Elle n'avait pas été dérobée par des trafiquants mais par un pauvre bougre. Il la trimballait dans le coffre de sa voiture, sans même savoir à qui la proposer, lorsque la police l'avait arrêté par hasard.

Derrière sa vitre blindée, elle avait subjugué Ho : « L'imaginer avoir traversé ces siècles pour frôler ainsi la destruction m'a foudroyé. C'était une survivante. J'avais déjà ressenti de fortes émotions devant des pièces, mais jamais avec autant de force. Il y avait de l'amour. Du sacré. J'ai eu tout de suite envie de la protéger, comme une enfant.» La Dame de Warka a été conservée au musée de Bagdad plusieurs années, pendant lesquelles Faraj Basmachi est mort dans un accident d'avion. «J'ai tout annulé pour me rendre à ses obsèques. La capitale irakienne était encore plus dangereuse et instable. Des milices islamistes rôdaient partout, l'armée était à cran. Je ne suis resté que vingt-quatre heures, mais j'ai réussi à revoir la Dame.» Peu de temps après, la statue a été transférée, comme d'autres pièces rares, au musée de Mossoul, mais cela n'a pas empêché l'histoire de bégayer. «Elle y a été dérobée lors d'un pillage par Daech, en 2015. Vous avez dû apercevoir les images de ces abrutis détruisant les sculptures avec des masses...» Julien revoit, dans la lumière blanche des films de propagande diffusés sans un mot de commentaire, ces hommes poussant de leurs bras puissants des statues sur le béton gris, avant de les réduire en poussière à l'aide de gigantesques masses. Il avait été choqué par leur obsession de frapper les visages, comme s'ils redoutaient que les sculptures puissent se mettre en mouvement, telles des Galatées orientales, pour les punir. Autant que les images, le silence des vidéos l'avait glacé. «Pendant des mois, je n'ai pas su où se trouvait la Dame de Warka, ni même si elle était encore entière, gémit Ho. J'ai activé mes réseaux de collectionneurs, de galeristes, les personnes que j'avais rencontrées à Bagdad. Parfois on me proposait une information, mais contre une fortune indécente.» Convaincu qu'elle était détruite ou passée à l'étranger grâce aux réseaux qui pullulaient dans le pays, Ho avait fini par renoncer.

Il se trouvait à Singapour quelques semaines plus tard lorsque le miracle s'était produit. « Un galeriste turc, une relation de longue date, me proposait la Dame ! Il m'a envoyé une série de photos. C'était elle. » L'homme avait acquis la sculpture auprès d'un chef de tribu du sud de l'Irak, qui détenait des milliers de pièces revendues partout dans le pays par les islamistes. Le chef avait aidé le Turc à corrompre des fonctionnaires afin acheminer la statue jusqu'à Istanbul. Le galeriste l'avait longuement examinée, elle était intacte, ses yeux arrachés lors d'un premier pillage, cinq mille ans plus tôt, lui conférant toujours ce fascinant hermétisme. Il avait même trouvé sur la caisse des certificats officiels qui validaient l'authenticité de la pièce. Si Ho le voulait, la Dame de Warka était prête à prendre la direction de l'Europe.

« J'ai beaucoup hésité. Je savais que ces conditions d'acquisition comportaient une part d'ombre, mais c'est inévitable dans un tel pays à un tel moment, n'est-ce pas ? » Julien ne répond pas. Le vieil homme accélère son débit : « Je ne pouvais pas me résoudre à l'abandonner. C'était comme trahir l'histoire, l'humanité presque. Je l'ai achetée pour la sortir de ces réseaux d'escrocs et la remettre à des autorités officielles, en Suisse ou en France. J'ai utilisé une de mes sociétés basées en Europe pour payer le Turc, c'était plus rapide que de passer par mes entreprises en Chine. Cette société était assurée chez Endless. Tout se passait bien jusqu'à un contrôle douanier sur la frontière entre l'Allemagne et la Suisse. La Dame a été saisie, le galeriste m'a dénoncé et j'ai dû expliquer mon lien avec Endless. Les enquêteurs considèrent qu'en ayant facilité cet achat, votre société a couvert une fraude aux assurances puisque la Dame a été, à l'origine, dérobée. Et que je suis un voleur, comme tous ceux qui ont participé à la transaction. »

Archiapatti frappe à la porte, l'entrouvre, Ho lui demande de patienter encore. Julien garde les yeux fixés sur le vieil homme, comme hypnotisé.

« L'enquête pénale n'est pas finie, mais la justice commerciale réclame déjà une amende de dix millions d'euros à ma société et à Endless. C'est une sorte de caution en attendant la fin de l'enquête. Pour moi, ce n'est pas une grosse somme, mais j'en fais une question de principe. Anne Montelier veut que je paye seul et que je retire ma plainte, pour étouffer l'affaire. Si j'accepte elle fera un geste commercial sur mes futurs contrats, elle sait ce que je pèse dans son chiffre d'affaires. Elle doit m'envoyer un protocole d'accord le 6 juin. Mais l'essentiel, pour moi, est de comprendre ce qui s'est passé, et de savoir qui sont ces escrocs. Je veux aller au bout de ma plainte. Mais cela me pose un autre problème, très inattendu. C'est pour cette raison que j'ai souhaité vous rencontrer. »

17

Je traîne ma gueule de bois, sculptée patiemment dans plusieurs bars après avoir déserté la fête de l'hôtel, dans un bain froid. Le téléphone sonne, je n'ai pas l'énergie de sortir. La mousse a disparu, je m'illusionne de voir mon corps moins usé à travers l'eau. Je suis souvent nu, pour mieux combattre la fournaise. Ma cicatrice au bras, souvenir d'une coupure mal refermée par un vieux dermato terrassé par son alcoolisme peu après l'intervention, a blanchi dans l'eau fraîche. Je me revois rentrant à la maison en compagnie de notre mère qui semblait souffrir comme si « le boucher » avait ouvert son propre membre. J'étais le héros du jour, porteur d'une blessure de guerre, si impatient de raconter la scène à mon frère. Plongé dans son livre, Julien avait observé le long pansement blanc pendant que je lui décrivais l'opération, insistant sur la vision de la longue et sanglante racine du grain de beauté passant au-dessus de mon visage pour rejoindre un grand bol en métal. Il avait décrété que je m'en remettrais « dans trois ou quatre jours. Pas la peine d'en faire un plat ». Et de se remettre à lire, les yeux mi-clos.

Même si, le soir, Julien m'avait apporté dans ma chambre un de ces bonbons au chocolat dont je raffolais, la honte ne m'avait pas quitté avant plusieurs jours. Julien n'avait pas exprimé une méchanceté gratuite mais il pouvait adopter une position dominante qui réduisait votre vie à une suite d'insignifiances, d'événements qui ne méritaient pas qu'on s'attarde. Avec moi, en particulier, il pouvait se montrer glacial, doucher mes élans désordonnés semblait faire partie de sa mission d'aîné. Il semblait vouloir que ma vie soit plus compliquée, que je partage davantage ses angoisses, comme si cela faisait partie des obligations de la fraternité. Au nom de notre lien nous devions regarder les choses de la même façon. Or j'observais notre relation avec davantage de détachement, je veillais sur ma liberté, chacun suivrait sa route un jour ou l'autre, et, en réaction, vivre avec légèreté devenait mon objectif. Il ne l'a jamais supporté.

Enroulé dans une serviette, j'écoute ma messagerie. Emmanuelle Givray. « Bonjour Loïs, désolée pour hier soir, j'ai été très maladroite. Rappelez-moi. » Plusieurs collègues m'ont déjà raconté combien, lorsque je suis en colère, ils se sont demandé jusqu'où je pouvais aller. « Ce sont tes yeux, tu ne te rends pas compte mais dans ces moments-là, tu ne les baisses jamais. C'est flippant... », m'a un jour raconté un camarade de mission. Je devais avoir ce regard-là, hier, en observant Anne Montelier et Emmanuelle Givray se fondre dans la foule.

Je me prépare un thé puis je rappelle. Le ton d'Emmanuelle est doux, presque léger, j'entends un frottement, peut-être un crayon qui glisse sur du papier.

Elle s'excuse encore pour son comportement fuyant, sa relation avec Anne n'est pas « toujours évidente à vivre, c'est ma patronne, et puis c'est tout récent. Quand j'ai réalisé que vous étiez le frère de Julien, j'ai paniqué, c'est stupide... » « Je ne risque pas de lui dévoiler votre histoire... » « Cela ne serait pas gênant, car je vous ai menti hier soir : Julien est davantage qu'un collègue. J'ai une entière confiance en lui, il connaît ma vie. » J'entends des cris d'oiseaux, des pas qui descendent un escalier, des gravillons qui crissent, peut-être dans une allée qui mène à un jardin et une piscine. Dans sa lettre, Julien évoque une grande maison blanche le jour où il avait pris Emmanuelle en filature, peut-être est-ce le domicile d'Anne Montelier. Les riches m'intriguent, comme un lointain écho du « Trésor public » où travaillaient nos parents. Ils ne me font pas réellement envie, je n'ai jamais manqué de rien, je vis de façon confortable. Je m'interroge plutôt sur la liberté, ou au contraire la dépendance, que procure la richesse : sait-on quand on est à l'abri pour le reste de ses jours, vit-on dans la peur permanente de tout perdre ? Anne Montelier se sent-elle menacée par la crise d'Endless ? « Allô, allô, Loïs ? » « Oui, pardon... » « Je voudrais vous aider. Je suis inquiète pour Julien. Je lui ai écrit plusieurs mails depuis son départ mais je n'ai aucune réponse. Cela ne lui ressemble pas. »

Lui parler de la lettre de Julien pourrait apaiser sa crainte, mais un réflexe égoïste m'en empêche, comme si j'avais encore besoin de partager un secret avec mon frère. Petit, j'avais brisé un très beau vase en porcelaine de maman en courant derrière notre chat. J'avais raconté que c'était Piment le coupable, avant de passer plusieurs jours atroces, rongé par la culpabilité, à peine rassuré par la certitude que la bestiole ne me dénoncerait pas. J'avais fini par tout raconter à Julien qui m'avait protégé par son silence, et ce secret avait acquis à mes yeux une valeur inégalable. Le ton d'Emmanuelle me semble sincère. « Voyez-vous un moyen de m'aider à le retrouver, au moins à comprendre ce qui lui arrive ? Hier soir, vous m'avez dit que vous ne saviez rien... » « C'était hier soir... répond-elle dans un souffle mêlé de rire. Êtes-vous au courant du conflit entre Endless et Ho ? » « Tout le monde m'en parle mais je n'y comprends rien ! Je ne vois surtout pas en quoi cela peut concerner Julien. » « Essayez de rencontrer Lucas Machart, il doit gérer la finalisation d'une proposition d'accord entre Ho et Anne. C'est prévu pour le 6 juin. Voici son numéro. » Je le griffonne sans conviction sur un Post-it. « En quoi cela concerne-t-il Julien ? » « Votre frère s'est intéressé de près au conflit avec Ho. Il en a sans doute parlé avec Lucas. En tout cas, c'est une piste. » « Anne Montelier sait-elle que vous m'aidez ? » « Oui, elle y est favorable, elle apprécie Julien. Elle connaît sa valeur. »

18

Cher Loïs,

Si tu n'as pas jeté ma première lettre, alors j'ai l'espoir que tu liras aussi celle-là. J'ai mis un peu de temps à l'écrire, pardonne-moi si tu as attendu. Non que je sois si occupé mais mes idées se mettent doucement en place. C'est comme au Tetris, il y a les petites briques qui se rangent rapidement, les plus grosses qui demandent un temps de réflexion. Et celles qui continuent de m'obséder.

J'évolue depuis longtemps entre deux mouvements contraires. D'un côté ma part rationnelle, contrôlable, de l'autre une zone cyclonique, instable, que je ne parviens pas à maîtriser. Entre elles résonne une vibration presque permanente, l'écho de ma colère originelle. Celle du délaissé. Parfois, j'explose. J'ai alors besoin de ne pas laisser les autres en paix, ceux pour lesquels tout a commencé sur un chemin de roses. Ceux qui n'ont pas manqué de l'essentiel, car on ne manque jamais de rien.

Cette colère ne date pas d'hier. Ni mon silence. Tu te souviens comme je parlais peu, même en famille ? Je redoutais d'être piégé. Rester économe de mes mots, c'était comme ne pas les abîmer, offrir juste ce qu'il fallait, du bout des lèvres, sans prêter le flanc à une quelconque interprétation. J'étais hanté par la dissonance entre les mots et les gestes. Comment choyer son enfant, lui fredonner une chanson le soir après l'avoir abandonné pendant des mois ? Comment donner un amour aussi sincère qu'aveugle ? Ces questions ne m'ont jamais quitté. Nos parents m'ont jeté dans les bras de la solitude, elle ne m'a plus lâché, comme une ombre sur mon cœur. Mais ils ne l'ont jamais perçu. Ni compris. Personne, en tout cas à la maison, ne se demandait si j'étais autiste, surdoué, ou juste malheureux, pourquoi je ne quittais jamais ma cagoule entre novembre et avril, comment je pouvais rester collé près de la même gouttière à la récréation, ni pourquoi mes ongles étaient toujours en sang. J'étais seulement un peu « différent », « solitaire », « timide, ah ça oui ». Je me suis réfugié dans les livres, j'ai gardé la douleur de la trahison de mes premiers mois comme un secret vaguement honteux.

À Endless, je suis toujours cet homme qu'on entend peu. Mais j'écoute. Beaucoup. Dans les couloirs et les ascenseurs, près des machines à café. Il suffit de se poser, d'attendre en faisant semblant d'écouter son répondeur, de chercher de la monnaie dans ses poches. Les gens manquent tellement d'attention aux autres, ils se croient seuls, importants. Uniques. Parfois leur envie d'être écoutés, presque d'exister, s'entend à un timbre de voix qui monte d'un cran. Ils sont d'une imprudence folle. Il y a aussi les mystères de certaines conversations, quelques mots attrapés à la volée. L'autre jour, deux hommes plutôt jeunes déjeunaient à la cantine et parlaient de « Mossoul », d'un « musée », d'une « statue » quand le registre habituel tourne plutôt autour du chef de service, des plannings de vacances et des enfants. J'ai tendu l'oreille. Je n'ai pas tout saisi, le bruit était trop important, mais une affaire judiciaire semblait relier les difficultés d'Endless à un événement dans ce musée. L'un des deux, Lucas Machart, d'après son badge, était surexcité, il en oubliait de manger tant il parlait.

Endless est en danger, et je me surprends à éprouver un sentiment étrange, une forme de peine, en tout cas un intérêt puissant car, je ne l'oublie pas, mon métier m'a sauvé. Sans lui j'aurais pu m'égarer, passer à côté de ma vie. Je repense souvent, en fumant le soir sur ma petite terrasse, à nos discussions familiales. Ces longues soirées, ces dîners autour « du » sujet : que va devenir Julien ? Mes deux années tâtonnantes après le Bac semblaient avoir plongé les parents dans un profond désarroi. Tu te souviens ? Rien n'était formulé très clairement, comme toujours dans notre famille, mais je voyais papa qui se frottait le visage, épuisé, vieilli d'inquiétude, et maman qui regardait par la fenêtre comme si un magicien de l'avenir allait surgir. J'avais toujours été si doué en maths, alors que se passait-il ? Pourquoi cet échec cuisant après deux années en classe préparatoire ? Même pas une petite école d'ingénieurs ! Toi, du haut de ta quinzaine d'années, tu savais déjà. « Je veux connaître tous les secrets des pyramides d'Égypte. » En plus tu visais la fonction publique ! La sécurité de l'emploi ! Le paradis ! Eh bien, Loïs, tu sais pourquoi je n'ai même pas intégré la dernière des écoles d'ingénieurs ? Je ne suis pas allé aux concours. Ces deux magnifiques journées de printemps, je les ai passées dans un parc, allongé dans l'herbe, coupable et heureux de défier le destin. Quel bonheur de quitter le chemin et, plus puissant encore, d'être le seul à le savoir. Pour la première fois, ce jour-là, j'ai eu l'impression de me construire un destin.

Mon triomphe existentiel a été de courte durée. La vie était bien réelle, elle n'allait pas m'attendre. Il était inenvisageable que je reste en carafe. Tu sais à quoi je rêvais ? Devenir interprète. Je ne vous l'ai jamais dit car j'avais peur d'échouer... Pourtant comme j'en avais envie ! À la télé une image me fascinait : celle de ces hommes et femmes assis un mètre derrière les chefs d'État et chargés de traduire leurs propos. Leur rôle me semblait éminemment stratégique. Imaginer qu'ils puissent travestir des mots et provoquer une crise diplomatique me faisait fantasmer ! Me voir, en costume-cravate, assis derrière le président français dans le Bureau ovale ou au Kremlin était une vision gratifiante. Devenir un minuscule personnage de la grande Histoire aurait alors suffi à mon bonheur. Peut-être tes rêves de pyramides m'influençaient-ils ? Car le temps passait mais tu n'en démordais pas, ton coup de foudre en Auvergne restait intact, tu voulais « découvrir des trésors », « trouver des choses qui seront dans les livres d'histoire ». Tu vivais parfois trop vite mais tu ne semblais pas douter un instant que ta vie allait ressembler à tes choix. Tu étais prométhéen, effaçant les obstacles avant même qu'ils n'apparaissent.

Mes ambitions d'interprétariat, elles, se sont évanouies dans les angoisses silencieuses de ma jeune enfance, tapies sous ma peau, irriguant lentement mon cerveau. Je ne me sentais jamais à ma place, alors je bougeais peu, ma chambre et mon fauteuil dans le salon étaient mes postes de guet favoris. J'avançais sans garantie, aucune décision n'était évidente, chaque étape s'annonçait comme une conquête, une vie le vent de face. J'ai fini par m'inscrire en fac de maths, les chiffres me semblaient rassurants, comme si je découvrais un nouveau langage. Puis j'ai tracé mon chemin à Endless, j'en suis fier. Les statistiques m'ont permis de vivre parmi les autres, en scrutant leurs habitudes et leurs rêves sans quitter ma tour. J'ai noué une distance intime avec la réalité, mes « NOW » ne me demandent aucun compte, ce sont des colonnes alignées dans des tableaux, des profils anonymes que je croise ensuite dans la rue, dont je ne sais rien même si je connais toutes leurs habitudes. Je vis à la fois dans et en dehors du monde.

Tu as peut-être remarqué ces objets sur mon bureau, et ma maniaquerie. Ils sont là tous les jours, à la même place. Mes fétiches ne me trahiront pas, ils ne peuvent pas tricher. Car de ma mémoire amputée j'ai aussi gardé une haine absolue pour le mensonge, l'expression absolue du manque de respect pour les mots et ceux qui les prononcent. C'est la facilité suprême, le comportement le plus lâche. Qu'ils pèchent par omission, ou pas, je ne supporte pas les menteurs, pas davantage ceux qui prennent du plaisir à violer les règles, ou la loi. Tu me trouves peut-être bien rigide mais j'ai toujours pensé que sans principes clairs on n'arrive à rien dans la vie, on tâtonne, on hésite sans cesse. Tricher, c'est le début de cet enlisement. C'est s'abaisser et commencer à se salir.

Cela me fait du bien de te parler. Je me sens apaisé, cohérent. Comme un enfant qui trace pour la première fois une belle ligne droite. J'ai encore tant de choses à te raconter.

À bientôt, je t'embrasse.

Julien

19

Il y a des instants de la vie qui se présentent à vous comme des pressentiments. Mes fins août d'adolescent y ressemblaient. Il y avait d'abord la maison sinon froide, du moins fraîche après des semaines d'absence, la fin juillet à la mer, août à la montagne. Il y avait le courrier accumulé qu'une voisine nous apportait : les magazines attendus tout l'été, les factures pour les parents, les vaines publicités. Et les lettres. Mes lettres. Les recevoir des mains maternelles, car d'après un rituel mystérieux cette tâche incombait à ma mère pendant que mon père rallumait l'eau et l'électricité, coïncidait avec des secondes frénétiques. Les mains tremblantes, je courais m'enfermer dans ma chambre. De la dévotion imprégnait ce moment tellement attendu, espéré, redouté parfois, ce genre d'instant qui, à l'image d'une faim tenace, finit par s'oublier avant de revenir avec une force encore plus puissante. Puis, une fois au calme dans mes quinze mètres carrés, la frénésie cédait le pas au bonheur de l'attente retrouvée. Nul besoin, finissais-je par conclure, de se presser, patienter était si bon. D'autant que certains courriers arrivés récemment sentaient encore le parfum dont leurs auteures avaient plus ou moins délicatement aspergé l'enveloppe. Les plis étaient, puisque seules importaient les lettres des copines (et j'ai peu de souvenirs de lettres de copains), souvent rose pâle, mauves, puis blancs avec l'âge, lorsqu'il n'était plus la peine de jouer avec l'apparence des sentiments, et que l'essentiel était bel et bien les mots bleus couvrant des papiers beiges avec parfois des reliquats d'enfance qui prenaient la forme de fleurs imprimées dans les angles des pages. Enfin, la patience devenait torture à mesure que les heures passaient. Mais une douleur tant maîtrisée que parfois je n'ouvrais les courriers qu'après plusieurs jours, lorsque l'heure du face-à-face réel avec l'auteure approchait et qu'il devenait urgent de s'y préparer. Pendant ces heures ou ces jours à contempler les enveloppes posées sur ma table de nuit, je m'abandonnais à mes pressentiments, humant ici un parfum de revanche, flairant là une promesse que deux mois d'été avaient parfois achevé de mûrir. Je pouvais consacrer des heures à cette contemplation sentimentale, à espérer que l'enveloppe s'ouvre d'elle-même pour délivrer l'oracle, cette envie de creuser des sentiments que je devinais avant même de lire leur confirmation.

Je repense à ces moments en tenant entre les mains la deuxième lettre de Julien. Il est vivant. Dès que papa m'a prévenu, alors que je sommeillais dans un fauteuil du jardin des Tuileries, j'ai traversé la ville, couru dans les escaliers, arraché la grande enveloppe DHL de ses mains avant de m'installer à la première terrasse. J'ai lu une première fois, vite, trop vite, juste heureux de cette preuve de vie. J'ai relu, et l'iceberg posé dans mon ventre a craqué. Pourquoi pleure-t-on si rarement une fois adulte ? De quoi sont nourris les sanglots dont ma gorge s'est enfin dénouée ? De soulagement. Je sens, dans l'apaisement brutal de mes tripes, qu'une peur animale avait commencé à s'y installer. Julien est vivant.

Mais il y a « Mossoul », ce vertige, comme un voile devant les yeux.

Pas plus qu'il ne me parlait de son travail, je ne racontais mes missions à mon frère. Comme ses statistiques, mes fouilles sont mon territoire protégé, mes disparitions nécessaires après des semaines au cœur de la ville. Lorsque je reste trop longtemps à Paris, je connais le risque de m'y faire dévorer, d'aller trop loin dans tout ce que j'expérimente. J'ai besoin de ce courant alternatif, là-bas le calme et la concentration, ici l'énergie sans fin, cet élan qui me pousse à me perdre dans les vibrations du présent jusqu'à l'arrivée de la prochaine feuille de route. J'aime plus que tout ce document qui m'arrive dans une grande enveloppe beige frappée du tampon de la Commission des fouilles : « Monsieur, vous trouverez ci-dessous le détail de votre poste au sein de l'équipe dirigée par M. X qui aura la charge de mener le chantier n° 000 au XX entre le XX et le XX. » Pendant un jour ou deux je suis le plus heureux des archéologues, je téléphone à tous mes amis, mes collègues, pour leur annoncer mon prochain départ, indiquer que mon appartement est libre, merci si quelqu'un peut venir arroser les plantes, qu'est-ce que je peux vous ramener de là-bas, non je ne sais pas encore si je pourrai rentrer pour Noël, merde je vais encore devoir faire une procuration pour voter, gérer ces mille décisions me met en joie, c'est le départ ! Puis, pendant une semaine, je ne sors plus de chez moi, dévorant toute la littérature et les études techniques possibles sur le pays, la région dans laquelle je vais me rendre. Aucune invitation ne peut me détourner de cette phase de préparation, de dilettante je deviens le parfait obsessionnel, je ne veux pas tout savoir, je DOIS tout connaître de la zone à explorer. Je n'y parviens jamais.

Mon excitation était telle que j'avais raconté à Julien mon futur départ pour l'Irak. Cela faisait trop d'années que je subissais des échecs pour ne pas témoigner de ma fierté. Ce job tombait à point nommé, d'autant que je m'étais battu pendant des mois pour faire partie du groupe des quatre qui y participeraient. C'était un privilège, une marque de reconnaissance dans une carrière, car depuis le début de la guerre avec l'Iran, trente-cinq ans plus tôt, les missions occidentales qui avaient décroché une autorisation en Irak étaient rares, et les sésames à nouveau délivrés depuis quelques années ne l'étaient qu'au compte-gouttes. Un comble pour un pays fouillé depuis 1840. En mémoire des faits d'armes de notre discipline dans la région, notamment de la découverte de l'État royal des Sumériens par un archéologue français à la fin du XIXe siècle, le State Board of Antiquities and Heritage de Bagdad et la Direction générale des antiquités d'Erbil, puisque le Kurdistan irakien était notre destination finale, nous avaient accordé un feu vert d'un mois, sans doute aussi avec l'espoir d'obtenir une quelconque contrepartie politique. J'avais pris la route de l'ancienne Mésopotamie comme on emporte un secret, rempli de l'espoir de partager avec Julien, tel un héros enfin réhabilité, une aventure extraordinaire.

Elle l'a été, grâce à un vieil homme qui ne mesurera jamais le rôle crucial qu'il a joué. Nous l'avons rencontré, par le plus grand des hasards, dans le souk de Chamchamal. C'est une ville moyenne située à deux heures d'Erbil, en bordure de l'autoroute 7 qui mène vers l'Iran, une artère majeure qui s'étire entre le Tigre et l'Euphrate, au cœur du commerce mondial. Toute la journée, des colonnes de monstrueux camions, chargés de pétrole ou de nourriture, traversaient les faubourgs de la ville dans un tonnerre permanent, comme s'ils n'avaient pas une minute à perdre. Cela renforçait encore notre impression d'être à contretemps, perdus, à la recherche d'une histoire vieille de presque cinquante-cinq siècles.

Comme beaucoup d'hommes âgés, Hussein passait ses journées sur une petite chaise en paille à boire du café et à bavarder avec les commerçants alentour, son chapelet en bois enroulé autour de ses longs doigts maigres. C'était un ami de la famille de notre interprète, c'est ainsi que nous avions engagé la conversation. Nous étions à la recherche de la piste, au sens littéral, qui nous mènerait vers notre objectif : Piryadi. Harold Berger, notre chef de mission et grand spécialiste de la région, avait trouvé trace de ce village dans des atlas irakiens des années 1950 prêtés à la « Maison » par la bibliothèque du musée national de Bagdad. Des recherches menées dans la région par une équipe allemande, dans les années 1930, avaient prouvé l'importance religieuse de la zone grâce à la découverte de magnifiques temples pourvus d'immenses terrasses en calcaire. Parmi eux l'Eanna, dédié à Ishtar, la déesse de l'amour et de la guerre, vénérée à Babylone, le symbole absolu de la femme. Notre espoir était de démontrer que Piryadi et ses environs avaient aussi été un centre politique majeur.

Mais les délires sanguinaires de Saddam Hussein contre les Kurdes, lors de l'opération Anfal à la fin des années 1980, avaient rayé de la carte des dizaines de villages, dont peut-être notre objectif. À Chamchamal, en tout cas, personne ne s'en souvenait. Même le nom laissait nos interlocuteurs le visage figé, comme si nous venions d'évoquer une ville étrangère. Rien. Nous traînions dans notre pension, à relire nos atlas, vérifier nos cartes, nous convaincre que si personne ne se souvenait de Piryadi, les trésors de ses entrailles étaient sans doute intacts. Mais le découragement guettait. Jusqu'au jour où nous avions rencontré Hussein.

Il avait commencé à brandir sa canne en marmonnant. « Il dit que c'était le village de son enfance, mais qu'il n'existe plus », avait expliqué l'interprète. Sa phrase m'avait semblé étonnamment longue pour un résultat aussi maigre. Malgré la déception, nous avions insisté et l'homme avait expliqué que son fils pouvait nous emmener dans des collines qu'il avait indiquées d'un vague geste du bras, « mais c'est très loin, et aucune route n'existe, ce n'est que de la piste », avait précisé l'interprète. Après une brève concertation, et même si nos chances de succès nous semblaient aussi minimes que l'ombre sur Chamchamal, nous avions décidé de tenter notre chance. C'était ça ou rentrer à Paris, bredouilles et honteux.

Le fils du vieillard était un homme grand et puissant, propriétaire d'une magnifique boutique où nous achetions les épices qui magnifiaient nos repas. La requête de son père l'avait agacé mais quelques billets avaient scellé notre marché. Au lever du soleil, notre 4X4 poussiéreux suivait le sien, japonais, en bien meilleur état que le nôtre. Une dizaine d'heures de route nous attendaient, à serpenter dans les vallées abritées par les légendaires monts Zagros.

À l'entrée de chacune d'entre elles, nous devions montrer nos documents à un groupe de soldats qui tenaient un check point. La région, jadis théâtre de combats avec les Iraniens, était toujours stratégique, notamment pour les trafiquants qui remontaient vers une zone où les frontières avec la Turquie et l'Iran se rejoignaient. Ce triangle de quelques kilomètres carrés avait la réputation d'abriter un niveau de corruption hors normes, malgré les affirmations du pouvoir irakien et la concentration de soldats à chaque check point, qui avaient soigneusement vérifié nos autorisations avant de nous demander de sortir notre équipement du 4X4, tentes, matériel de fouille, sacs de couchage et même les vivres achetés chez le fils d'Hussein. Celui-ci s'étonnait qu'un groupe d'Occidentaux puisse s'intéresser à cet endroit rayé des cartes depuis belle lurette, parfois il se mettait à rire en se tenant la tête à deux mains, comme si notre entreprise n'avait aucun sens. « Pour être riche, il faut faire du commerce, regardez cette autoroute, c'est ça l'avenir ! », m'avait-il expliqué car je m'étais dévoué pour ne pas le laisser seul au volant. Il n'a jamais compris que nous n'étions pas dans son pays pour devenir riches.

Après douze heures de route, grâce aux indications de villageois nous avions marqué un arrêt dans l'avant-dernière vallée avant l'Iran. La nuit était déjà tombée, nous avions dressé à la hâte deux tentes pour dormir tandis qu'une troisième abritait nos bacs de lavage, brosses, casques, décamètres, échelles photographiques, éponges, équerres, tamis, seaux, truelles, pinceaux, outils de dentiste, fils à plomb, flèches nord, herminettes, lampes, pelles, pinces, scies, niveaux à bulle, clous, punaises, microscopes, caméscopes, appareils photo, ordinateurs, bâches de protection, cartons, classeurs, carnets, cahiers.

Nous avions prévu de faire un premier passage de quarante-huit heures à Piryadi : nous sommes restés quinze jours, le fils d'Hussein multipliant les allers-retours pour nous rapporter des victuailles de Chamchamal. Dès la première colline, sondée à peine les lueurs du jour visibles, nous avions compris que le site serait exceptionnel. Les douze kilos de notre gradiomètre bipaient tous les deux mètres. À chacun de ses appels magnétiques la terre répondait, signant la présence massive de fosses, de murs, peut-être de fours sous la terre sèche comme de la pierre. Au troisième jour, nous avions délimité le site en dizaines de carrés de dix mètres sur dix sous les regards interloqués des villageois qui vivaient aux alentours. Où fallait-il nous arrêter ?

En surface, aussi, le site tenait toutes ses promesses. Les tells fièrement arrondis donnaient envie de les éventrer pour en extraire fragments d'os, outils en silex, morceaux de charbon calcinés, puis démêler ces traces du temps mélangées par l'érosion, les mouvements de la terre, les pluies. Entre eux, le sol était jonché de tessons en céramique dont beaucoup nous étaient inconnus. Nous redoutions de manquer de ficelle à chapeau pour borner la zone, déjà il ne nous restait que des rouleaux de vingt mètres. Dans le groupe, j'étais le seul à vivre pour la première fois une telle situation d'opulence et de promesses. Le dédale de bâtiments qui semblait apparaître sous nos pieds pouvait donner corps à l'hypothèse décrite par les vieux livres qui dépeignaient une vie sociale hiérarchisée, un pouvoir politique tenu par de grandes familles adeptes de l'esclavage, et un peuple besogneux qui travaillait la céramique. Piryadi, la première ville du monde, était peut-être là, à quelques mètres sous nos pieds, sous ces masses de sable.

Je n'en dormais plus. Dans les nuits aussi fraîches que les journées étaient brûlantes, en écoutant le vent, je repensais au marquis de Sautuola. À la fin du XIXe siècle, alors qu'il visitait la grotte d'Altamira, dans les monts Cantabriques, sa fille âgée de huit ans avait eu la bonne idée de lever le nez en l'air, pendant que son père examinait le sol, et elle avait aperçu une multitude de bisons datant de la Préhistoire. Il avait fallu vingt ans aux scientifiques de l'époque pour valider les découvertes de ce regard accidentel, comme si ces innocents promeneurs n'avaient pas le droit d'effectuer une telle découverte. Nous étions légitimes, certes, mais l'ampleur de nos découvertes allait-elle nous placer dans une situation similaire ? Piryadi était-elle une nouvelle Babylone ? J'avais l'impression de renaître, de me déployer. Un archéologue est une mémoire pleine d'images, grâce aux recherches antérieures je voyais des habitations, je rêvais de temples et de sculptures, mais envisager une ville entière dépassait mes visions. Je jouissais de cette attente. De ce possible. J'allais bientôt voir, passer des fantasmes à la conscience.

Lorsque la nuit tombait et interrompait notre travail, après avoir trié, lavé et rangé nos trouvailles dans des sacs en plastique hermétiques, nous nous retrouvions près des tentes pour boire un thé. Les collines étaient très basses, dénuées de végétation, couvertes de gros cailloux. Au loin les contreforts des montagnes de Zagros semblaient nous protéger. Nous étions les plus heureux du monde. Harold Berger, notre chef, rayonnait car cette découverte représentait une forme de consécration. Berger avait passé une grande partie de sa vie à arpenter cette région, se battant comme un chien pour décrocher des missions en Syrie, avant la guerre, en Turquie, en Jordanie, en Iran. Dès la timide réouverture de l'Irak, quelques années plus tôt, il avait été le premier archéologue occidental à obtenir un feu vert. Certains collègues racontaient qu'Harold était prêt sinon à tout, en tout cas à beaucoup, pour être membre des équipes qui sillonnaient l'ancienne Mésopotamie. De sales rumeurs traînaient sur ses capacités à arpenter pendant des heures les bureaux de la hiérarchie pour ruiner la réputation d'un concurrent. Il se disait même qu'il avait falsifié ses propres rapports de mission pour mettre en valeur ses découvertes, ce que personne n'avait néanmoins réussi à prouver. Pourtant, à force d'obstination et de succès, cette réputation sulfureuse ne l'avait pas empêché de devenir le grand patron de la région. Il en était considéré comme le meilleur spécialiste, et nous nous battions pour faire partie de ses équipes. Un soir, alors que nous venions de commencer à creuser nos premières tranchées, et que nous nous reposions au coin du feu, il avait poussé un incroyable cri de joie. Les bras en croix, la tête renversée vers le ciel marine, il hurlait sa satisfaction dans le désert. Nous avions ri de cet intense accès de plaisir. En nous regardant chacun dans les yeux avec une étrange intensité, il avait rugi de plus belle.

20

Lucas Machart a besoin d'être aimé. Ce n'est ni le lieu ni le jour pour y penser, mais il ne parvient pas à endiguer une sorte de vague à l'âme en observant l'open space du quatorzième étage d'Endless. Il est seul mais, surtout, il se sent seul. Il n'aurait jamais dû louer cet appartement si pratique pour arriver tôt et partir tard. Et dire que ses parents lui conseillaient de l'acheter... Ses collègues ne cessent de râler contre les transports en commun, mais c'est un alibi solide pour partir vers 19 heures. La plupart doivent avoir déjà envahi les terrasses, à profiter de l'*happy hour*, des mojitos et des assiettes de calamars, avec cent mille euros par an et pas d'enfants, la vie est joyeuse. Il fait chaud, la climatisation est défaillante, Lucas peste contre ces fenêtres qu'il est interdit d'ouvrir par crainte des pulsions suicidaires. Il enlève sa veste, dénoue sa cravate, retrousse ses manches de chemise, hésite à ôter ses chaussures. Il n'ose pas, Anne Montelier passe parfois une tête dans les services en descendant vers le parking. Lucas se souvient que l'équipe de France de foot joue ce soir, c'est rare un match un mardi. Décidément, ce 6 juin est une journée étrange.

C'est à croire que Charlotte Froment, sa N+1, a senti sa fragilité. Lucas est lucide, ce n'est ni d'amour ni même d'amitié qu'il a besoin dans cette gigantesque tour. Juste d'un peu de reconnaissance. Il est encore jeune dans le métier, cinq ans d'expérience dont deux à Endless, mais il a vite compris les règles du jeu, surtout dans le département juridique. *« Me, myself and I. »* C'est l'unique cap à suivre. Il sera toujours temps, dans une dizaine d'années, de se poser et de songer à une famille, une maison de campagne. Pour l'heure, il faut avancer. Il regarde son bureau, les piles de dossiers de couleurs différentes, selon le niveau d'urgence, les stylos siglés Endless, un paquet de biscuits et une tablette de chocolat, des mouchoirs, du Doliprane, une bouteille d'eau, ses deux smartphones, son ordinateur portable. Quelques taches apparaissent sur la moquette, souvenirs des nombreux repas avalés en lisant des documents. Lucas est un acharné de boulot. Mais il est humain, il aimerait que ça se remarque davantage. Il ne sait même pas si ses supérieurs vérifient parfois les horaires auxquels il « badge ». Si quelqu'un d'autre dans ce paquebot sait qu'Hortense, la femme de ménage de l'équipe de nuit, était institutrice lorsqu'elle vivait à Haïti, avant la catastrophe. Lui seul lui parle. Pour cette raison, il a failli fondre lorsque ce matin Charlotte a tranché, presque solennelle, alors que toute l'équipe était suspendue à ses lèvres : « Lucas, qui connaît le protocole d'accord à la virgule près, se chargera de la touche finale. Ho doit le recevoir avant minuit, comme convenu avec ses avocats. Compris, Lucas ? » Paralysé de joie, il s'était contenté de hocher la tête.

Tant pis pour le foot. Lucas est fier comme il ne l'a pas été depuis le jour où son père lui a offert un billet d'avion pour fêter son diplôme de l'Essec. Il se renverse dans son fauteuil déjà craqué aux coutures et contemple le document qu'il vient d'imprimer, relier et ranger dans un parapheur en cuir : grâce à cette trentaine de pages, Endless va sortir de la crise. Il n'y a certes plus qu'un mail à envoyer, mais c'est à lui qu'est revenue cette responsabilité.

Ce n'est que justice, après tout. Il pourrait réciter ce protocole par cœur, pas une phrase ne lui est inconnue, pas un article du Code pénal, de celui des sociétés, de la propriété intellectuelle qu'il n'ait vérifié mot à mot, pas une jurisprudence qu'il n'ait analysée. Il prend pourtant le temps de le relire, une dernière fois. C'est un texte au carré, sans fioritures, saturé de chiffres. Indiscutable. Voilà ce que Lucas aime par-dessus tout : mettre un terme à ces dizaines d'heures de discussions acharnées, produire ce langage opaque qui, une fois signé, fera tomber sur ces litiges un silence définitif. D'après ce protocole, Ho accepte donc de retirer sa plainte contre X déposée auprès du procureur du canton de Genève *« pour escroquerie lors d'une transaction commerciale, en l'espèce l'acquisition dans des conditions mensongères d'une sculpture dénommée "la Dame de Warka" auprès de M. Demet Ylmaz, galeriste à Istanbul »*. Par ailleurs, *« le groupe Mingyun s'engage à payer l'amende de dix millions d'euros ordonnée par le tribunal commercial de Genève pour l'acquisition frauduleuse de la Dame de Warka, œuvre d'art propriété de l'État irakien, en raison des liens juridiques unissant le société Endless au groupe Mingyun possédé par M. Ho »*. En échange, *« Anne Montelier, P-DG d'Endless, s'engage à renégocier son accord avec le groupe Mingyun, selon les modalités indiquées en annexe de ce protocole».* Il est 22 heures, la deuxième mi-temps vient de commencer. Lucas a faim, le bistrot en bas de l'immeuble est encore ouvert et ils ont la télé. Il saisit sa veste.

Lucas aime traverser les bureaux déserts. Le silence rend l'entreprise moins dure, il feutre sa violence. Lucas aime découvrir les bureaux des collègues qu'il ne croise pas souvent. Il observe les photos des enfants, des fiancé(e)s, des chats, aussi, les Post-it, «18 heures sport», «Anniversaire samedi». Il s'amuse parfois à faire des petites blagues, comme déplacer de quelques centimètres le casque métallisé et l'agrafeuse de Julien Bracher. Un type étrange, ultra-maniaque, que personne n'a vu depuis plusieurs semaines, ses chefs se posent beaucoup de questions, paraît-il. Lucas en garde un étrange souvenir. Un jour, vers la fin avril, Bracher l'avait invité à partager un café. S'il s'inquiétait pour l'emploi, Julien était surtout très curieux sur l'origine du conflit entre le Chinois et Endless. Il ne voulait pas se contenter de la version officielle, cherchait à comprendre en quoi Ho disposait d'éléments pour faire pression sur leur société. Il lui avait avoué qu'il avait surpris, quelques jours plus tôt, sa conversation avec un collègue à la cantine.

Bracher était intrigué par «cette histoire de plainte» et de «musée à Mossoul». Lucas, vexé d'avoir été ainsi espionné, lui avait répondu que son travail ne consistait qu'à vérifier la sécurité juridique des arguments d'Endless, pas à connaître tous les détails de l'affaire. Cela n'avait pas découragé Julien qui avait continué à le bombarder de questions comme un enquêteur de police. Il était visiblement déçu que Lucas n'en sache pas davantage. Lucas avait à son tour voulu comprendre les raisons de cette curiosité, mais Bracher s'était contenté de hausser les épaules.

Le café est plein à craquer, des enceintes crachent les voix des commentateurs et les rugissements de la foule, là, à quatre ou cinq kilomètres à tout casser. Lucas ne parvient qu'à poser un coude à l'extrémité du comptoir, le sol est collant, il regrette déjà son idée mais il a trop faim. Il commande un sandwich au jambon et un Coca zéro. En se contorsionnant derrière un mur de corps, il aperçoit que la France joue mal, cela atténue sa déception de ne pas pouvoir regarder la fin. Le pain est sec, il n'y a pas assez de beurre, il mange en regardant sa montre. Il n'entend pas son téléphone sonner au milieu des cris des clients lorsque les Bleus égalisent enfin. Il ne reste qu'un quart d'heure à jouer, mais il faut remonter.

C'est en croquant un carré de chocolat qu'il découvre le message téléphonique en provenance d'un numéro inconnu. Un appel ce soir-là, à cette heure-là, Lucas se sent trop seul. « Bonsoir, M. Ho à l'appareil. Rappelez-moi, s'il vous plaît, c'est urgent. » Lucas soupire, il ne peut pas se cacher, c'est un dossier qui ne supporte pas l'à-peu-près. Une voix grave, au rythme lent, l'accueille. « Monsieur Machart ? M. Ho à l'appareil. Un de mes avocats m'apprend que je dois recevoir le document par mail. C'est hors de question, j'exige un document remis en mains propres. Il est inconcevable que la sécurité juridique de ce protocole ne soit pas parfaite. Or je doute fortement de la fiabilité des réseaux et je m'étonne que personne à Endless ne partage mon inquiétude. Je suis venu spécialement à Paris, voici mon adresse. » Lucas n'a pas le temps de réagir, la ligne est coupée.

Il faut toujours se méfier des journées qui se déroulent trop bien. Rester calme. Agir. Il est 22 h 50. Un push l'alerte que la France a perdu. Il appelle Charlotte Froment, sa supérieure. Messagerie. Lucas renoue sa cravate, déroule ses bras de chemise. Il vérifie l'adresse que lui a donnée Ho, c'est loin d'Endless. Pendant une seconde, Lucas n'entrevoit aucune solution. Si, bien sûr, prendre un taxi. Charlotte le rappelle. Lucas a la voix qui tremble. « Pas de panique. Ho nous met la pression jusqu'au bout, c'est tout. Voici le numéro de notre société de coursiers, ils sont dispos 24 heures sur 24. » Lucas prend rendez-vous, puis relit une ultime fois le protocole. Il crie en découvrant deux fautes d'orthographe. Le coursier passe dans sept minutes. Par chance, l'imprimante n'est pas en panne, et remplie de papier. Lucas corrige les fautes, imprime, vide le parapheur, y place la nouvelle version, réalise, devant l'ascenseur, qu'il a oublié son badge, se rue dans son bureau et redescend. Le coursier l'attend : « Fait chier pour l'équipe de France, non ? » « Vous me prévenez quand le pli est remis, OK ? » Lucas s'allume une cigarette. La meilleure de la journée.

21

Julien Bracher est sans doute le dernier confident de Ho, un homme que le destin a choisi de placer sur sa route. Est-ce, par-delà tout ce qu'ils devaient se dire, pour cette raison qu'il s'en est senti si proche ? Ho sourit et tempère ses élans. Sa lucidité, qui lui semble par moment extrême, comme s'il avait déjà franchi la barrière, le rend encore plus attentif aux voiles trompeurs des relations humaines. Il repose sa tête sur l'oreiller, se replonge dans ses souvenirs et se laisse guider. En comparaison de la question qui le taraude depuis toutes ces semaines, c'est presque plus reposant.

C'était un week-end puisque son père ne travaillait pas, un samedi ou dimanche rempli de soleil. Une fois leur dîner avalé en tête en tête, il avait emmené son fils dans un café. Ho était fier, il n'avait jamais bu un verre le soir dans une de ces tavernes récemment ouvertes mais cantonnées légèrement à l'extérieur de la ville, afin de ne pas déranger les bons citoyens. La salle tout en bois était petite et bondée. Son père avait commandé un verre d'alcool et un thé pour le jeune homme, ils avaient écouté de la musique jouée par un orchestre de quatre musiciens qui semblaient s'ennuyer. Une chanteuse à la robe mauve avait en revanche plu à Ho, il avait remarqué qu'elle lui souriait souvent, mais pas qu'à lui. Après quelques chansons, son père lui avait pris les mains. Ho se souvient de ses paumes humides qui contrastaient avec la fermeté de l'empoignade, même si le geste dégageait une tendresse inhabituelle. Alors que les premiers mots avaient à peine quitté la bouche paternelle, Ho avait détecté ce changement de ton qu'adoptent les adultes pour annoncer des choses importantes.

C'est la même voix, lente et grave, qu'il a utilisée la veille pour berner le jeune Lucas Machart. « J'exige un document remis en mains propres... » Ho en glousse encore, ses longs doigts maigres caressent ses draps de plaisir. Il n'est pas certain d'accepter l'offre d'Anne Montelier. Pour gagner le temps nécessaire à sa réflexion, il a fait semblant d'accepter de payer seul les dix millions d'euros d'amende. Cet aller-retour express à Paris l'a épuisé, mais il voulait se trouver au plus près de l'opération. Sa satisfaction est légèrement ternie lorsqu'il s'interroge sur le professionnalisme de Machart. Le jeune homme lui a semblé bien docile, paniqué à l'idée de le contredire. Puis il songe qu'il est trop sévère. Après tout, sa crainte de voir le protocole détourné par des pirates du darknet était plausible, le monde des affaires ne bruisse que d'affaires de données confidentielles volées ici et là. Par ailleurs, Machart ne pouvait pas savoir combien Ho a toujours fait du renseignement une des clés de voûte de son business. « Il faut en savoir davantage sur ses partenaires que sur ses ennemis », répète-t-il à ses équipes. Il a insisté pour que dans chaque société en relation avec Mingyun, une personne soit « approchée », selon le langage des affaires, pour trahir quelques secrets. « Il n'y a pas de petites informations. » Ho les appelle ses « oreilles d'or ». Celles d'Endless lui ayant donné l'identité du coursier utilisé pour les trajets de nuit, Ho n'avait plus qu'à joindre Machart suffisamment tard pour qu'il soit contraint de faire appel à lui. Le juriste ne pouvait pas davantage savoir que, dans la poche intérieure de la veste du coursier, étaient pliés cinq billets de cent euros remis l'après-midi même par un conseiller de Mingyun dans le bar d'un hôtel. La garantie que l'homme arriverait chez Ho au-delà de minuit, l'heure convenue entre les deux parties, ce qui rendrait le protocole caduc. Le vieil homme soupire d'aise. Désormais les cartes sont rebattues : rien, contractuellement, ne l'oblige à retirer sa plainte. C'est l'essentiel.

Ho est pourtant un honnête homme. Il n'a pas triché lorsqu'il a expliqué à Julien Bracher son hésitation à acquérir la Dame de Warka. Il était sincère, il connaissait les règles du jeu et le parfum de corruption qui entourait l'opération, tout comme était claire sa volonté d'extirper la Dame de ces réseaux d'escrocs. Simplement la roue n'a pas tourné en sa faveur. Ho sait depuis longtemps que dans le commerce, beaucoup de coups sont permis et peu sont sanctionnés. Il faut sans cesse bluffer et donner le change. Compter sur la chance, mais avant tout redouter le mensonge. Dans la vie, c'est souvent pareil.

Le jeune Ho avait compris cette leçon à l'instant où, devant son verre d'alcool, l'homme avait commencé à parler : « Depuis le décès de ta mère, je suis le seul à te devoir la vérité : je ne suis pas ton vrai père. Il est mort il y a plusieurs années, juste après ta naissance, dans un accident sur un chantier. J'ai rencontré ta mère peu après. Nous avons vite emménagé en décidant de ne rien te dire. Aujourd'hui, ce n'est plus possible.» Ho se souvient qu'un immense soulagement l'avait d'abord envahi. Cela l'avait étonné et, plus tard, il avait été rassuré que le chagrin le balaye, comme s'il lui fallait une preuve tangible de son malheur. Mais dans le choc de la révélation, il avait l'impression de connaître enfin l'homme assis en face de lui, son intuition se vérifiait. Car depuis le décès de la femme qui les avait unis toutes ces années, Liang (c'est ainsi que s'appelait son beau-père) était simplement redevenu lui-même. Vivre sans elle l'avait libéré du poids du mensonge. Avec Ho, il était devenu un «vrai» père, attentif et aimant, et non plus ce faux mari qui se cachait derrière son secret. Longtemps, avait-il expliqué à Ho, il s'était laissé bercer par l'extraordinaire attention que leur portait à tous les deux sa femme : «Je travaillais beaucoup pour ramener de l'argent, mais je me rassurais en me disant qu'elle s'occupait bien de toi, puisqu'elle était ta mère. Je m'abrutissais dans les champs sans compter les heures.»

Ho l'avait interrogé sur la dispute qu'il avait surprise une nuit. Liang lui avait confirmé que sa femme avait exigé de lui qu'il dise la vérité à Ho, mais il avait refusé. «Tu étais trop jeune. Te dire que je n'étais pas ton père, juste l'amant de ta mère, t'aurait fait plus de mal que de bien.» Ho avait ressenti une vague satisfaction à découvrir que son intuition de l'époque était juste. Il ressentait surtout un grand vide. Il ne parvenait pas à hurler ses reproches à Liang, qui venait de se montrer courageux. La mort de sa mère resterait pour Ho comme l'événement indépassable, le sommet de son malheur. Ce serait toujours ainsi. Ce soir-là, c'est surtout la violence du mensonge qu'il découvrait. Il repensait aux yeux de sa mère pendant ses dernières heures, elle lui parlait en silence avec une force qu'elle n'avait encore jamais aussi puissamment exprimée.

Les jours suivant ses révélations, Liang avait redoublé d'attention auprès de Ho qui passait beaucoup de temps à pleurer comme s'il prenait, malgré tout son courage, la mesure de l'événement : il avait eu un père qu'il ne connaîtrait jamais. Liang se montrait bienveillant et délicat, il n'allait pas travailler pour rester auprès de son beau-fils. Ho se sentait démuni mais il savait qu'il devait se débrouiller avec ce qu'il était, il n'avait personne sur qui se reposer. Face à cette absence de choix, jour après jour il avait repris goût à la vie. Il était retourné à l'école, il passait ses soirées avec la voisine. En revanche Liang ne l'avait plus jamais emmené au bar. À partir de cette période, Ho avait décrété ignorer quand sa vie avait réellement commencé. Il était né une première fois, puis il venait de renaître. Il était éparpillé entre plusieurs époques.

Ho fixe l'unique rectangle de vie sur le mur blanc. Une dizaine d'années après le décès de sa mère, Liang était mort à son tour, alors que Ho venait d'acquérir sa première société de transport. En rangeant la maison, Ho avait trouvé au fond d'une commode une photo en noir et blanc d'un homme. L'image montrait en gros plan son visage allongé. Son regard exprimait une surprise face à l'objectif, comme si c'était la première fois qu'on l'immortalisait. Ho n'a jamais pu entreprendre de recherche en paternité, mais il est convaincu qu'il s'agit de son père biologique. La photo n'a jamais quitté le tiroir de son bureau, au sommet de la tour Mingyun. Il y a quelques jours, il a autorisé son principal assistant à ouvrir le meuble afin de lui expédier l'image.

Le 28 avril, cette photo avait beaucoup intrigué Julien Bracher. Il l'avait regardée avec une grande attention, comparant les traits de Ho avec ceux du cliché. « C'est peut-être lui, en effet. » En marge de leur discussion autour de la Dame de Warka et du bras de fer avec Anne Montelier, les deux hommes avaient longuement parlé de leur entrée chaotique dans la vie. Ho avait écouté Julien lui raconter le souvenir toujours pesant de ses premiers mois. Les deux hommes avaient conclu qu'ils étaient chacun le fruit de l'absence. Ho était aussi convaincu que depuis très longtemps, un lien s'était tissé entre ses origines et sa passion pour la sculpture. « Du jour où j'ai découvert les musées, j'ai aimé ces silhouettes silencieuses, rassurantes, à qui je pouvais confier mes peines sans être déçu. » Il s'y était toujours senti à l'abri du monde, protégé par ce temps figé mais éternellement vivant. Il aurait aimé que le début de son histoire soit marqué par ce caractère définitif qui lui aurait permis de dire : « J'ai grandi avec ma mère et mon père. Personne ne m'a jamais menti. » Julien avait hoché la tête.

22

Depuis l'annulation de l'accord avec Ho, Antoine Hermann traîne souvent dans les couloirs d'Endless. Il prend des nouvelles, écoute, se mêle à de petits groupes, son iPhone en mode enregistrement dans la poche de sa veste. La nouvelle s'est propagée comme une traînée de poudre : le protocole du 6 juin ayant échoué, la plainte du « Chinois » est maintenue. Anne Montelier menace de couper les ponts avec Ho, la casse sociale serait alors inévitable. Elle le sait, elle est en rage. Antoine la sent sur un fil, envahie par le doute lorsque, une nouvelle fois, il critique la méthode des espions qui le met si mal à l'aise. Cet équilibre de la terreur a replongé l'équipe dans l'abattement. Dix pour cent des effectifs restent menacés, chacun passe en revue ses compétences, ses relations, l'intérêt stratégique de son service. Antoine sent la tension imprégner chaque fin de phrase, chaque silence. C'est l'urgence. Il doit monter au front malgré l'hostilité qu'il lit dans un nombre croissant de regards. Personne n'est dupe de la raison pour laquelle Montelier l'a embauché, mais les salariés ont besoin de parler, il aime leur prêter attention, les rassurer, il ne peut pas s'en empêcher. La plupart sentent qu'il n'est pas foncièrement un sale type, et s'il doit bientôt les aider à se recaser autant ne pas faire d'Antoine un ennemi. Pour lui, c'est une excellente occasion de prendre le pouls des troupes. « Il n'y a pas de petites informations, monsieur Hermann. » Il n'a pas oublié.

Un peu avant son recrutement à Endless, Antoine savourait ses premières vacances depuis des mois, une semaine en famille près de Séville, loin d'Éliane et de la société d'abattage de poulets. Un matin, il avait lu dans un journal local que dans une petite ville voisine se déroulait une corrida. Enfant, il avait assisté à plusieurs reprises à ce spectacle avec ses parents. Après quelques pleurs, il en avait gardé le souvenir d'un moment vivant, bruyant, excitant. Antoine avait pris seul le chemin des arènes.

Un homme en short rouge, coiffé d'un chapeau de paille beige, s'était assis à ses côtés. Une étroite bordure de sa coiffe laissait passer le soleil et des stries zébraient ses joues. Malgré l'ombre de son chapeau, il avait conservé ses lunettes de soleil. Les combats s'étaient succédé sous une chaleur sèche comme le feu. L'enceinte était petite, la foule compacte, hurlante et connaisseuse. Banderilles colorées dressées dans les plaies, lourdes charges de picadors, épée enfoncée jusqu'à la garde après avoir longtemps glissé sur le dos rougi des bêtes : les animaux avaient enduré une variété de châtiments à la hauteur des attentes du public.

Plus l'après-midi s'avançait, plus les cris enflaient. Le sable, bien que régulièrement nettoyé et égalisé par les balayeurs, ne buvait plus les boursouflures sombres du sang. Antoine songeait que si son métier le plaçait dans le camp des bourreaux, ce spectacle lui prouvait l'utilité d'accompagner dignement les victimes vers la porte de sortie.

C'est alors qu'il avait aperçu la bouche de son voisin s'articuler. Les spectateurs, saluant l'entrée du quatrième taureau, faisaient un tel bruit qu'Antoine s'était rapproché, main en cornet sur l'oreille, pour lui signifier de répéter ses mots : « Nous aimons l'information. Nous savons beaucoup de choses, sur les marchés, les entreprises, les carrières. Il n'y a pas de petites informations, monsieur Hermann. Nous avons une mission à vous proposer. » Un sourire furtif avait ponctué l'énoncé de son nom, ce fut un instant très bref, mais assez intense pour qu'Antoine ait la sensation de changer de dimension. Il y aurait la vie avant cette rencontre, et celle d'après. Le contrôle de son existence allait lui échapper, comme la longue coulée de sueur qui glissait sur son ventre le prouvait déjà.

En un éclair, il avait perçu le potentiel scandé des mots de l'inconnu, c'était une phrase sèche dans les termes, mais obèse dans les conséquences qu'elle suggérait. « On » ne vous approche pas ainsi sans vous avoir soigneusement choisi après un examen minutieux de votre vie professionnelle et personnelle. Antoine n'était plus un « bleu » dans son métier. Il avait compris depuis belle lurette que dans l'industrie, et ses enjeux en centaines de millions, l'information était le deuxième gisement, avec l'argent. L'un n'allait pas sans l'autre. Or Antoine détenait beaucoup d'informations. Lors de repas d'affaires dans un restaurant étoilé, ou de plateaux dans les cantines d'entreprises, en grillant une cigarette sur un parking venté, ou lors d'un verre partagé dans une salle de réunion surchauffée, au fil des années il avait amassé une masse de renseignements sur des dizaines d'entreprises et de dirigeants, des centaines de salariés.

La corrida n'existait plus. La foule hurlait en silence. L'odeur métallique du sang s'était évaporée. L'homme l'avait quitté en lui laissant un bristol avec un numéro de téléphone. Voilà comment Antoine était devenu « l'oreille d'or » de Ho à Endless. Pourquoi, deux jours plus tôt, il a fourni en un temps record à son commanditaire le nom et le numéro du coursier employé par la société pour les missions de nuit. Il a été surpris par la nature de la demande, mais sans vraiment chercher à en savoir davantage. Il n'y a pas de petites informations, c'était l'unique règle à suivre.

Lorsqu'il n'arpente pas les couloirs, Antoine s'enferme dans son petit bureau et se penche sur ses listes. En guise d'espions Antoine a recruté deux cadres, l'un au service financier, l'autre au marketing. Un jeune homme et une jeune femme, assez lisses et froids pour lui adresser, à chaque fin de journée, des éléments précis discréditant ou valorisant un collègue : un rapport retoqué par un supérieur, une prise de parole maladroite en réunion, une brillante suggestion en séminaire, le soutien à un collègue en difficulté, tout est bon pour Antoine qui passe des heures à lire, compulser, hésiter, décider. Il dresse un ratio des gains et des pertes pour l'entreprise, évalue les opportunités de carrière des salariés en cas de mise à l'écart, fait des estimations des indemnités à verser. Il a déjà couché noir sur blanc les noms d'une centaine de personnes qui quitteront Endless si Anne Montelier est contrainte d'appuyer sur le bouton rouge. Il y a urgence. L'autre jour, deux types se sont battus à la cantine, car l'un venait de suggérer à son collègue qu'il ne lui voyait aucun avenir, ce qui lui avait laissé penser que son sort était scellé. Il avait craqué et s'était jeté par-dessus la table.

En quelques semaines, Antoine en sait beaucoup plus sur Endless que l'immense majorité des salariés. Il est parfois troublé car il vit une expérience professionnelle exaltante, peut-être même la plus excitante de toute sa vie. D'un côté, son empathie naturelle, son goût pour les *soft skills* est rassasié tant les craintes des équipes sont grandes, c'est encore plus palpable pour les cadres de haut niveau qui ont peu connu l'échec. Antoine est surpris de voir certains directeurs se réfugier dans son bureau le temps d'un café, s'effondrer en quelques secondes, évoquer leur terreur d'un avenir sans travail, la perspective glaçante de journées à ne rien faire. « Ce sera encore pire qu'en vacances », a lâché l'un deux en piochant dans la boîte de Kleenex d'Antoine.

De l'autre côté, Hermann découvre ce rôle de traître, ce double jeu qui le pousse au cœur de l'intrigue. Il aime ça. Sa capacité à placer les enjeux professionnels à la bonne distance, loin derrière son bonheur personnel, l'aide lorsqu'il s'agit d'écrire son rapport hebdomadaire à Ho. Il y relate froidement, sans apporter de soin particulier à l'écriture, ses conversations avec Anne Montelier, avec le lieu, l'heure, la durée, autant de demandes faites par son commanditaire. Celui-ci veut connaître en permanence l'état d'esprit de Montelier, si elle est dans une phase de résistance, si elle songe à céder, ou encore si elle envisage de passer à l'offensive en durcissant ses conditions commerciales. Ho veut aussi savoir si les actionnaires d'Endless s'agacent de ce bras de fer, s'ils s'intéressent à l'enquête, comment ils réagiront si Ho va au bout de sa plainte et rompt ses contrats. Antoine a le sentiment que Ho veut avant tout prendre sa décision au moment qu'il aura choisi. Surtout ne pas subir les événements, comme tous les hommes de pouvoir. Antoine, greffier de l'angoisse, écoute, note, répercute. Il a recueilli de nombreux éléments sur la soirée du 6 juin. Ho a pu vivre la panique de Lucas Machart comme s'il avait été caché sous un bureau.

Reste une frustration : Antoine sait qu'il n'est pas à l'épicentre du conflit. Il ignore si Montelier le soupçonne, il n'en a pas l'impression mais elle prend soin de ne pas entrer dans les détails. Encore moins depuis le 6 juin et ce mélange d'angoisse et de colère qui ne la quitte plus. Il a compris que la guerre contre Ho tournait autour d'une acquisition controversée, de cette menace de rupture, mais c'est tout. Anne le laisse à sa place d'exécutant de haut vol, lui demande seulement d'avancer sur la sélection de la première vague du plan Next. Antoine n'a pas, non plus, accès au dossier judiciaire dans lequel, d'après une indiscrétion d'une assistante de direction, Anne s'est plongée avec assiduité. Du côté de son commanditaire, la situation est proche. Antoine n'a jamais rencontré Ho, et il n'a revu l'homme au chapeau de paille qu'une fois pour évoquer les modalités de remise de son argent et la fréquence de ses rapports.

Cette forme d'ignorance lui a permis de mesurer combien Julien Bracher était un salarié différent des autres. Peu après leur premier déjeuner, Antoine l'avait invité à partager un jogging dans un parc où, chaque midi, des dizaines de cadres évacuent leur stress dans des nuages de poussière. Julien rentrait d'un déplacement à Genève où il avait défendu un projet d'assurance pour les œuvres d'art contre d'éventuels risques terroristes. Il semblait tendu, inquiet, il courait n'importe comment, ralentissait avant d'accélérer, commençait des phrases sans les finir. Antoine avait tenté quelques blagues qui étaient tombées à plat. Il avait alors éprouvé le besoin de jouer franc jeu et avait avoué à Julien que le projet de « pool des meilleurs » évoqué lors de leur première rencontre n'était pas destiné à former un groupe de futurs salariés actionnaires, mais bel et bien à repérer les futures victimes d'un éventuel plan social. « J'avais compris », l'avait sèchement coupé Bracher. Antoine s'était senti stupide, presque humilié, il avait ralenti sa foulée jusqu'à s'arrêter, les mains sur les hanches. Julien l'avait imité, « je ne voulais pas dire que c'était une idée absurde, au contraire ! Mais ouvrez les yeux, vous allez devoir gérer un plan de départs, c'est une évidence ! Le Chinois va aller au bout de sa plainte, Montelier va faire sa forte tête, et vous allez gérer le bazar. Vous verrez que j'ai raison ! » Il semblait sûr de lui, presque en colère. Il avait avalé de longues gorgées d'eau, avant de lancer : « Vous connaissez la Dame de Warka ? Vous avez déjà entendu parler d'une histoire autour du musée de Mossoul ? » Antoine était resté comme deux ronds de flan : mais de quoi parlait Julien ? « Laissez tomber, vous le saurez bien assez tôt. Mais je vous le répète : Ho ne cédera pas, vous allez devoir virer deux cents personnes. » Les deux hommes avaient fini la séance en silence. Julien Bracher avait disparu juste après cet épisode.

Lorsqu'il compulse ses fiches dans son petit bureau, Antoine pense souvent aux frères Bracher. Il entend raconter que le cadet, Loïs, traîne dans les parages à la recherche d'infos. Il aurait approché Emmanuelle Givray, la plus proche collègue de Julien et maîtresse d'Anne Montelier, comme la P-DG le lui a confié dès son entretien de recrutement, une marque de confiance et une manière d'assumer leur relation qu'Antoine a appréciée.

Ces deux frères le troublent. Il n'a rencontré Loïs qu'à une seule reprise, et Julien deux fois, mais Antoine a confiance dans ses intuitions. C'est une fratrie à l'étrange mécanique, l'un disparaît du jour au lendemain, l'autre surgit sur son lieu de travail, plus perdu que paniqué. Antoine aimerait davantage aider Loïs. Il faut aussi qu'il se renseigne sur cette Dame de Warka qu'avait évoquée Julien. Après tout, il mériterait qu'un jour Ho consente à lui lâcher quelques infos. Mais en attendant, il doit finir ses listes. Depuis quelques jours, il a établi une grille de notation secrète des salariés, divisés en trois catégories : « les moules », ceux qui s'accrochent à Endless comme à leur dernière bouée alors que leur efficacité est douteuse ; « les Malabar », la majorité, ceux qui sont certes un peu collants mais dont Endless aurait malgré tout du mal à se passer ; et « les aigles », ceux dont le départ serait préjudiciable. Parfois Antoine se demande s'il n'est pas devenu franchement cruel.

23

Depuis plusieurs jours, de vilaines démangeaisons m'irritent l'intérieur des bras et l'arrière des genoux. Je suis mal à l'aise à la piscine, inquiet que les autres nageurs m'imaginent porteur d'une maladie quelconque, nous devenons vite irrationnels et froussards lorsqu'il s'agit de notre santé. « La combinaison du stress et de la chaleur », m'a indiqué la pharmacienne, une forte femme dont le maquillage coulait. J'ai hoché la tête pour lui faire plaisir. Je sais d'où elles viennent, mes plaques rouges.

Les jours qui avaient suivi la chute de Julien depuis la botte de paille éventrée n'avaient pas gommé ma joie d'avoir goûté à la saveur intense du mal. Plus jouissif encore : j'avais élaboré une stratégie, calculé les moindres détails pendant des jours et des jours, et tout avait fonctionné. J'avais découvert le pouvoir. Mais ce n'était rien à côté de la leçon de stratégie que Julien allait m'infliger.

Dès notre arrivée à la maison, mon sentiment de triomphe s'était atténué face à nos parents paniqués en découvrant la cheville gonflée et violacée de mon frère. Il était limpide qu'il ne s'agissait pas d'une simple entorse, de fait des ligaments s'étaient déchirés et lui vaudraient de longs mois d'ennuis. Alors que papa lui prodiguait des premiers soins amateurs en l'interrogeant sur les circonstances de l'accident, je commençais à trembler, une furieuse envie de courir aux toilettes m'avait saisi et pourtant je restais prostré, les yeux aimantés par la bande velcro qui enroulait la cheville de mon frère. D'une seconde à l'autre, Julien allait raconter la scène et je ne voyais aucun argument pour ma défense. Mon coup avait été presque trop bien préparé car je ne pouvais y imputer aucune dose de hasard, encore moins en improvisant. J'attendais d'être crucifié pendant que Julien serrait les dents. Il ne les a pas desserrées, ou à peine, pour évoquer « une chute stupide ». Il ne m'a pas dénoncé. Il a fait pire.

Pendant des semaines, j'ai cohabité avec la peur. Pas celle qui surgit par hasard en raison d'une maladresse physique, mais l'angoisse qui ronge le ventre, retourne l'estomac, empêche de dormir. La trouille d'être dénoncé, de voir sa propre médiocrité étalée au grand jour, en l'espèce aux autorités parentales qui restaient encore les plus respectées. À ce jeu, Julien s'est montré un expert. Combien de dîners où, d'un regard, il m'intimait l'ordre de ne pas le contredire, sinon... En échange de son silence, j'ai dû chaque semaine me délester de mon argent de poche, lui donner mes meilleurs disques, lui prêter mes vêtements préférés, me proposer pour chaque corvée de pain ou de poubelles, même le dimanche soir sous la pluie. Il rayonnait, souverain, dans sa position d'aîné. Je n'ai jamais oublié cette magistrale leçon de pression psychologique. J'étais à ce point tétanisé que je n'ai jamais songé à contester son éventuel récit, je n'ai même pas réussi à m'en sentir capable. Je suis resté tout ce temps seul, dévoré par ma culpabilité et les plaques rouges qui avaient surgi dans les replis de mes membres. De son côté Julien s'était promis, avec toute la solennité d'un gamin de onze ans, qu'un jour je paierais pour ce maudit après-midi. Il me l'a confié des années plus tard au Voltaire.

Cette histoire m'est revenue en observant l'homme attablé devant moi. Lucas Machart, ou l'incarnation de la peur au ventre. Julien m'en avait parlé, Emmanuelle Givray me l'avait conseillé, j'ai donc fini par me convaincre de rencontrer celui qui avait supervisé l'opération du 6 juin. À peine avions-nous pris place sur une de ces terrasses branchées et bondées qui coiffent certains immeubles parisiens, qu'il m'a appris le fiasco du protocole d'accord. Cela m'a agacé d'avoir, une nouvelle fois, un temps de retard, comme avec Gaetano Spogia, Antoine Hermann, Emmanuelle Givray. C'est épuisant. Lucas semblait aussi tendu que moi, c'en était presque rassurant. J'ai partagé sa déception sur ce maudit protocole. Il buvait vite, il avait besoin de parler. Il appréciait Julien, pour cette raison il avait accepté de me voir. « Vous réalisez, Loïs, je me permets de vous appeler par votre prénom, qu'il s'agissait d'un accord qui devait permettre d'enterrer la hache de guerre avec Ho ? C'était énorme, et c'est moi qui aurais dû y apporter la touche finale ! » Il avait ponctué sa phrase en commandant une nouvelle bière (« Une pinte, plutôt ! »). Il me semblait qu'il exagérait son rôle, même si j'avais compris qu'il ne s'était pas contenté d'acheminer le document et qu'il en était l'auteur principal. Il était jeune, enthousiaste, encore plein d'espoir sur sa carrière, je mesurais sa déception. Sa peur m'a davantage surpris. J'ai mis un moment à le saisir, au début je pensais qu'il s'agissait d'une sorte d'excitation maximale. Mais ce bégaiement croissant traduisait bel et bien une perte de contrôle. Lucas butait sur les mots, se heurtant aux consonnes qu'il finissait par dominer après plusieurs tentatives. J'aurais parié qu'il avait des plaques rouges derrière les genoux.

Il ne redoutait pas seulement de se faire licencier comme fautif direct dans l'échec du 6 juin, qui laissait à Ho les mains libres pour pousser la confrontation avec Anne Montelier jusqu'au plan social qui menaçait chaque jour davantage des dizaines de ses collègues. Une autre angoisse, plus insidieuse, l'avait envahi. « Peu de temps après avoir reçu l'amende de dix millions d'euros, Anne Montelier nous a demandé de réfléchir à une proposition d'accord. Elle avait voulu afficher sa fermeté par rapport à Ho mais elle savait qu'elle mettait Endless sous pression si elle payait l'amende, en tout cas davantage que si elle lui octroyait des tarifs avantageux pour le futur. Et, surtout, l'affaire disparaissait des tablettes s'il retirait sa plainte. Je me suis donc plongé dans le dossier judiciaire pour évaluer les risques pour Endless. Je me suis enfermé pendant des jours avec la vingtaine de tomes de l'enquête. J'y ai passé des dizaines d'heures. Jusqu'à en devenir obsédé. Et traumatisé. Je ne connaissais rien à la justice pénale. Cet amoncellement d'interrogatoires, d'actes d'accusation, ces mensonges, ces sommes d'argent irréelles, ce vocabulaire technique et froid, tout cela m'a écoeuré, épuisé. Un dossier d'instruction est un document étrange, irréel par le nombre de secrets qu'il renferme, violent par ses mensonges permanents, presque romanesque, mais tellement brutal quand on le projette dans la réalité : au bout de ces pages existe la possibilité de la prison. Et puis il n'y a pas que des enfants de chœur dans cette histoire, mais de vrais escrocs. »

C'est l'instant où j'ai compris que, par un sens involontaire du timing, je rencontrais Lucas Machart au meilleur des moments, ou au pire, selon le point de vue où l'on se plaçait. Il était en train de perdre beaucoup, « peut-être tout » insistait-il avec l'exagération d'un cadre en début de carrière, la confession devenait plus facile. « Vous savez que je vous en raconte beaucoup plus qu'à votre frère ! », s'était-il exclamé. Où se trouvait Julien ne semblait pas le concerner, ou l'inquiéter, mon ignorance le surprenait davantage : « Pour quelqu'un qui enquête sur la disparition de son frère, vous n'êtes pas au courant de grand-chose ! Julien vous a conseillé de me rencontrer mais il ne vous a jamais parlé de cette histoire ? Pourtant elle l'intéressait, je peux vous le garantir ! »

J'ai commencé à ressentir une certaine fraîcheur dans l'air, comme si je n'avais pas bu quatre bières. Lucas devenait intarissable. « Un jour, Julien m'a invité à prendre un café. Je m'en souviens bien car c'était le jour de mon anniversaire, le 25 avril. Il a essayé de me tirer les vers du nez, je lui ai répondu que je ne connaissais pas le fond du dossier ! Pas un mot sur la Dame, c'est le nom de code du dossier en interne... pour les très initiés, on doit être trois ou quatre à en parler ainsi. C'est Montelier qui l'a choisi. D'ailleurs gardez-le pour vous, d'accord ? Je veux bien vous aider mais je ne veux pas que ça me retombe dessus, je n'ai pas le droit de rentrer dans les détails, ne vous attendez pas à de grandes révélations. Même si je n'ai plus grand-chose à perdre... » « La Dame ? » « C'est une statue, dont le nom complet est la Dame de Warka, que le Chinois a achetée illégalement. Toute cette histoire est partie d'elle. »

Le bruit des conversations était terrible, des mots se formaient sur les bouches des gens, des rires perçaient, des nuages de fumée se dessinaient dans le ciel rose, tout était léger et innocent. J'ai fait remarquer à Lucas qu'il semblait excité, il parlait en agitant les mains dans tous les sens. « Mais oui ! Cette enquête est aussi stressante qu'exaltante. Je me suis retrouvé au cœur de plein de petits secrets, les flics veulent tout savoir, c'est incroyable ! Je connais le patrimoine de Ho, la taille de ses maisons, le modèle de ses voitures. J'ai été interrogé, même si c'était assez rapide car je ne suis qu'un petit rouage. Montelier aussi. Lire l'interrogatoire de votre propre patronne, je vous assure, c'est étonnant, c'est comme si j'étais dans sa tête ! Et l'enquête n'est pas finie, des policiers sont actuellement en Irak, ils remontent la filière. » Je lui ai demandé si Julien avait vraiment cru qu'il ne connaissait rien à l'affaire. « Je crois. Il sait combien Montelier est impitoyable sur les consignes de confidentialité. » « À votre avis, pourquoi cette affaire intéressait-elle autant mon frère ? » Lucas avait réfléchi : « Je me pose encore la question. »

En appliquant ma crème sur mes plaques je me revois, un trou dans le ventre, devant papa en train de soigner la cheville de mon frère. Terrorisé par l'éventualité de sa dénonciation, suspendu à ses mots. Je me souviens du regard de Julien, de son très léger sourire aux lèvres. Celui de la victoire, du maestro, le même qui flottait sur ses lèvres lorsqu'il arrachait les pattes des insectes. Je repense à Clifford, aussi. C'était l'officier de presse d'un camp de l'armée américaine basé tout près de Piryadi. À force de nous voir creuser pendant des heures dans les collines environnantes, il avait pris l'habitude de nous apporter des bouteilles d'eau. Il était très cultivé, nos découvertes le passionnaient. « Cliff » et ses 2,10 mètres, une silhouette d'ébène qu'il déplaçait avec une légèreté et une élégance folles. J'avais noué une relation particulière avec lui et nous aimions, lorsqu'il passait parfois le soir, prolonger la discussion un peu à l'écart du groupe, pour évoquer notre journée, nos vies, la guerre que Clifford avait faite « vraiment », en Afghanistan. Je comprenais ce qu'il avait pu « vraiment » y faire à des allusions, des parenthèses, des instants de pudeur lorsque sa voix caverneuse s'interrompait en lisière de certains mots et souvenirs. Je ne parvenais pas à lui demander directement s'il avait déjà tué. Je n'imaginais pas ce colosse au sourire désarmant obéir à un ordre et abattre un homme. Et, un soir, j'avais osé. Clifford avait mis de longues secondes avant de me répondre puis, presque soulagé, il m'avait lâché : « Le plus dur a été de tuer des chiens. Du jour où l'on a perdu un soldat à cause d'un pauvre cleps bourré d'explosifs, nous devions abattre tous ceux que nous croisions. J'en ai tué une cinquantaine. C'est ma pire défaite. Dès que j'ai posé un pied ici, j'ai dit à mon commandant que je ne tirerais pas sur un seul animal. » J'avais eu envie de rire mais le visage grave de Cliff m'en avait dissuadé. Chaque défaite est relative, m'étais-je alors dit. L'essentiel est de l'accepter.

Ce soir, j'éprouve à peu près la même chose. La fraternité est sans doute le plus trouble, le plus ambigu des sentiments familiaux. La mauvaise herbe de cet amour qui vient du sang. Le plus compliqué à situer, le moins vital, parfois le plus léger et le plus joyeux aussi. C'est un territoire naturel où règne une brutalité sauvage. Les règles y sont tantôt d'airain, tantôt méprisées et balayées d'un souffle. Une zone où l'on se permet tout, sans seconde chance. « Parce qu'on est frères ». « Parce qu'on est sœurs. » S'aimer y semble évident, se détester est presque un droit, couper les ponts est une solution définitive osée si facilement. On ne se rend pas compte quand on fait trop mal. « À la vie, à la mort », la devise des frères d'armes. On peut aussi frôler des zones frontières comme l'amitié et le sexe, tout y est possible. En comparaison l'amour filial est presque simple, balisé par ses codes verticaux, le respect, l'autorité. La fraternité est horizontale, ouverte à la passion, la concurrence et la jalousie, l'admiration, le mépris et la haine. Surtout, elle n'a pas de limites.

24

C'est un dossier vert qui ne quitte plus Anne Montelier. Dans l'avion qui l'emmène vers Genève, elle le pose sur la tablette, décline la proposition de petit déjeuner et commence sa lecture. Comme chaque fois elle s'arrête sur la première page pour contempler ces yeux vides qui la fixent avec une intensité qu'elle a rarement connue chez un humain. « Un jour, la Dame de Warka va me concurrencer », la taquine Emmanuelle lorsque Anne s'enferme, une fois encore, dans leur chambre pour passer la soirée le nez dans ces centaines de feuillets austères où la seule audace esthétique tient aux caractères gras attribués aux questions posées par les policiers.

Anne se souvient très bien de ce coup de fil d'un des avocats d'Endless lui apprenant le montant de l'amende réclamée par la justice suisse. Elle avait alors pris conscience que cette affaire pouvait lui coûter cher, et pas seulement en euros, et qu'il devenait urgent qu'elle s'y penche de très près. Tout en lançant la tentative du protocole d'accord, elle avait commencé à se faire communiquer les pièces de l'enquête. Depuis, chaque semaine ou presque, ses avocats lui font parvenir une grosse enveloppe, elle préfère lire les versions papier des documents, ils lui semblent ainsi plus réels. Hier elle a reçu le procès-verbal complet narrant l'arrestation, au poste douanier entre Kreuzlingen et Constance, « d'un véhicule noir, de type van, immatriculé à Istanbul, piloté par le dénommé Demet Ylmaz, propriétaire d'une galerie d'art dans la même ville. L'objet premier du contrôle n'étant que la vérification des papiers du véhicule, nous avons été intrigués par la nervosité apparente du conducteur. Sur notre injonction, il a ouvert le van dans lequel nous avons découvert, protégé dans un carton, une statue d'une trentaine de centimètres de haut, semblant représenter un visage de femme. Malgré la présence de plusieurs tampons attestant de l'authenticité officielle de la pièce, sa valeur apparente nous a poussés à mener une investigation approfondie qui a débuté par l'interrogatoire de M. Ylmaz ».

Anne Montelier a appris à connaître la manière dont les policiers suisses conduisent leurs auditions. Ils sont plus pointilleux que leurs homologues français, qui ont pris le relais de l'enquête depuis qu'un lien a été établi avec Endless. Quand les Français louvoient, empruntent des chemins indirects, les Suisses insistent, répètent vingt fois la même question. La lecture de ces procès-verbaux d'interrogatoire lui a montré combien Demet Ylmaz a vite craqué et livré l'identité de Ho qui, lui, a résisté longtemps, comme s'il réfléchissait à sa stratégie, avant d'expliquer qu'il avait préféré utiliser une petite société de fret pour acquérir la Dame de Warka, « afin de la confier ensuite aux autorités françaises ». « Mais quel idiot ! », fulmine encore

Montelier. Le Chinois avait conclu son premier interrogatoire en affirmant qu'il souhaitait à son tour porter plainte « contre Demet Ylmaz et toutes les personnes qui ont participé au vol de la Dame de Warka, pour tromperie sur l'origine de l'œuvre ».

Anne éprouve un sentiment ambigu par rapport à cette affaire. D'un côté, elle aimerait la connaître jusque dans les moindres détails. Jusqu'ici elle ignorait tout, ou presque, du marché de l'art. Endless abrite un département spécialisé sur ce sujet mais elle fait confiance à ses équipes, elle les juge à partir de bilans comptables, à son poste elle ne se plonge jamais dans un cas concret. Mais cette fois, l'enjeu est tel qu'elle a besoin de comprendre. En marge des pièces judiciaires, les policiers ont compilé des rapports très documentés sur l'explosion du trafic d'œuvres d'art, devenu le troisième plus rentable au monde derrière les stupéfiants et les armes. Anne est fascinée par ces récits de négociations complexes entre les marchands, les galeristes, les antiquaires, les collectionneurs si secrets, elle aime découvrir les coulisses des salles d'enchères et des ports francs. Il se dégage un mélange de beauté et de soufre, c'est un univers qui ne peut pas échapper aux scandales. Elle réalise aussi combien Ho est depuis plusieurs décennies une figure discrète mais très respectée sur le marché des antiquités. Peu avant d'acquérir la Dame de Warka, il a acheté pour une somme record, lors d'une célèbre vente aux enchères, un lot de vingt-deux statuettes de la dynastie Tang du VIIIe siècle retrouvée chez une veuve new-yorkaise.

D'un autre côté, et c'est l'objet de son déplacement vers Genève, elle voudrait ne plus jamais entendre parler de cette statue. Dans le monde d'Anne Montelier, la réputation compte pour cinquante pour cent dans le succès. Or le scandale s'est déjà ébruité, ses concurrents ne manquent pas une occasion pour railler « Endless et ses fréquentations douteuses ». Elle a déjà vécu plusieurs rendez-vous pénibles, sous le regard suspicieux de ses hôtes, obligée de ramer pour leur assurer que « cette malheureuse affaire sera réglée au plus vite ».

Elle n'a plus le choix depuis le 6 juin. Elle ne s'explique toujours pas cet incident, elle a lancé une enquête interne mais elle doute d'y apprendre grand-chose. Elle a longuement reçu Lucas Machart, déprimé et amer, sans parvenir à déceler dans son récit un manque d'honnêteté, ou des incohérences, même si elle ne voit pas comment elle pourra le sauver. Car si elle échoue, aujourd'hui, à convaincre Ho d'abandonner sa plainte, elle sera bientôt contrainte de déclencher le premier plan social dans l'histoire d'Endless. La mort dans l'âme. Mais elle n'aura plus aucune marge de manœuvre. Depuis le début de l'affaire les principaux actionnaires lui collent une terrible pression, le business ne supporte pas que la justice lui tourne autour. Elle ne lâche pas Antoine Hermann, qui ne quitte plus son bureau où il peaufine ses listes.

L'aspect glaçant du port franc déçoit Anne Montelier. Elle attendait un esthétisme plus marqué, des couleurs, peut-être quelques belles toiles ou sculptures pour accueillir le visiteur, plutôt que cet univers blanc et gris, le claquement de ses talons sur le béton, cette impression de déambuler dans l'entrepôt d'une grande surface. Le directeur du lieu, un Suisse dans un pantalon olive, lui a semblé ridicule, elle lui a à peine adressé la parole. « Je vous laisse, madame, je repasserai dans une demi-heure... », a-t-il fini par balbutier en lui ouvrant la porte de la salle 707. Il souhaite s'entretenir avec elle « du projet d'assurance du port franc que Julien Bracher a développé ». Anne lui sert une réponse dilatoire, il sera toujours temps de rouvrir ce dossier si Julien réapparaît un jour.

La vision du lit médicalisé fige Anne Montelier. La dernière fois qu'elle a croisé Ho, c'était en marge de la réunion qu'elle organise chaque année pour les clients les plus importants d'Endless. Elle se souvient de son attitude austère, distante mais courtoise, mais aussi de son allure physique, si digne, sèche et droite, pour un homme de son âge. « On ne se doute pas qu'on peut abriter un tel désastre en soi... Bonjour madame Montelier », lance Ho en coupant court à ses pensées. Elle lui sourit, comprend que c'est inutile d'en dire davantage sur la maladie, et le salue à son tour. Sur son invitation, paume tendue, elle s'empare d'une chaise et s'assoit au bout du lit. Ho lui fait face, elle est intriguée par la photo d'un homme accrochée au mur à droite de la tête du malade. Il remarque son regard mais ne dit rien. Il semble attendre.

Anne Montelier est si surprise qu'elle peine à mobiliser sa colère. Dans l'avion, elle a construit un discours agressif, insistant sur son sentiment de trahison et son incompréhension de voir un homme d'affaires aussi avisé prendre le risque de l'entraîner dans une acquisition frauduleuse. « Vous avez fait preuve d'une intolérable inconséquence », avait-elle prévu de finir. Devant le vieillard alité, elle passe directement à sa proposition. De toute façon, elle n'a pas la main. « Monsieur Ho, je suis ici pour tenter de débloquer la situation, puisque vous connaissez mon désir d'enterrer l'affaire de la Dame de Warka au plus vite.» Elle ne pourrait pas le jurer tant c'est furtif, mais elle aperçoit l'ombre d'un sourire éclairer le visage de Ho, comme un léger halo. «Ma proposition est simple : je paie la moitié de l'amende infligée à nos deux sociétés, soit cinq millions d'euros. En échange, vous retirez votre plainte. Une bonne fois pour toutes.» Cinq millions contre deux cents postes conservés et une réputation retrouvée. Ho l'observe toujours aussi fixement.

«Tout d'abord, je vous dois des excuses pour le 6 juin, mais il m'était impossible de signer un accord dans de telles conditions.» La voix est rauque, pas hostile, mais ferme. Anne Montelier reconnaît la façon de faire de ce genre d'hommes, imposant leur version des faits comme une vérité définitive. «Laissons cela derrière nous, que pensez-vous de ma proposition?» Ho lève une main, très lentement. «N'allons pas si vite, tout n'est pas qu'une question d'argent... Savez-vous pourquoi je me suis installé dans cette salle?» Anne secoue la tête. Les yeux de Ho s'attardent sur le dossier vert qu'Anne a machinalement ouvert sur ses genoux, la photographie de la statue se dévoilant sur la première page. «Superbe, n'est-ce pas? Je peux la contempler pendant des heures. Après l'interception du convoi la police l'a placée ici, voilà pourquoi j'ai choisi la 707. Puis elle l'a transférée dans un endroit gardé secret. Si vous me le permettez, laissez-moi vous parler un peu d'elle. À l'époque où je l'ai vue pour la première fois, à Bagdad, je savais que les Mésopotamiens avaient inventé l'écriture, mais pas qu'ils étaient capables d'une telle puissance, d'une telle vérité dans leur propre représentation. C'est une des premières œuvres naturalistes au monde, le saviez-vous ? J'ai longtemps cru que nous, les Chinois, avions été le premier peuple à avoir affiché une volonté aussi forte de laisser une trace. Mais je mélangeais la politique et l'art, j'étais jeune, c'est en commençant à voyager et à fréquenter les musées que j'ai compris l'importance de ce qui s'était passé dans d'autres régions du monde. Voilà pourquoi je me suis autant intéressé à la Dame, avant qu'elle ne devienne une passion, presque une obsession. À mes yeux, elle fait partie de ces œuvres, rares, qui signent l'origine de quelque chose, un basculement dans notre évolution, voyez-vous ? Mesurez-vous mon émotion lorsqu'on m'a proposé de la garder près de moi ? Il me suffisait d'un oui et quelques jours plus tard, elle était à mes côtés. Je ne l'ai pas dit ainsi à Demet Ylmaz, mais cela revenait à la sauver, la libérer, et non à la voler ! » Anne Montelier ne sait pas quoi répondre. Elle, la dirigeante d'une des plus grandes compagnies d'assurances au monde, n'a jamais l'occasion de se poser ce genre de questions. L'urgence est son quotidien, l'avenir sa balise. « L'auteur de cette sculpture est inconnu. Cela m'a donné encore davantage envie de protéger son travail. C'est comme une dette que nous avons tous à son égard. »

« Mais cette acquisition était illégale, vous le saviez, non ? » demande Anne Montelier, en frappant presque instinctivement le sol de ses talons. « Je ne savais pas tout, je vous l'assure ! Et puis il fallait décider vite, prendre un risque. Était-il envisageable d'abandonner cette beauté, de la laisser passer de main en main ? Mesurez-vous que Daech perçoit environ six milliards de dollars de revenus grâce aux trafics d'œuvres d'art, que c'est sa deuxième source de revenus après les armes ? Savez-vous que cette organisation a délivré des permis de fouille officiels, en réalité des permis de piller ? Qu'ils ont pris le contrôle de deux mille sites archéologiques en Irak ? Assour, Samarra, Nadjaf, Wasit, Ougarit, ils sont partout. Savez-vous qu'à Apamée, une ville syrienne, on a dénombré quatorze mille trous de fouille sauvage ? Que des têtes de taureaux androcéphales de Khorsabad sont mises en vente à trois millions de dollars ? C'est un pillage total, sans limites, c'est notre mémoire qu'on tue. L'essentiel est que la Dame de Warka soit revenue en Europe. D'après mes avocats, des négociations sont engagées avec Bagdad pour qu'elle soit à l'avenir conservée dans un lieu sûr, afin d'effacer l'affront du pillage de 2003 et de celui de Mossoul. Rien d'autre ne compte. »

« Alors, ma proposition ? » « Je dois y réfléchir. Je veux que toute la lumière soit faite sur ce réseau de trafiquants, et que les personnes qui doivent être punies le soient. Lorsque je serai certain de la tournure de l'enquête, et que je serai pleinement reconnu comme une victime, je répondrai à votre offre. En attendant, je maintiens ma plainte. Les policiers ont du pain sur la planche, ils doivent d'ailleurs m'interroger une nouvelle fois dans les prochains jours. » Anne Montelier s'agace. « Si je me retire aujourd'hui, dit Ho, l'enquête s'enlisera. Compte tenu de certains éléments, les autorités, notamment françaises, pourraient avoir intérêt à arrêter leurs investigations. » « Pourquoi les Français ? » « Vous avez sur vos genoux un dossier passionnant. Lisez-le attentivement, soyez attentive aux détails, et vous comprendrez. Pensez aussi aux hommes et aux femmes qui travaillent avec vous, certains doivent bien connaître l'histoire de la Dame de Warka. L'avenir de cette beauté a mobilisé une longue chaîne, j'en suis un maillon important, mais pas le seul. Vous avez bien entendu : les autorités *françaises.*»

Anne Montelier maîtrise presque par cœur chacune des pages qui reposent sur ses jambes. Quand elle s'empare d'un sujet, elle veut tout connaître. Elle a lu, relu, seule ou avec Emmanuelle, les interrogatoires, les fiches biographiques, les documents historiques, les rapports de perquisitions, les commissions rogatoires. Elle a compris la panique qui a saisi le marché de l'art, partout dans le monde on retrouve des statuettes, des lampes, des céramiques, des jarres, des parures, vraies ou copiées. La planète ressemble à un gruyère dans lequel les faussaires se glissent et éparpillent leurs butins par fragments. Dans les pas des policiers, elle a décortiqué chacune des étapes qui ont amené la Dame de Warka depuis le musée de Bagdad jusqu'en Europe. Elle sait, aussi bien que lui, que l'enquête touche à son terme mais qu'un de ses pans décisifs, le passage de la frontière entre l'Irak et la Turquie, le point le plus délicat du trajet, doit encore être éclairci. Une des plus récentes synthèses explique ainsi que «le réseau d'Hadjeb a bénéficié d'importantes complicités pour faire sortir la Dame de Warka du pays. L'enquête doit désormais se concentrer sur les aides officielles, locales mais aussi étrangères, qui ont permis de faire passer la sculpture pour une pièce devant impérativement rejoindre l'Europe afin d'y être restaurée et placée à l'abri». Elle a plongé dans la vie de la poignée d'hommes qui ont construit l'histoire de la Dame. Elle pense comprendre les «éléments» auxquels Ho fait allusion, mais elle aimerait tellement qu'il lui en dise davantage. Elle brûle de lui poser la question mais elle sait qu'elle pécherait par excès de précipitation, le Chinois ne se laisse pas brusquer ainsi. Il la fixe, avec un minimum d'expression. Si elle ne rentre pas trop tard, elle appellera un ami qui l'aidera peut-être.

25

Anne Montelier aurait pu choisir un café anonyme, un restaurant discret, un lieu perdu dans un quartier lointain. Mais elle a préféré son bureau, vaste, lumineux, dominant la ville, pour recevoir son premier visiteur. Elle est rentrée très tard de Genève, l'avion a connu un long moment de turbulences au-dessus des Alpes, Anne s'est surprise à avoir peur avant de songer, heureuse, que son angoisse provenait de la place croissante qu'occupe Emmanuelle dans sa vie. Ce fut un instant d'évidence, si loin des troubles et des questions qui la traversent depuis des semaines. Elle pensait revenir de Suisse avec une réponse claire du Chinois, mais elle doit encore ronger son frein. Affronter les regards suspicieux.

Elle est prête, le dos droit dans son fauteuil, le plateau de verre parfaitement rangé, les mains parallèles, les ongles rouge vif, lorsque Loïs Bracher apparaît au bout du couloir, accompagné d'une hôtesse avec laquelle il plaisante. La jeune femme rit en mettant sa main devant sa bouche, comme prise en flagrant délit de joie de vivre sur son lieu de travail. Il porte une chemise blanche et une veste noire avec un jean, Anne est surprise en repensant au T-shirt difforme et échancré qu'il arborait lors de la soirée à l'hôtel. Bracher semble à l'aise, il connaît les lieux, il n'est plus décontenancé par le silence et l'élégante froideur qu'Anne a exigés de l'architecte. « Le mot pouvoir doit traverser immédiatement l'esprit de chaque visiteur », lui avait-elle imposé lors de la première visite de chantier.

Elle le laisse avancer sur l'épaisse moquette et consent à se lever lorsqu'il ne se trouve plus qu'à deux mètres de son bureau, la main tendue, hésitant. Anne laisse un sourire détendre ses traits, qu'elle referme aussitôt comme si elle lui avait offert un instant de mirage. Elle a préparé chaque seconde de l'entretien, sollicité par le frère de Julien deux jours plus tôt. Elle veut une rencontre brève. Très brève. Une ressemblance entre les deux hommes la frappe pendant un instant. La proximité n'est pas physique, Loïs est plus grand et maigre que Julien, il dévore l'espace quand son frère s'y glisse sans un bruit. Cela tient plutôt à leur capacité d'être à la fois avec vous et ailleurs, comme si une dissociation entre le corps et l'esprit les fissurait. Julien est un homme aux gestes posés, presque lents. Lorsqu'elle le recevait dans son bureau pour évoquer la stratégie du DPIV, elle aimait le contraste entre la douceur avec laquelle il maniait ses documents, sa façon presque sensuelle de faire tourner son stylo entre ses doigts, et la rapidité de son raisonnement. Il allait souvent plus vite qu'Anne, qui s'agaçait tout en l'admirant.

Parce qu'elle lit dans les yeux de Loïs ce qu'il va bientôt exprimer, et pour d'autres raisons dont elle n'a pas l'intention aujourd'hui de dire un mot, elle lance sans sécheresse particulière, et avant qu'il ait ouvert la bouche : « Je ne peux pas vous aider davantage. » Si elle l'avait giflé, le résultat aurait été proche. Son visage s'est figé, comme foudroyé par une paralysie. Il crierait s'il le pouvait, tout son corps hurle une tension qui impressionne Anne. « Je n'ai encore rien exigé ! », lance Loïs en riant, la voix rauque, bridée. Anne répond par un silence pendant qu'il choisit de s'asseoir. « Mais c'est vrai, j'allais vous demander une faveur... » Pendant quelques secondes, Anne réfléchit non pas à ce que son visiteur va lui suggérer, mais à la manière d'agir au plus vite. Elle veut le voir quitter son bureau, l'observer sur le parvis vingt-trois étages plus bas, petite fourmi à la recherche de son chemin.

L'entendre prononcer « Ho » l'extirpe de sa réflexion. « Pardon, pouvez-vous répéter ? » « Je disais que d'après un de vos salariés, Lucas Machart, d'ailleurs recommandé par Emmanuelle, mon frère s'intéressait de près au conflit entre Endless et Ho : pouvez-vous m'aider à rencontrer cette personne ? Peut-être me permettrait-elle de comprendre la décision de Julien ? » « Vous aider à rencontrer Ho ? » « Oui. » Anne aurait dû anticiper ce scénario. Loïs Bracher doit être à peu près aussi intelligent que son frère ; depuis qu'il est apparu dans le paysage d'Endless, son énergie pour retrouver Julien ne faiblit pas ; il a réussi à s'informer sur le conflit, à tisser des liens entre les événements. Sa requête n'est pas absurde. Mais qu'il ose la formuler, dans son bureau, voilà qui la laisse le souffle coupé et les mains subitement froides.

« J'ai tout fait pour garder un ton calme et ferme, je lui ai demandé de ne pas m'obliger à me répéter et de partir sur-le-champ. » Emmanuelle s'empare du tube de crème solaire et demande à sa maîtresse de s'occuper de son dos. Les deux femmes essayent de se détendre au bord de la piscine après le retour précipité d'Anne en début d'après-midi. Depuis l'incident du matin elle n'était plus bonne à rien, déconcentrée et nerveuse. Un nuage égaré masque le soleil, une brusque fraîcheur saisit leur épiderme. « Et ? » « Et il s'est levé, il a passé ses mains dans ses cheveux, elles tremblaient. Il m'a semblé qu'il cherchait ses mots. Finalement il n'a rien dit, il est parti. » Anne s'essuie les doigts sur sa serviette, boit une longue gorgée d'eau. Sa vie de patronne l'a habituée à des rapports de force violents, elle sait s'y préparer, elle a même suivi des formations puisqu'elle évolue dans un univers où tout est supposé s'apprendre, comme si l'intuition n'était pas, la plupart du temps, la première des armes. « Mais j'ai eu peur. » « Quoi ? », l'interrompt Emmanuelle, les bras croisés sur le bord du bassin, le bas du corps immergé. « Quand Loïs Bracher s'est levé, j'ai eu peur qu'il devienne violent. »

Un moment de silence s'écoule, le soleil a repris ses droits. Emmanuelle reste immobile jusqu'à ce que la surface de l'eau soit totalement figée. Elle observe ses jambes légèrement gonflées et déformées par l'effet d'optique. « Il faut le comprendre. Il nous surprend à la fête de l'hôtel et on se montre sympas comme des portes de prison. Puis je lui propose de l'aider en rencontrant Lucas Machart. Enfin tu lui claques la porte au nez, il a de quoi perdre la boule... »

Anne offre son visage au soleil, elle aimerait rester des jours ainsi, sans une décision à prendre. Sans penser chaque instant à ces deux cents salariés qu'elle va peut-être devoir mettre dehors. Elle voudrait oublier ce coup de fil passé à un ami tard hier soir, en rentrant de Genève, qui lui a confirmé la profession de Loïs Bracher. Elle voudrait ne plus en savoir autant, ne plus être capable de tisser les liens. Mais elle doit reprendre la parole, c'est elle qui fixe le cap, leur couple s'est organisé ainsi. D'ailleurs, Emmanuelle attend. « Je suis furieuse contre Julien : j'ai laissé son frère naviguer dans Endless pour mener ses recherches, tu lui offres la piste de Lucas Machart, et je découvre aujourd'hui qu'au minimum ce type n'est pas net, même si Ho n'est pas entré dans les détails. Julien a choisi de fuir et il nous a collé son frère dans les pattes ! Il nous a manipulées ! Qu'ils se débrouillent seuls, j'ai deux cents emplois à sauver, ça me suffit. »

Emmanuelle se souvient de ce 2 mai, le dernier jour où elle a vu Julien. Le matin, il avait préparé deux thés aux épices avant d'allumer son ordinateur. Lorsque Emmanuelle était arrivée, son mug l'attendait. « Je t'ai vue traverser le parvis », avait souri Julien avant de se glisser sous son casque. Il était coutumier du silence, Emmanuelle s'était habituée à ses longs regards précédant quelques mots nets et précis. Mais pendant cette journée de travail, rythmée par deux importantes réunions budgétaires, Julien lui avait semblé évanescent. Il avait peu écrit, s'était souvent basculé en arrière dans son fauteuil, les mains croisées sur la tête.

À midi, il n'était pas sorti déjeuner, se contentant de grignoter des biscuits. En fin de journée, il avait consenti à lui raconter son déplacement au port franc de Genève, trois jours plus tôt. « C'est un endroit extraordinaire, si tu en as l'occasion un jour, n'hésite pas, je n'ai jamais rien vu de tel... » En fin de journée, alors qu'Emmanuelle rangeait ses affaires, Julien lui avait proposé de boire un verre dans le quartier. Leurs relations étaient amicales et complices depuis un moment déjà, mais c'était la première fois qu'il lançait une telle invitation. Emmanuelle avait accepté et ils avaient pris l'ascenseur. Au troisième étage, Julien s'était effondré en larmes.

26

Ils sont trois. Le premier est chauve, grand, musclé, sa chemise et sa veste en cuir semblent sur le point de craquer, on pourrait le prendre pour le garde du corps de ses collègues. Le deuxième arbore une coupe au carré, très stricte, mais un élégant manteau gris fluidifie sa silhouette. Le troisième homme est le plus banal avec son air de comptable dans un complet noir un peu froissé et des chaussures souples et sans forme. Ils s'assoient avec prudence sur les chaises en plastique noir qui les attendent dans la salle 707, comme s'ils craignaient qu'elles ne cèdent sous leur poids.

Ho les accueille en inclinant la tête très lentement. Pour l'occasion il a fait tailler un costume noir ajusté à sa nouvelle silhouette, il n'aurait pas supporté de flotter dans ses anciens vêtements. Il a pris place sur sa chaise, celle qui l'accompagne depuis le premier jour dans le port franc, où un coussin a été ajouté. Malgré l'insistance d'Arnold Archiapatti et de son avocat, il a refusé d'accueillir les trois policiers depuis son lit, comme il l'a fait avec Anne Montelier. « Trop humiliant », a-t-il lâché de ce ton qu'il utilisait lors des moments charnières d'une réunion, et qu'il doit éviter aujourd'hui. Il sait combien il peut paraître dur et arrogant alors qu'il va devoir se montrer sincère pour convaincre ses visiteurs d'une seule chose : il a voulu mettre la Dame de Warka à l'abri de la folie du monde. Il s'est entraîné à répéter quelques phrases. Au fond de lui Ho est impatient, un sentiment que sa maladie avait éteint depuis des semaines. Il éprouve le besoin de s'expliquer. C'est même devenu une urgence depuis que ce rendez-vous lui a été signifié. « Les mots des innocents sont peut-être plus forts que ceux des coupables, car ils construisent une vérité et non un mensonge », songe-t-il. Mais Ho doit aussi se montrer prudent. Avant l'arrivée des policiers, il s'est replongé dans l'intégralité du dossier. Il a relu ce qu'il a déjà dit. Et il sait ce qu'il est encore le seul à connaître.

C'est la deuxième fois que les enquêteurs l'interrogent. La première séance avait été rapide, le type à la coupe au carré n'était pas là. Dans un grand bureau lumineux au deuxième étage du commissariat central de Genève, Ho avait confirmé être le destinataire de la sculpture avant de décrire le financement de l'opération. Davantage que de se retrouver face à des policiers, une première dans sa vie, la situation de la Dame l'attristait. On lui avait montré des photos d'elle dans une caisse en bois à l'arrière du van de Demet Ylmaz. Les images prises au flash accentuaient encore la détresse de ses yeux, ces deux cavités vides qui semblaient réclamer de l'aide. Ho avait demandé où elle se trouvait mais les enquêteurs étaient restés inflexibles. L'interrogatoire s'était achevé sur cette note mélancolique et incongrue dans un tel endroit.

L'ambiance de la salle 707 est encore plus étrange. Ho, qui sait renifler ces situations, perçoit une gêne chez ses trois interlocuteurs, comme s'ils cherchaient à dissimuler leurs réelles intentions. Le grand chauve tousse souvent, l'élégant regarde autour de lui, étonné par le vide de la pièce, et lorsque le comptable prend la parole, sa voix résonne et cela semble le perturber. Ho redoutait que la froideur du lieu ne l'empêche d'apporter sa touche d'authenticité à l'entretien, mais l'attitude fragile de ses accusateurs le rassure. Le « comptable » ouvre une chemise en carton et égraine les accusations contre Ho. Le langage sans fioritures lui rappelle ces interminables fins de négociations, lorsque, une fois les questions d'argent tranchées, les juristes s'animent pour rappeler les devoirs de chacun. Ho trouvait ce moment si ennuyeux qu'il en profitait souvent pour dormir quelques minutes. Aujourd'hui c'est impossible. Heureusement l'homme aux chaussures molles est efficace et n'a pas traîné. « Voilà, monsieur, vous êtes accusé de complicité de vol, mais l'enquête n'est pas finie. Des policiers sillonnent l'Irak depuis des mois afin de rassembler des preuves contre l'ensemble de la filière. Cela concerne les islamistes, mais aussi leurs complices. »

L'homme aux cheveux courts a cessé de papillonner, de ses yeux mi-clos il fixe Ho qui choisit de le devancer : « Vous n'ignorez pas que j'ai porté plainte contre ces trafiquants ? » Lors de sa première audition, il avait été irrité que pas un mot ne soit prononcé sur sa plainte, comme si elle n'existait pas. Comme si on lui déniait le droit éventuel d'être une victime. « Nous l'avons lue avec attention, monsieur. C'est un document très intéressant », lui répond le « comptable » en tirant sur les manches de sa veste. Ho incline la tête.

Jusqu'ici prostré, les bras croisés sur la poitrine, le chauve musclé se tortille sur sa chaise pour trouver une bonne position : « Je supervise l'enquête en Irak. Le travail est extrêmement compliqué, les témoins sont rares. Hadjeb, le chef de tribu qui a mené l'assaut contre le musée de Mossoul, reste introuvable. En revanche, deux fonctionnaires irakiens en poste à la frontière entre la Turquie et l'Irak ont été plus bavards. Ils ont confirmé que c'est bien ce Hadjeb qui a vendu la statue à Demet Ylmaz en l'assurant de l'acheminer jusqu'à Istanbul. Le passage de cette frontière, et notamment la jonction entre l'Irak, la Turquie et l'Iran nous intéresse au plus haut point. Vous ne l'ignorez sans doute pas, c'est une zone extrêmement complexe où les contrôles sont réputés aussi stricts que la corruption est répandue. »

L'homme à la coupe militaire sort enfin de son silence, son accent chantant le trahit mais il rentre dans le vif du sujet sans se présenter : « Mon collègue a raison, Bagdad tient un double discours sur cette zone, c'est compliqué de savoir s'ils la contrôlent vraiment tant les trafics sont nombreux. Mais une chose est certaine : franchir cette frontière avec une telle pièce, propriété de l'État irakien, est encore plus compliqué qu'avec du pétrole et même des armes. Malgré la corruption, les autorités ont pris conscience que le pays est en train d'être pillé, et ont beaucoup renforcé les contrôles. Hadjeb aurait pu passer par le désert, en Syrie, en Jordanie, voire en Arabie. Cela aurait été plus long et plus dangereux car ces régions frontalières sont infestées par d'autres bandes, mais tellement plus simple, à la limite il n'aurait pas eu besoin d'autorisations tant les contrôles dans le désert sont rares. Donc, s'il a choisi de passer par cette frontière turco-iranienne, malgré les risques, c'est qu'il avait des certificats d'authenticité et d'exportation officiels, ou alors très bien falsifiés. C'est très compliqué à obtenir, et c'est plus cher aussi. Ces deux douaniers nous ont raconté beaucoup de choses, ainsi que Demet Ylmaz. Nous sommes convaincus que, vous aussi, vous pouvez nous aider à comprendre.»

Cette main tendue détend très légèrement l'atmosphère, même si tous perçoivent que chaque mot prononcé par l'homme au manteau gris est pesé avec le soin d'une très longue expérience. Il n'a pas dit «confiants», ou «optimistes», mais «convaincus». Avec une infinie lenteur, Ho décroise ses jambes et réajuste le pli, déjà parfait, de son pantalon : «Nous n'avons pas été présentés : qui êtes-vous monsieur?» «Je suis commissaire de police, détaché auprès du Quai d'Orsay. Le ministère français des Affaires étrangères... En France, monsieur, c'est la diplomatie qui est la tutelle de l'archéologie, pas la culture.» «Merci de la précision, j'avais compris...», essaye de rire Ho, mais une violente quinte de toux sèche le rattrape. Il lui faut de longues secondes avant de poser à nouveau ses mains bien parallèles sur ses cuisses. Le policier, lui, plante ses coudes sur ses genoux : «Si vous nous aidez, nul doute que la justice en tiendra compte lors de l'examen final de votre dossier. Notre coopération est étroite avec les Suisses, face à un tel trafic nous sommes tous dans le même bateau.» «Mais comment vous aider davantage? J'ai reconnu mes torts, acheter la Dame de Warka dans ces conditions était une folie. Je souhaitais mettre cette pièce exceptionnelle à l'abri de ces réseaux. Rien d'autre. C'est le sens de ma plainte : je suis d'abord une victime. La Dame est en Europe, c'est l'essentiel. » L'homme inspire avant de lâcher : « Vous avez sans doute compris, monsieur Ho, que nous sommes dans un exercice aussi diplomatique que judiciaire. Nous devons protéger beaucoup d'autres missions à l'étranger, cela exige du doigté dans nos relations avec les pays du Moyen-Orient, notamment dans la façon dont nous allons résoudre cette affaire. Et puis les Anglo-Saxons sont également très présents dans la région, ils surveillent ce dossier avec attention. Je vous le répète : l'archéologie, c'est avant tout de la politique. Or nous souhaitons que l'histoire de la Dame de Warka retourne dans l'ombre. Qu'elle n'ait jamais existé, en quelque sorte. Il existe un moyen de nous aider : retirez votre plainte. » « On oublie tout, c'est ça ? » « Pas tout à fait : vous payez l'amende, Demet Ylmaz sera jugé par les Suisses, et les Irakiens se débrouilleront avec Hadjeb. Tout le reste, oui : on oublie. »

27

Mes irritations ne disparaissent pas et j'ai perdu du poids. C'est la pharmacienne qui m'a mis la puce à l'oreille en renouvelant mon stock de crèmes hydratantes : « Vous n'êtes pas bien épais, vous êtes certain que vous n'avez pas autre chose… ? » « Pas autre chose que quoi ? Vous savez comment on attrape la peur, la colère ? », ai-je eu envie de lui répondre, mais cela m'a semblé nous engager dans une impasse, j'ai haussé les épaules et, revenu à l'appartement, j'ai cherché la balance.

Depuis que je me suis installé chez Julien, je passe beaucoup de temps à chercher. Mon frère range très bien, trop bien, je l'avais déjà remarqué lors de la première visite. J'imagine que le jour de son départ, il a passé des heures à tourner dans chaque pièce pour vérifier qu'il n'avait rien laissé traîner. L'opposé de mon coup de tête après avoir été éjecté du bureau d'Anne Montelier, alors que je contemplais le désordre de mon deux-pièces, la poussière sur les meubles, les vitres sales, l'immobilisme étrange que ce lieu dégageait. Une impression violente de ne plus y être à ma place m'avait pris à la gorge. Une heure plus tard j'étais chez Julien avec deux sacs bourrés de pantalons, T-shirts, caleçons et chaussettes, et une forme de honte à profiter de mon enquête pour chercher refuge chez lui. Lorsque j'ai poussé la porte, l'endroit commençait à sentir l'absence. J'ai allumé plusieurs bougies, ouvert les fenêtres en grand, rangé mes vêtements dans ses armoires, à côté des siens. Depuis, je cherche souvent : le compteur électrique, les produits nettoyants, certains ustensiles de cuisine, une multiprise.

Des souvenirs, aussi. Dans son canapé ou sur sa petite terrasse en buvant un de ses rhums, je ressasse ces décisions prises trop vite ou trop lentement, trop seul, trop joyeusement, inconsciemment, égoïstement, abruptement, stupidement. Au fil d'une vie ils sont nombreux ces choix, petits ou grands, qui vous empêchent de dormir ou vous réveillent, ceux qu'on voudrait annuler pour recommencer. Certains de ces caps ne sont même pas des choix, on les appelle ainsi pour se rassurer en s'abritant derrière l'environnement, le contexte, le destin, les autres. J'espère trouver la mèche qui est en train de foutre le feu à ma vie : une phrase, un mot de Julien, une bribe de l'histoire qui m'ensevelit jour après jour. C'est impossible qu'il ne m'ait pas, un jour, mis sur cette piste. Qu'il m'ait laissé me noyer, les deux pieds au sec sur la rive. Je relis tous ses SMS, je traque les doubles sens, la colère, un reproche. Le soupçon.

Quand l'abattement me saisit, je ne sais plus si je dois m'en remettre au destin, ou continuer mes recherches. Parfois, je me fais l'effet du détenu qui attend sa prochaine convocation chez le juge et découvre, impuissant, un nouveau témoignage accablant, une preuve retrouvée sur le lieu du crime. Cette attente est proche de celle que j'éprouve aussi sur les chantiers qui se révèlent plus complexes ou plus lents que prévu à cause d'un orage inattendu, d'une erreur dans le repérage topographique, d'un matériel déficient, ou parce que nos attentes étaient supérieures à la réalité des découvertes. Il faut garder son calme, s'obliger à attendre.

Un soir, il y a plusieurs mois, je m'étais garé au pied de cet appartement après plusieurs SMS auxquels Julien n'avait pas répondu. Par ma vitre je le voyais se déplacer, une assiette à la main, du linge dans les bras, jetant parfois un coup d'œil vers la rue. C'était une époque difficile, la pression était déjà très forte, les missions s'étaient raréfiées. J'avais besoin de soutien, et ce jour-là j'avais été surpris par l'évidence avec laquelle j'avais pensé à mon frère. Je me trouvais dans un restaurant et nous parlions de nos familles avec deux collègues, sur un mode léger et agréable. Subitement j'avais aimé dire « mon frère », prononcer ce mot l'avait brutalement chargé d'histoire et de souvenirs, le « f » de « fier », le « r » de « rayonnement ». J'en avais eu les larmes aux yeux, à cet instant Julien m'avait terriblement manqué. Nous étions trop cons à perdre tout ce temps, nous allions le regretter si fort. Le soir, pourtant, j'avais redémarré sans oser sonner à sa porte. Un mélange de honte, de peur d'être déçu et de décevoir m'en avait empêché. J'étais resté si longtemps stationné qu'un type était venu m'ordonner de quitter les lieux sinon il appelait la police.

J'ai retrouvé la balance rangée dans sa boîte tout en haut d'une étagère de la buanderie. La pharmacienne avait raison : soixante-quatre kilos. Sept égarés. Je me suis déshabillé et observé dans le miroir en pied. À l'œil nu, ce n'est pas si flagrant, il faut bien me connaître pour le remarquer. J'ai moins de ventre, des cuisses plus maigres, mais c'est dans le visage que les traces sont les plus nettes, mes joues sont creusées, ma mâchoire et mon menton dessinent des arêtes coupantes. Ai-je effrayé Anne Montelier pour qu'elle me congédie ainsi ? Ce serait trop simple, je ne pense pas que mon allure physique y soit pour grand-chose. Je me suis fracassé contre une statue froide et mécanique, la messe était dite avant que je mette un orteil dans son bureau. Son être entier puait le mensonge et le secret. J'avais conscience que ma requête était audacieuse et relevait de l'opération de la dernière chance, d'une mission kamikaze. Mais en l'absence de Julien, et puisque Anne Montelier a décidé de ne plus me parler, Ho est le seul homme qui peut m'aider. Il est l'extrémité de la chaîne.

Je suis nu face au miroir. Je devrais consulter un médecin. Je mens, je le sais. J'ai seulement besoin que Julien délivre sa vérité, nous verrons enfin si c'est aussi la mienne. J'ai envie de fracasser la glace. J'enfile un jean noir et un T-shirt blanc.

Longtemps, j'ai pris le chemin de la « Maison » avec l'assurance de celui qui a trouvé sa place dans le monde. Même dans les premières années, surtout accaparées par de l'archéologie de sauvetage (ces chantiers occasionnés par un projet d'autoroute ou de barrage), je me dirigeais vers ce grand bâtiment beige et vitré qui longe le campus de Nanterre avec la foi de l'évangéliste. J'y passais des heures à lire dans l'immense bibliothèque, à traîner dans les couloirs pour discuter avec des confrères, essayant de glaner un tuyau sur un projet en cours, un départ qui se profilait. Quand je me revois petit, chahuteur, instable, colérique, je me répète que la rencontre avec l'archéologie a relevé d'un miracle. C'était comme si seule cette discipline était capable de me fixer sur un objectif. « Loïs, tu as l'obstination, la patience nécessaires pour réfléchir à cette carrière », m'avait assuré mon premier formateur en Auvergne. Je n'en avais pas dormi. On n'oublie jamais ce sentiment d'avoir trouvé sa place. C'est peut-être ce que veut dire Julien : son hospitalisation l'a empêché de faire littéralement corps avec le monde, d'épouser la réalité, de lui appartenir. De franchir des étapes, de devenir un autre tout en restant soi-même.

J'éprouve l'exact inverse en pénétrant dans le grand hall de la « Maison ». Ma carte professionnelle, qui ne quitte jamais mon portefeuille, m'aide à surmonter ma peur lorsque je passe le contrôle. Je la montre à l'appariteur en levant maladroitement le bras, comme les policiers qui pénètrent sur une scène de crime. Rouge de honte, dès les tourniquets franchis je bifurque sur la droite vers les toilettes. Je m'asperge d'eau fraîche. Je reprends mon souffle. Comme chaque été, les couloirs sont déserts, mes baskets couinent sur le carrelage.

Mes pas me mènent naturellement vers la bibliothèque et son odeur inimitable, mélange de cuir, de colle et de temps. Cela a souvent été mon refuge, étudiant ou jeune professionnel. Je repense à ces semaines passées dans la section « Chine », « Égypte », « Soudan », ces heures de fiévreuse impatience, de jouissive attente, d'imagination réveillée par l'impatience d'aller sur le terrain. C'est là que j'ai choisi la topographie comme spécialité, autant pour la certitude de participer à la prospection, aux fouilles et même aux post-fouilles que pour la précision de mes relevés et de mes plans. Je nous revois entourant Harold Berger, penchés sur les cartes des vieux atlas pour localiser au plus près Piryadi. Les livres sont souvent nos premiers guides, combien de missions sont nées au détour des hiéroglyphes égyptiens, d'Hérodote, d'Homère, de la Bible même. Nous étions Cyriaque d'Ancône, William Calden, Cristoforo Buondelmonti, les pionniers de notre discipline. Nous allions vers cette guerre des ruines comme des soldats au front. Les étudiants nous regardaient avec admiration, les collègues avec envie, les directeurs avec respect. Nous allions marquer l'histoire de notre métier, c'était certain. Les atlas sont toujours à leur place, lourds, patinés, fragiles. À l'autre bout de la salle, j'aperçois un collègue en train de ranger des livres dans un *tote bag*. Même si l'endroit est presque désert je n'ose pas crier ou siffler, je chuchote fortement son prénom à plusieurs reprises mais rien n'y fait, il quitte la pièce avec empressement. L'appel des vacances, sans doute.

L'étage de la direction semble encore plus déserté que les zones inférieures. Près des fontaines à eau, les stocks de gobelets sont intacts, le ronronnement de la climatisation est parfaitement distinct. Un bruit de clavier d'ordinateur s'échappe d'une des rares portes ouvertes, celle du secrétariat du grand patron de la Commission des fouilles, l'instance suprême de notre petit monde. Je ne reconnais pas la titulaire habituelle, une femme ronde et sympathique à qui j'avais l'habitude de rapporter un petit cadeau de nos lointains voyages. Une jeune femme m'accueille la tête penchée, comme étonnée de croiser une présence humaine. Je me présente, elle hoche brièvement la tête. « Jean n'est pas là ? » « Non, il est en vacances depuis hier. Je suis désolée. » « Ce n'est pas grave, après tout ma demande n'est pas très compliquée. J'ai besoin de consulter mon dossier administratif. Je viens de changer d'assureur, et il me demande une reconstitution de carrière. » La jeune femme me regarde avec une pointe d'accablement dans les yeux. « M. Patriat m'a indiqué que vous ne pouviez plus accéder à votre dossier. »

28

Mon Loïs,

Peut-être vas-tu trouver la situation ironique mais je viens, depuis mon exil, de m'inventer une identité : je suis l'homme qui cherche son frère. Tout est parti d'une sorte de provocation du destin, d'un mensonge non désiré. Mais je dois prendre les choses dans l'ordre : tout est parti de ma maison. Eh oui, je loue une maison ! J'ai bénéficié d'un coup de chance après le décès d'un vieil homme, ses enfants vivent aux États-Unis et voulaient vendre. Ils connaissaient la propriétaire de ma pension, l'affaire s'est conclue en trois jours. Je leur ai expliqué que je ne souhaitais pas acheter, mais seulement louer. Ils ont accepté. C'est une petite bâtisse blanche, entourée de frangipaniers, avec un superbe parquet sombre sur lequel j'adore glisser pieds nus. L'intérieur est si simple, une table et des chaises en bois, un canapé dans un angle, le lit et une armoire dans la chambre, que je n'ose rien ajouter, comme si le décor était prêt pour ce que je veux y vivre. Lors de la signature du bail le notaire m'a expliqué qu'en m'installant ainsi dans la communauté, il me fallait justifier ma présence. Je n'étais plus le touriste de passage. Si je restais, ce devait être pour une raison précise. Les villageois voulaient la connaître, c'était comme un dû en échange de la place qu'ils me laissaient. Certains avaient même peur que je leur porte malheur. « À vous de voir si vous voulez leur dire la vérité, mais il leur faut une histoire », avait ajouté le notaire en souriant.

Les choses n'ont pas traîné. Dès le lendemain de mon installation, un voisin m'a offert deux poulets et un poisson. Après avoir déposé ses cadeaux de bienvenue devant la porte d'entrée, il est resté appuyé les mains sur sa canne, un sourire édenté traversant son visage. Il attendait et il ne se gênait pas pour le montrer. Alors que je lui souriais bêtement il m'a interrogé sans détour : *« Mister, why you here ? »* Malgré l'avertissement du notaire, son ton, direct et involontairement comminatoire, m'a pris au dépourvu. J'ai raconté que je recherchais mon frère disparu dans la région. *« Brother dead ? »*, s'est inquiété mon visiteur qui avait égaré son grand sourire. J'ai bricolé le récit de ta dépression à cause d'une femme partie trop vite, et de mon propre coup de foudre pour cette région du monde. L'homme s'est éloigné sans autre commentaire, au moins il aurait quelque chose à raconter.

J'ai menti avec un aplomb qui m'est étranger, peut-être est-il plus simple de se cacher dans les replis d'une autre langue. J'ai aussitôt eu honte mais la détermination de l'homme était telle que je n'ai pas eu envie de lui servir un petit motif vague et incompréhensible comme le besoin de me ressourcer et me déconnecter, ou l'écriture d'un livre. Des motifs auxquels, de toute façon, il n'aurait pas compris grand-chose. Les mots et le scénario ont jailli de ma bouche et de mon coeur, comme si rechercher son frère (ou sa sœur) représentait la quête absolue. J'en ai été troublé car, même si je n'ignore pas la raison de ma présence ici, les questions de ce vieil homme m'ont offert l'occasion de m'inscrire plus intensément dans ma nouvelle réalité. Réfléchir sur toi, sur nous, c'est bel et bien mon histoire, et d'une histoire on dit qu'elle doit avoir un début, un milieu et une fin où, souvent, l'on solde les comptes. Il reste que j'ai menti à cet homme avec aisance : tu es bien vivant et c'est toi qui me cherches.

Tu te souviens pourtant combien j'ai toujours détesté ces jeux avec la vérité ? Gamin, tu mentais beaucoup plus que moi. Tu étais le cadet, tu avais le droit, c'est un peu ce que tout le monde se disait. À ces âges-là une année d'écart pèse lourd, elle impose des obligations, un embryon de responsabilité. Mais il faut bien que cette position de cadet offre aussi quelques privilèges et tu l'avais bien compris, petit expert des faiblesses humaines. Je réagissais mal à tes rapines, tes bonbons planqués sous ton matelas, cette pièce barbotée dans le portefeuille de maman et glissée sous une lame de plancher, et même cette casquette piquée à papa pour un spectacle de théâtre et que tu as perdue. Je ne t'ai jamais balancé, Loïs, mais je bouillais de te voir profaner les mots (« Je te jure maman ! »), et d'être capable de regarder ton monde droit dans les yeux. Je ne dirais pas que tu mentais comme tu respirais, ce serait injuste, mais tu étais si à l'aise lorsque tu abordais la fourche du vrai et du faux.

Les croix ne pèsent pas toutes le même poids. J'ai bien dormi le soir de mon mensonge au vieil édenté, j'en ai même ri car je ne parvenais pas à identifier les conséquences concrètes de ma décision. Mais il est des tricheries dont il est beaucoup plus difficile de s'amuser.

Lorsque nous avons grandi, j'ai vite compris que nous avions un rapport très différent à la gravité d'un mensonge et, au fond, à la réalité. Ils devenaient certes moins fréquents, nous étions autonomes, donc en droit de mener nos vies comme nous l'entendions, mais ils pesaient plus lourds que nos cachotteries d'enfants. Nos succès ou nos échecs sentimentaux, la perte d'un permis de conduire après un alcootest positif, l'inquiétude après un examen médical incertain, jusqu'à notre relation qui s'effilochait, les raisons de mentir ou de dissimuler, en particulier à nos parents, n'ont jamais manqué. Si j'ai continué à souffrir de travestir la vérité, tu t'en amusais toujours avec aisance. Comme si rien n'était très grave, au fond, et que tout pouvait être formulé selon tes états d'âme. Et aujourd'hui ? Peut-être tes fouilles t'amènent-elles à côtoyer une vérité que tu estimes plus essentielle que d'autres, magnifiée par des décennies ou des siècles de secret ? Ou alors tu estimes qu'après avoir découvert et prouvé que cette anse de vase, ce bracelet ou ce morceau d'assiette datait du IVe siècle, tu as le droit d'envisager le présent comme un jeu léger, presque insignifiant ? Peut-être, aussi, vais-je trop loin dans mon interprétation, et je te prête des intentions excessives. Nous n'en avons jamais parlé, comme si deux frères étaient supposés se connaître assez pour ne pas avoir ce genre d'échanges. M'expliqueras-tu un jour ? M'as-tu souvent menti ?

Mais il y a pire que ta légèreté. Il y a les lendemains du mensonge, aussi. Ce sont peut-être les pires. J'ai toujours été attiré par la rédemption, cette capacité à revenir sur ses pas, à céder sous le poids de la culpabilité, la maîtresse vénéneuse des faussaires. Disons que je n'ai jamais redouté de l'affronter. Je ne crois pas que tu en sois capable. Tu es de cette catégorie d'hommes qui peuvent vivre avec leur faute en l'intégrant dans leur histoire jusqu'à ce qu'elle en devienne un épisode presque comme les autres, un élément endogène dont on ne chercherait plus l'origine ni le responsable. Je crois que ton goût pour les griseries, les ivresses en tout genre est une façon de ne pas encombrer ta mémoire de certains épisodes et d'y laisser de l'espace pour de nouvelles aventures. Jeune, déjà, à peine avais-tu commencé une activité que tu avais déjà envie qu'elle soit finie. Nous partions en vacances et tu parlais des prochaines « dans une autre partie du pays ». Nous savourions un plat et tu avais déjà hâte d'en « manger encore, un autre jour ». Tu enfilais un nouveau vêtement et tu avais envie d'acheter le même « mais dans une autre couleur ». Sommes-nous seulement le prolongement de nos êtres de jeunesse ? Qui sommes-nous devenus, mon frère, pour que je mente ainsi à ton sujet ?

Je ne veux pas renverser la situation : j'ai installé le silence entre nous, personne d'autre. J'ai senti grandir ce moment où nous ne nous disions plus grand-chose. Nos soirées au Voltaire toujours plus longues. Nos SMS de plus en plus vides. Je t'avais parfaitement vu garé en bas de chez moi un soir, je connaissais ta plaque d'immatriculation par cœur. J'avais deviné ton bras et ton épaule côté passager, ton visage surgissant de la pénombre pour scruter les hauteurs de l'immeuble. J'avais d'abord paniqué, persuadé que tu allais surgir de son véhicule pour sonner à ma porte. Puis j'avais compris que tu attendais que je sorte, et j'avais entrepris de fréquents passages devant mes fenêtres pour afficher une activité débordante. Parfois je tirais le rideau et je t'épiais à mon tour. Tu ne bougeais toujours pas. J'avais conclu que tu hésitais, tout simplement. Que tu cherchais peut-être le chemin du pardon sans parvenir à le trouver. Tes atermoiements m'avaient fait vaciller. N'étais-je pas trop dur avec toi ? J'avais fini par chercher un copain voisin qui était descendu pour t'ordonner de partir sur-le-champ, sinon il appelait la police. Jamais dans notre enfance, même après ton piège dans les meules de foin, je n'avais été aussi cruel avec toi.

Au fond, ce mensonge à mon vieux voisin en était-il un ? Tu me cherches physiquement, mais je cherche ta vérité. J'ai même peur de l'avoir découverte.

Ces derniers jours je quitte ma maison lorsque le ciel est encore mauve, à peine lézardé de filaments rougeâtres, bientôt orange. Je cours plusieurs kilomètres sans croiser une âme, hormis quelques poules maigrelettes et des chiens errants. J'atteins le point d'effort où le vide m'envahit et le regard se brouille. J'attends que l'océan m'arrête et je m'y écroule sans avoir marqué le moindre arrêt sur la plage. Je reste sous l'eau, les yeux fermés à savourer le choc de la fraîcheur, laissant ma transpiration se diluer. Puis je reste des heures au bord de l'eau. Un chat s'installe près de moi et observe pendant des heures les oiseaux qui nous survolent. Ramassé sur ses pattes arrière, les oreilles dressées, la tête agitée de mouvements brusques au gré des envols et des cris, il semble savoir que ces proies resteront à jamais virtuelles, d'ailleurs jamais il ne saute ou ne grimpe dans un arbre. Mais il les regarde inlassablement, comme si son regard pouvait user et tordre le réel. Sa vaine patience me fascine. Il est entièrement soumis à des désirs qu'il n'assouvira jamais.

Je cours pieds nus. J'ai toujours ces cals durs comme de la pierre qui rendent ma voûte plantaire presque insensible à l'asphalte brûlant, aux mélanges de sables et de pierres, aux racines qui surgissent de la route éventrée par les pluies et jamais réparée. Je n'ai pas oublié le visage de ce podologue qui, en m'examinant vers l'âge de huit ou neuf ans, s'était exclamé : « Mais petit, le monde ne va pas s'échapper sous tes pieds ! » Il n'avait jamais vu un enfant marcher avec une telle énergie, frapper le sol avec une telle détermination, jusqu'à rendre ses talons insensibles. Il n'avait jamais vu un enfant qui avait peur d'être oublié.

Je t'embrasse.
À bientôt,

Julien

29

Ho ajuste sa nouvelle veste noire sur mesure dans laquelle il a glissé la photo de la Dame de Warka et s'observe dans le miroir en pied qu'il a demandé à Arnold Archiapatti. Avec le chapeau qui cache son crâne lisse, il se fait l'effet d'un de ces vieux parrains des triades, élégants comme au premier jour, aux corps secs comme un coup de trique. S'il n'y avait pas cette canne pour l'aider à faire quelques pas, il pourrait y croire.

La veille, il a demandé au professeur Humbert de ne plus venir à Genève : « Nous savons depuis longtemps que c'est inutile, mais je ne souhaite pas que cela devienne ridicule. » D'après le praticien, Ho va bientôt entrer dans une phase de douleurs ininterrompues qui l'empêcheront définitivement (Humbert ne l'a pas formulé ainsi mais Ho l'a compris) de quitter son lit. Il préfère traverser cette période seul. D'ailleurs, le professeur n'a pas insisté. Ho en a été heureux car il n'a plus le temps d'être contrarié. Il souhaite que les choses se passent comme il l'entend. Il l'a mérité.

Même les trois policiers se sont inclinés, conscients de la volonté d'airain du petit homme malade qui leur faisait face sur sa chaise en plastique. Lorsque l'émissaire du Quai d'Orsay lui a demandé de retirer sa plainte, Ho a vu la brèche en un éclair. « Je vous donnerai ma réponse demain soir. Mais à une condition : vous me permettez de voir la Dame de Warka. » Un coup de bluff, car Ho ignore totalement où elle se trouve. Les trois hommes ont quitté la salle 707 pour un long conciliabule avant de lui donner leur accord. « Nous allons prévenir M. Archiapatti que vous pourrez sortir deux heures. »

Ho pose sa canne et s'assoit sur sa chaise. Il revoit Julien face à lui le 28 avril. Ce mélange d'impassibilité et de passion qu'il dégageait, comme s'il avait intuitivement senti que cette rencontre serait leur première et leur dernière, et qu'à son issue il ne serait plus le même. Ho, lui, supposait que ses informations intéresseraient son visiteur mais il n'avait pas mesuré à quel point. Il avait d'abord avancé sur du sable, n'épargnant aucun détail à son hôte pour qu'il perçoive au plus près le dilemme qu'il affrontait. Il se souvient des yeux de Julien, peu à peu emplis d'un mélange de panique et de colère, mais aussi d'une folle détermination. « Il voulait connaître la vérité, quel que soit le prix à payer. » Ho songe aussi que le destin les avait désignés car il aurait pu, dans un moment de fatigue ou d'égarement, ne jamais suggérer à Julien de partager ce moment dans la salle 707, à côté de laquelle Archiapatti aurait pu, autre hypothèse, ne pas passer. Ho aurait alors continué à mourir avec son secret, Julien avec ses doutes. Quelle aurait été la meilleure situation ? Ho ne parvient pas à répondre.

Le policier français entrouvre la porte. « Prêt ? » Il aide Ho à se mettre debout et place la canne entre ses doigts devenus trop fins. Les deux autres enquêteurs, ainsi qu'Arnold Archiapatti et l'infirmier du vieil homme, attendent dans le couloir. Le groupe met une vingtaine de minutes à atteindre le parking où les attend une berline noire. Malgré l'insistance d'Archiapatti, Ho a refusé l'assistance d'une chaise roulante. « Hors de question. » Il prend place entre le policier chauve et le « comptable » qui arbore cette fois une veste de style barbour et une casquette en velours, il rappelle à Ho ces personnages qu'il croise trop souvent dans les palaces. Le Français est à l'avant. La voiture s'éloigne de Genève, Ho plisse les yeux car il n'a pas vu autant de lumière depuis longtemps. « Nous en avons pour vingt minutes environ », lâche le chauve. La Dame était donc si proche. Malgré son état, Ho déteste la sensation de perdre son temps. Ou peut-être, pense-t-il avec effroi, est-ce à cause de mon état ? « Du neuf du côté de l'enquête ? lance-t-il aux deux policiers qui semblent prêts, eux, à rester silencieux. Soyez tranquille, je vous donnerai ma décision ce soir. » L'émissaire du Quai d'Orsay se retourne : « Des arrestations sont imminentes, en Irak et en Europe... »

La voiture longe un bâtiment militaire que jouxte un petit aérodrome. Après avoir franchi une grille surveillée par deux soldats, elle s'immobilise près d'une grande porte coulissante. Ho descend lentement de la voiture, s'empare de sa canne et accepte le bras que lui propose le « comptable ». Les quatre hommes se dirigent vers le fond du hangar. Devant eux une trappe est ouverte, les invitant à descendre dans un couloir mal éclairé. « C'est un entrepôt souterrain où l'armée stocke du matériel sensible avant les vols », explique le policier chauve. Ils descendent, marchent une trentaine de pas et s'arrêtent devant une porte blindée. « Elle est là. Vous n'aurez pas beaucoup de temps. Nous n'avons pas le droit d'être en zone militaire, c'est une dérogation exceptionnelle, il ne faut pas traîner. » La porte pivote, Ho s'avance et doit s'acclimater à la faible luminosité.

Placée sur une caisse en bois et protégée par une cloche de verre, la Dame de Warka le fixe de ses yeux hypnotiques. Ho s'approche. Il ne l'a jamais touchée, mais s'il le pouvait il n'oserait peut-être pas. Et il n'en aura plus jamais l'occasion. Il ne se souvenait plus de ses lèvres, très légèrement tirées vers le haut, comme dubitatives. Ses traits sont plus durs que dans son souvenir, elle semble en colère d'être abandonnée dans ce sous-sol, aussi propre soit-il. Le vieil homme incline lentement la tête vers le sol, pour la saluer et se recueillir. Ho est si fier. Il est malade, seul, mais sa véritable richesse se tient devant lui. « Tu es en sécurité, n'est-ce pas l'œuvre d'une vie ? » Ho a conscience que ses mots peuvent résonner de façon démesurée, absurde. Mais c'est une réalité, un fait brut que personne ne peut lui enlever. Sans ses efforts, la Dame croupirait dans une cave irakienne.

« Tout le reste : on oublie. » Les mots du policier français lui reviennent. Toutes, ou presque, les manœuvres, compromissions, trahisons déployées autour de la Dame peuvent s'effacer en quelques mots. Si Ho les prononce, des destins vont basculer.

Les pillages sont tels que le climat est en train de changer. Un ami collectionneur lui a parlé de centaines d'archéologues qui ont créé un réseau pour repérer les antiquités pillées puis proposées sur Internet. Des spécialistes réclament que la Cour pénale internationale qualifie les destructions de patrimoine de « crimes contre l'humanité », et plus seulement de « crimes de guerre. » La résistance s'organise, le monde semble s'apercevoir jusqu'où s'enracine son passé.

Ho pense à tout cela et aussi à Julien. Il se souvient de ces quelques secondes lorsque, dès l'instant où Archiapatti lui avait présenté Julien, il avait cherché l'écho de ce patronyme : « Bracher... Bracher. » Il l'avait déjà prononcé, il l'avait lu et entendu, il en était certain. Il savait qu'on devait dire « é » à la fin, et pas « ère ». Puis les mots de Demet Ylmaz lui étaient revenus. Il repense aussi à Anne Montelier qui, depuis son passage à Genève, a dû comprendre. Julien et Anne, qui espèrent une décision diamétralement opposée. Ho n'a jamais eu peur des responsabilités, il en a tellement porté tout au long de sa vie. Nombre de ses choix ont engagé des dizaines ou des centaines de personnes. Ses nerfs n'ont jamais lâché. Mais cette fois, il se sent impressionné comme jamais. Il sait pourquoi : l'enjeu de la trahison dont il s'érige en juge est supérieur à tout ce qu'il a vécu. Les hommes (mais surtout un) dont il doit décider du sort ont commis ce que Ho considère comme une faute morale majeure : ils ont craché sur la mémoire de l'Humanité, bafoué son héritage, proféré un mensonge universel. Rien à voir avec la tentation à laquelle il a cédé.

Le policier français s'approche de lui. « Nous devons partir. » L'homme parle tout bas. Ho laisse le silence reprendre sa place, il sait ce qu'on attend de lui. « Je maintiens l'intégralité de ma plainte. »

30

Ce soir-là, en quittant Endless, Antoine repense encore à Éliane. À ses mains épaisses et rouges croisées sur ses cuisses, et ces « Merci monsieur » réguliers, sincères. L'ouvrière était dévastée, dans ce buste qu'elle gardait bien droit tout s'effondrait mais pas une seconde elle n'avait baissé la garde, jusqu'au bout elle s'était accrochée à sa dignité, son seul viatique pour l'avenir. À peu près l'exact opposé de Lucas Machart.

Antoine l'a reçu dans la « 200 », une salle de réunion étrange, avec des fauteuils de couleur et un canapé en velours, une peinture abstraite au mur, située dans un coin encore plus reculé que le petit bureau d'Antoine. La « 200 », devenu le QG provisoire du « dégraisseur » depuis qu'Anne Montelier a annoncé l'ouverture du plan de départs. « J'ai fait tout ce que j'ai pu, lui a-t-elle expliqué, mais Ho n'a pas cédé d'un pouce. Il paie seul l'amende et maintient sa plainte. L'enquête va être achevée et rendue publique, c'est imminent. Le scandale va être tel que je n'ai pas d'autre choix que de rompre ses contrats. » Antoine a senti que l'interroger davantage sur les ressorts secrets de leur conflit était inutile. Depuis le départ elle ne l'a pas associé à cette histoire, pourquoi commencerait-elle maintenant ?

Lucas Machart s'est effondré en larmes après quelques minutes d'entretien, piochant avec frénésie dans la boîte de Kleenex posée sur la table basse. Cette réaction n'a pas seulement mis Antoine extrêmement mal à l'aise, elle l'a vaguement dégoûté et il a alors repensé à la dignité d'Éliane. Machart n'est pas surpris de se retrouver « dans la charrette » depuis la catastrophique soirée du 6 juin. Mais il estime avoir été piégé, il ignore par qui, et pour quelle raison. Ce mystère le rend dingue. Antoine l'a écouté geindre, redouter que sa carrière ne soit brisée pour toujours, qu'il ne soit « grillé dans tout le milieu », et son dégoût s'est peu à peu accentué car lui-même ne peut pas l'éclairer davantage. Antoine a regardé Lucas s'écrouler, refaire l'histoire et se perdre dans l'opacité du protocole qui l'avait pourtant mobilisé des dizaines d'heures.

Antoine s'est lui-même senti se noyer, être réduit à ce qu'il a toujours refusé d'être : un « dégraisseur » impuissant, hypocrite, cynique, juste capable d'écouter la douleur des salariés sans y apporter le moindre remède. Un tueur, un coupeur de têtes, un flingueur, tout ce qu'il est mais sans vouloir l'être, en luttant pour être meilleur que son rôle, et en réussissant parfois. Mais son échec face à Lucas, c'est encore pire que d'avoir accepté sa mission « d'oreille d'or » pour Ho. Même si sa propre croix est déjà assez lourde à porter, Antoine aimerait en savoir un peu plus. Il lui reste une dizaine de jours pour mener ses entretiens et tourner la page d'Endless. Une petite imprimerie du Sud-Ouest lui a adressé une proposition, la direction doit se séparer d'une dizaine d'ouvriers, ce sera parfait pour oublier Montelier et Ho. Lorsqu'il arrive devant la porte de l'appartement, Antoine croit défaillir : « Julien Bracher », indique une petite étiquette blanche collée sur le mur. Tremblant, il relit le SMS que lui a envoyé Loïs Bracher, mais il ne s'est pas trompé d'adresse. À peine a-t-il fini d'appuyer sur la sonnette que Loïs lui ouvre, la chemise sortant du pantalon, en baskets délacées. Son allure dégage pourtant une forme de tension, presque de concentration, il semble l'attendre depuis longtemps. « Il faut bien que quelqu'un s'occupe de son appartement », se justifie-t-il face à sa stupéfaction. Antoine ne répond pas. Une puissante odeur de cigare flotte dans le vaste salon. L'endroit est impeccablement rangé, comme si Loïs Bracher n'avait pas encore osé prendre possession des lieux. Seule une pile de feuilles froissées marque un peu de désordre sur la table basse. Il leur sert du vin blanc avant de se caler dans un fauteuil. Il est très nerveux, se passe souvent la main dans les cheveux.

Antoine n'est sûr de rien mais ces frères Bracher continuent de l'intriguer. C'est davantage que l'intuition qu'il a eue dès sa première rencontre avec Loïs, Antoine perçoit désormais une forme de logique dans l'enchaînement des événements. Julien si curieux, convaincu que le plan social s'enracine dans le conflit avec ce vieux Chinois, mais Julien qui s'évanouit alors que tout va se jouer. Et Loïs qui apparaît sur les traces de son frère, perdu mais accrocheur, capable de frapper aux bonnes portes, la sienne ou celle d'Emmanuelle

Givray, comme s'il suivait une piste. Loïs se comporte comme un homme traqué.

Mais sa curiosité n'a pas seule conduit Antoine jusqu'à cette porte. Il a besoin de craquer. Son corps lui parle, les articulations couinent, le dos parfois se bloque, les genoux sont en feu lorsqu'il court. Le dégoût ressenti devant Lucas Machart l'a convaincu qu'il devait lâcher du lest. Il n'a aucune envie de s'épancher auprès de Cécile. Il sait que sa femme est trop intelligente, et le connaît suffisamment, pour ne pas flairer autre chose qu'un désespoir passager. Elle grattera, reviendra à la charge jusqu'à ce qu'il avoue son rôle d'oreille d'or. Elle n'acceptera pas cette trahison, sera peut-être capable de prendre une décision radicale. Mais Antoine ne peut plus se taire. Loïs Bracher, lui, est loin de sa vie, après cette soirée ils ne se reverront peut-être jamais. Il est le confident idéal.

Loïs demeure silencieux, sur la défensive, comme s'il ne comprenait pas la raison de la présence d'Antoine. Il boit une gorgée, rallume un cigare qui reposait dans le cendrier, tire une bouffée avant d'éparpiller la fumée de sa main libre. Antoine s'élance et lui raconte tout : son recrutement par Anne Montelier, la corrida en Andalousie, son travail occulte pour Ho qui n'empêche pas son incompréhension face à la situation d'Endless, son sentiment d'égarement. Les mots sortent avec urgence. « Et ce rendez-vous avec Lucas Machart, une horreur. Pour la première fois je n'ai pas supporté mon métier... » Loïs Bracher ne quitte pas Antoine des yeux, il semble analyser chaque bribe de son récit.

« C'est quoi, la vie d'un corrompu ? demande Bracher d'une voix plus lente.

– J'ai vécu une parenthèse étrange, presque excitante, il faut bien l'admettre. Mais c'est désormais vital pour mon équilibre que tout s'arrête. Le plus troublant est la facilité avec laquelle je me suis glissé dans le rôle, comme si j'avais d'un seul coup compris que le bonheur pur n'existe pas, que nous avons tous besoin, à un moment ou à un autre, de salir nos vies, d'approcher la trahison, de se frotter au "Mal". Je n'avais jamais vécu cela, c'est la leçon que j'ai tirée de cette expérience. Je n'ai revu le type de la corrida qu'une seule fois. Il m'a parlé d'argent puis il m'a indiqué une adresse mail sur laquelle je devais envoyer un rapport par semaine, le vendredi soir, pour raconter les réunions à laquelle j'assistais, les principales décisions d'Anne Montelier, l'état de la boîte avec l'affaire Ho, le moral des salariés, ce genre de choses. Mais puisque je n'ai jamais compris le fin mot du litige entre Endless et Mingyun, je n'ai pas eu le sentiment de raconter des choses extraordinaires. C'était comme si Ho savait où il allait, il n'avait besoin que de quelques balises pour être certain de ne pas commettre d'erreur. Je lui servais à surveiller son adversaire, c'est tout. Finalement, mon geste le plus décisif a consisté à lui donner les bonnes infos, et rapidement, pour faire capoter *in extremis* le deal du 6 juin. Ho en était très heureux, c'est la seule fois que son homme de main m'a fait passer le message. Sinon, chaque dimanche matin, je trouve dans ma boîte aux lettres vingt-cinq pour cent de ma paie, soit deux mille cinq cents euros. Dix mille euros mensuels pour un rôle de vigie. C'est un monde de dingues, non ?»

Loïs sourit, il semble las, Antoine craint de l'ennuyer et décide d'aller plus loin :

« Je n'arrive pas à m'enlever de la tête que Julien en savait davantage qu'il ne voulait le dire sur cette histoire, comme s'il en connaissait déjà l'issue, mais je me demande toujours comment. Et je dois admettre qu'il avait vu clair depuis longtemps : il y a plusieurs mois, Julien m'a juré la main sur le cœur que Ho allait maintenir sa plainte. Toujours aucune nouvelle de lui ?

– Vous avez des frères ou des sœurs ? le coupe Loïs.

– Une sœur, Adèle.

– Elle est courant de votre situation, n'est-ce pas ? »

Antoine reste bouche bée. Un soir, il avait pris peur. La tricherie était presque trop simple pour que cela ne devienne pas un jour dangereux. Il avait perdu de vue qu'il s'était placé entièrement entre les mains d'un homme dont il ignorait presque tout. Et si Ho était le représentant d'une triade ? Et si tous ces billets qui reposaient dans cette boîte à chaussures cachée dans la buanderie provenaient de l'argent de la drogue ou de la prostitution ? Où se situait l'impossible ? Il en avait pleuré, pas de rage mais plutôt de panique. Il lui avait alors semblé évident de se tourner vers sa sœur. Il n'allait pas appeler leurs parents qui auraient été capables de le dénoncer pour ne plus porter une telle culpabilité. Il ne se voyait pas, non plus, se confier à un ami, il aurait eu trop honte.

Il entretient avec Adèle, de cinq ans son aînée, de bonnes relations. Mais elle vit depuis longtemps en Italie, voyage beaucoup, ils ne se croisent que de loin en loin, le plus souvent en coup de vent lorsqu'elle fait un crochet à Paris. Ils n'en éprouvent pas un besoin plus grand, mais Antoine a toujours su qu'en cas de coup dur il pouvait compter sur elle. Lorsqu'il avait craqué dans la buanderie, il se souvient de la joie confortable à l'idée de pouvoir se reposer sur elle. Antoine s'était enfermé dans son bureau et lui avait tout raconté. Elle ne comprenait pas cette envie d'argent, elle ne s'expliquait pas que son frère ait accepté de se fourrer dans cette situation sans davantage la maîtriser, ni à quoi et à qui servaient ses informations. « Mais je connais des gens qui peuvent t'aider à rebondir après cette mission, Antoine. Tu peux compter sur moi. »

« Elle a vraiment dit ça ? le coupe Loïs.

– Oui, bien sûr...

– Pourquoi accepte-t-elle votre comportement ?

– Je ne vous ai pas dit qu'Adèle l'a accepté, elle me désapprouve même sans doute, mais elle ne m'a pas jugé. Cela m'a soulagé. »

Loïs se lève et marche dans le salon. Antoine sent qu'il cherche ses mots, à plusieurs reprises Loïs prend une inspiration, déploie ses mains comme si elles allaient l'aider à raconter, mais rien ne sort. Les deux hommes laissent le silence s'installer. Antoine a tout dit. Il a allégé sa conscience mais il ne veut pas bousculer Loïs. Il sent que Bracher n'est pas le genre d'homme à le juger. Lui révéler sa défaillance morale ne lui a pas semblé être une prise de risque insensée, comme si pour Bracher elle allait appartenir à un ordre des choses plutôt qu'à une catégorie d'actes exceptionnels. « Pour oser fureter à Endless comme il l'a fait, ce type a de l'estomac, ou de l'inconscience », pense Antoine en finissant son vin blanc.

Loïs s'est arrêté de bouger et lui tourne le dos en regardant à l'extérieur. La lune est superbe, d'un jaune profond, presque cuivré. Enfin sa voix s'élève, toujours plus lente, plus calme : « J'apprécie vos confidences, Antoine, ça fait du bien de parler, n'est-ce pas ? Je vous le dis avec d'autant plus de sincérité et d'admiration que je suis un amoureux éperdu du silence. C'est une règle dans mon métier, un usage. Dans les tunnels, les tranchées, ou même les chantiers en surface nous parlons très peu. Quelques mots pour s'échanger un outil, rappeler que l'heure du déjeuner approche, ce genre de choses. Cela tient à ce dialogue intime que nous entretenons avec les secrets qui nous font face. Manipuler des heures durant des objets mêmes banals, des tessons de céramique, un morceau de tasse ou d'os, vous emmène dans un univers de pure émotion. Les mots se fraient un très lent chemin, il faut d'abord percevoir l'intérêt d'une découverte, puis l'identifier, l'analyser, enfin la nommer. Nous sommes des êtres des premières fois, par définition nous portons en nous une innocence, il nous faut poser un regard vierge de certitude vers le plafond, oser caresser la pierre ou creuser le sol. Lorsque les Aztèques ont vu les premiers cavaliers espagnols sur leur terre, ils ont d'abord cru découvrir un être mi-animal mi-homme. Il leur a fallu plusieurs jours pour comprendre qu'ils venaient de découvrir un nouvel animal : le cheval. Dans notre métier, c'est pareil. Il faut être capable de pénétrer une autre culture, et même avoir l'humilité de la concevoir supérieure à la nôtre. Tant de beautés ont été produites avant nous, cela rend modeste, envieux parfois aussi. Les comprendre nécessite de grandes connaissances, historiques et scientifiques, dont nous débattons une fois le chantier achevé. Mais avant règne le silence. En cela, Antoine, nous, les archéologues, sommes des hommes du secret. J'ai d'autant plus apprécié votre confession. Personne n'en saura jamais rien. »

Antoine a alors compris que Loïs Bracher ne lui permettrait pas d'aller au-delà de son intuition. Il lui signifiait, peut-être sans le vouloir, que l'heure de tourner la page d'Endless était arrivée, et qu'elle conserverait pour lui bien des mystères.

31

Longtemps, j'ai été un chasseur solitaire. Ma traque a commencé bien avant ma rencontre avec Ho. C'était au début 2016, je n'ai pas retenu la date, sans doute parce que tout n'a pas d'emblée été aussi net, violent, que le 28 avril 2018. Ce fut plutôt une secousse dont les répliques se poursuivent jusqu'à aujourd'hui. Le seul lien entre les deux événements est le hasard qui, pour un homme chaque jour plongé dans les statistiques, a occupé une place étonnante. J'aurais pu ne jamais rencontrer Ho.

Tout a commencé un jour d'hiver. Il faisait très froid, les montagnes suisses étaient à peine visibles, tout comme les limites du parking sur lequel deux taxis nous avaient déposés. C'était ma première visite dans le port franc de Genève, à l'occasion d'un voyage d'étude sur l'assurance et l'industrie du luxe. L'explosion des contrefaçons et des trafics inquiétait déjà nos clients au plus haut point, toutes les pistes pour les rassurer étaient les bienvenues, dont la surveillance des lieux qui abritaient leurs biens. Nous étions un petit groupe d'experts d'Endless et avions passé des heures à arpenter les kilomètres de couloirs. Parfois un box était ouvert pendant quelques minutes, selon un rituel bien rodé, pour que nous prenions la mesure de la richesse qui nous entourait. J'étais hypnotisé par le décalage absolu entre l'austérité du lieu et ses trésors. La hauteur de plafond était impressionnante, le silence total, seuls nos pas résonnaient sur le béton gris clair.

Notre guide était, déjà, la directrice adjointe qui m'a présenté Arnold Archiapatti deux ans plus tard. Alors que la visite touchait à sa fin, elle avait tenu à nous montrer «un superbe lot de statuettes sauvées par miracle lors du pillage du musée de Mossoul. Elles sont dans la salle 707. Ça vaut le détour».

Sa voix s'était enrouée, son émotion n'était pas feinte, elle ressemblait à une infirmière de guerre rendant visite à des rescapés au soir du combat. À l'époque, la «707» était peinte en noir, du sol au plafond. Seules de discrètes lampes intégrées au plafond diffusaient une lumière dorée sur les dix sculptures, chacune posée sur un cube du même noir, si bien qu'elles semblaient suspendues dans le vide. En réalité, il s'agissait d'une seule et même femme, sculptée dix fois mais toujours d'une façon différente, comme si l'artiste avait voulu lui répéter à l'infini son amour. Les variations entre les statuettes étaient infimes, il fallait se concentrer pour repérer ici la lèvre supérieure légèrement plus gonflée sur sa bouche boudeuse, là, le décalage plus marqué de son bassin, comme si une musique silencieuse incitait la princesse à danser. Ou ce doigt à peine plus relevé, ce collier plus ornementé, cette ceinture qui semblait près de chuter de cette taille si étroite, ce chignon discrètement chahuté. Et cet air détaché, cette expression presque méprisante, intouchable.

Une brutale émotion m'avait envahi alors que notre guide avait repris la parole : « Il ne faut jamais oublier que pour les hommes qui ont pris d'assaut le musée de Mossoul, ces statuettes représentent le mal absolu, elles ne sont qu'indécence, impiété, dégénérescence. Sans l'appât du gain, qui les a poussés vers ce trafic, ils les auraient réduites en poussière à coups de masse. Et si elles avaient été des femmes en chair et en os, ils les auraient exécutées d'une balle dans la tête. » La voix était restée suspendue, comme un besoin de reprendre son souffle.

Pendant que mes collègues buvaient un verre dans le café réservé aux salariés, j'avais demandé à revoir les statuettes. Je fréquentais assez peu les musées, je n'étais pas habitué à ce type d'émotion brute, presque charnelle, qui rend la séparation difficile. J'éprouvais une étrange tristesse à l'idée de ne plus jamais les revoir. Peut-être était-ce dû à leur histoire tragique, mais les avoir sous les yeux m'apparaissait comme un privilège inouï. Elles étaient les rescapées d'une guerre, après tout. En me raccompagnant vers la salle 707, la directrice adjointe m'avait tendu la main, « je m'appelle Fiona, ce sera plus simple ».

Cette femme était incroyable, elle connaissait dans les moindres détails chaque œuvre du port franc, sa date d'entrée, sa valeur, le nom de son propriétaire (qu'elle gardait secret), les opérations de restauration dont elle avait fait l'objet, sa future destination. Elle racontait sans chercher ses mots, fluide et souriante. Alors que je déambulais entre les statuettes, j'avais été intrigué par des étiquettes rouges, couvertes d'indications en arabe, en allemand et en français, collées dans la partie inférieure de chaque cube noir, si bien qu'elles étaient invisibles, sauf à se trouver tout près des pièces. Fiona m'avait raconté que les statuettes appartenaient à un lot intercepté en France, tout près de la frontière allemande. L'enquête venait de débuter mais elle avait déjà établi que des dizaines d'œuvres dérobées à Mossoul circulaient ainsi en Europe sous la houlette d'un réseau de trafiquants expérimentés. J'étais surpris qu'elle se confie ainsi alors que je ne lui avais rien demandé. Puis j'avais compris lorsque, se rapprochant de moi, elle avait chuchoté, comme si elle me livrait un de ses plus précieux secrets, « que d'après une rumeur, une pièce exceptionnelle est entre leurs mains : la Dame de Warka. C'est une sculpture dont tous les musées du monde rêvent ». À l'évidence Fiona vivait, en tant que professionnelle, un événement hors normes et n'avait pas résisté à l'envie de le partager.

J'aurais pu m'arrêter là. Ne pas défier le destin, bouleverser ma vie par une autre question, juste poursuivre ma déambulation émue entre les dix silhouettes. Mais une pulsion, presque animale, m'avait traversé. C'était comme si, tout au fond de ma conscience, un magma de souvenirs s'était éveillé, et que je ne pouvais pas repartir sans poser la question : « Et que sait-on de ce réseau ? » Peut-être parce que Fiona n'avait pas réussi à percevoir le faux détachement de ma voix, à peine fêlée par le risque qu'elle renfermait, elle n'avait pas hésité : « Pas grand-chose encore, mais un autre bruit court : les trafiquants auraient pour complices des archéologues français qui les aideraient à faire passer les œuvres lors des passages de frontières. Si c'est avéré, ce sera un scandale majeur dans l'archéologie, rendez-vous compte : *archaiologia*, la connaissance du passé du grand Platon, violée par ses propres serviteurs ! Du jamais vu ! Ce serait aussi une tache indélébile pour la France. »

Quelques jours plus tôt, je buvais un verre avec Loïs au Voltaire, et nous ignorions que c'était la dernière fois avant... quand ? Mais ce soir-là nous étions heureux. C'était encore « avant ». J'aimais ces retrouvailles lors d'un de ses crochets par la France, pour l'occasion je choisissais toujours un nouveau restaurant. Loïs voyageait beaucoup à cette époque, cela devenait compliqué de le croiser. Mais c'était bon signe, sa carrière décollait. Depuis trop longtemps j'étais celui qui réussissait, surtout depuis que j'avais intégré le DPIV, tandis que Loïs s'était souvent morfondu dans des missions brèves et irrégulières. « Il faut bien que je fasse mes armes », se justifiait-il au début de sa carrière. « Je dois être patient, intégrer les grosses équipes prend du temps » était la version des années suivantes. Je ne le croyais pas. Je ne connaissais alors pas son milieu professionnel mais je sentais sa gêne, presque la honte de retourner en Auvergne sur le site de son premier stage, pour apprendre à des étudiants les rudiments du fil à plomb, du niveau à bulle et de la boussole.

Mais devant nos limoncellos glacés de fin de repas, dans le léger brouhaha de cette terrasse derrière la place de la Bastille, cette amertume semblait derrière lui. Loïs était plus léger, ambitieux, et toujours aussi drôle. Il m'avait raconté un séjour cocasse dans un désert en Chine, nous avions failli étouffer de rire en imaginant Loïs dormir dans sa tente à quelques mètres d'un cimetière rempli de momies ! Il était heureux de repartir en Irak car il avait encore « beaucoup de pain sur la planche », la mission semblait être un succès presque inespéré. Après avoir réglé la copieuse addition, et laissé un pourboire en prime, il s'était glissé dans son taxi le poing levé, comme s'il partait défendre une cause politique. Peut-être parce que ce pays résonnait avec danger, je l'avais fixé avec intensité, pour graver ses traits dans un coin de ma mémoire.

En jouant au type curieux et passionné par l'érudition de Fiona, alors qu'une sorte de tremblement rendait ma concentration difficile, j'avais essayé de glaner quelque certitude avant de quitter Genève. Elle m'avait raconté qu'après ces années de pillage, la législation irakienne s'était durcie, interdisant toute exportation d'une pièce retrouvée lors d'une fouille, sauf pour de rarissimes besoins de restauration. C'est pour cela que, selon des témoins irakiens, les trafiquants soudoyaient les archéologues étrangers pour qu'ils apposent des certificats officiels sur les œuvres en assurant qu'elles devaient rejoindre tel ou tel pays européen afin d'y être expertisées. Ces certificats jouaient un rôle de sésame auprès des douaniers locaux, dont la patte, aussi, était graissée. « Mais il faut rester prudent, avait-elle ajouté. Il n'existe pas encore de preuves, seulement des affirmations orales. D'ailleurs, les noms des archéologues n'apparaissent pas encore dans le dossier. » Les trafiquants restaient introuvables, des policiers européens sillonnaient la région à leur recherche.

« Mais cette mission, si elle était officielle, doit être connue, non ? Les autorités françaises doivent savoir qui sont ces hommes ? », avais-je demandé. « Je suppose, mais vous m'en demandez trop. Cela vous passionne, dites donc ! », s'était offusquée Fiona. Je l'avais quittée en la remerciant trop vite, j'avais failli tomber en glissant sur le verglas qui recouvrait le parking. Je voulais encore résister face à l'évidence, espérer un malentendu, miser sur mon ignorance, peut-être plusieurs équipes françaises étaient-elles simultanément présentes dans ce pays? Dès le lendemain, j'avais envoyé le premier SMS à Loïs. J'avais pourtant besoin d'écouter sa voix, d'y percevoir le timbre d'un homme heureux, épanoui parce qu'il menait la plus belle mission de sa vie, et que sa carrière se débloquait enfin. Mais au moment de déclencher l'appel j'avais renoncé, me cachant derrière quelques mots. C'était déjà davantage qu'une intuition.

Si je voulais passer des hypothèses aux certitudes, je devais convaincre Fiona de continuer à m'informer. Pendant des jours, j'ai cherché une solution. Que pouvais-je lui apporter? Comment revenir régulièrement à Genève? Lors de notre visite, elle nous avait expliqué que les collectionneurs (surtout d'art) payaient des primes d'assurance supérieures de quinze à vingt pour cent au marché pour mettre leurs œuvres à l'abri dans les ports francs. Tout en l'écoutant, j'avais commencé à imaginer un projet d'assurance globale sur ce bâtiment. De retour à Paris, je l'avais approfondi et mes supérieurs à Endless avaient vite estimé que la piste méritait d'être creusée. Arnold Archiapatti n'avait rien contre puisque nous lui proposions de réaliser un devis sans frais pendant les deux premiers mois de ma mission.

J'avais aussi perçu que Fiona se sentait à l'étroit dans son poste. Sa manière à la fois agile et autoritaire de nous guider, sa façon de répéter « je » comme si elle était seule à bord, ses quelques allusions à « Arnold » sans prendre la peine de prononcer son nom m'avaient intrigué. Un soir, je l'avais appelée pour lui proposer le marché suivant : contre son aide pour avoir accès à l'enquête irakienne, je lui donnerais confidentiellement et en primeur les conclusions de mon rapport. Elle pourrait ainsi proposer des pistes en amont à Archiapatti, qui serait peut-être impressionné par sa vista; sans doute pourrait-elle en faire usage directement auprès des actionnaires. « Pourquoi faites-vous cela ? », m'avait-elle demandé, presque inquiète par ce stratagème. Je ne suis pas certain que mon offre la séduisait, plutôt qu'elle voulait sincèrement m'aider, ayant flairé la piste très intime qui guidait ma démarche. « Je vous l'expliquerai un jour, je vous le promets. C'est très important, mais c'est encore trop tôt. Vous l'avez dit vous-même : il faut rester prudent, les preuves manquent. »

Jusqu'au 28 avril 2018, je suis revenu huit fois au port franc. Parfois sur mon temps personnel, parfois dans le cadre du projet d'assurance qui avait séduit mes responsables, jusqu'à Anne Montelier. Après m'avoir laissé arpenter l'entrepôt pour examiner les systèmes de sécurité ou échanger avec des techniciens, Fiona m'installait dans un petit bureau sans fenêtre. Arnold Archiapatti était souvent absent, ou trop occupé pour remarquer ma présence prolongée. Un plateau avec du café et des biscuits m'attendait, posé à côté d'une pile de dossiers rouges. Des heures durant, je dévorais les auditions, les rapports de synthèse. Souvent j'étais frustré car l'enquête progressait lentement. Parfois un douanier évoquait un souvenir et une date, souvent imprécise et qui nécessitait des semaines de recherches dans des archives incomplètes, à cette époque la plupart des administrations du pays ignoraient encore l'informatique. Au musée de Mossoul, l'existence de la Dame de Warka était mentionnée dans un cahier d'écolier qui faisait office de registre ! Ou alors un chef de village affirmait avec certitude avoir vu passer des trafiquants, le plateau du pick-up chargé de pièces en céramique, mais là encore une longue période de surveillance s'écoulait sans produire le moindre résultat.

Un autre jour, alors qu'un rapport d'enquête évoquait la poursuite « de la mission de surveillance des archéologues français », je m'étonnais de ne trouver aucun élément de ce travail dans le dossier. Fiona m'avait expliqué que les policiers tardaient délibérément à les joindre au dossier pour protéger leur enquête, car il s'agissait d'écoutes recueillies par satellite, et de prises de vue réalisées à l'aide d'un drone. De telles opérations étaient sensibles dans un pays qui n'avait pas oublié le quadrillage réalisé à la fin des années 1960 par les services secrets américains qui, depuis le ciel, avaient filmé les moindres recoins de l'Irak. Les images, baptisées CORONA, étaient désormais déclassifiées et, ironie du sort, utilisées par les archéologues à la recherche de nouveaux sites de fouille. Malgré cette lenteur, au fil des documents, témoignage après témoignage, revenaient « les Français », « l'équipe des Français », « les trois hommes et la femme qui fouillaient les montagnes. »

Un matin, j'avais trouvé Fiona dans un état d'excitation total : la Dame de Warka venait d'être interceptée à la frontière entre la Suisse et l'Allemagne ! Malgré l'horaire elle nous avait servi une coupe de champagne. Les enquêteurs allaient même abriter la sculpture dans la salle 707, le temps de lui trouver une cache encore plus discrète. Nous étions au début du printemps. Je n'ai pas eu le temps de voir la Dame. Les premières semaines elle était inapprochable car des restaurateurs tentaient d'effacer les traces des chocs qu'elle avait subis pendant le voyage. Puis elle avait été transférée ailleurs. J'en ai été très déçu.

À chacun de mes passages je passais un moment au milieu des statuettes, qui avaient été déménagées dans une autre salle. Je restais une heure environ au milieu d'elles, à jouer au jeu des différences et, même en les connaissant par cœur, je ne me lassais pas de les rechercher une fois encore. Je prenais le vol du soir et je rentrais à Paris démoli, indécis et incapable de reprendre contact avec Loïs.

Le 28 avril 2018, la salle 707 était entièrement blanche, occupée par cet homme assis sur une petite chaise en plastique. Fasciné, j'avais écouté Ho me raconter l'histoire de la Dame de Warka. Grâce à ma connaissance approfondie de l'enquête, ou à cause d'elle, j'avais vite compris le douloureux privilège qu'il m'offrait : j'étais le premier auquel il se livrait.

Ho avait lu les mêmes rapports que moi, les mêmes témoignages implacables qui décrivaient un trafic dont l'existence était impossible à nier. Mais ces documents butaient sur l'identité des principaux protagonistes.

Ho, lui, les connaissait. Mais...

« Cela me pose un autre problème, très inattendu. C'est pour cette raison que j'ai souhaité vous rencontrer. »

« Loïs Bracher est-il votre frère ? », m'avait-il demandé. « Oui. » « Demet Ylmaz, le galeriste qui m'a vendu la Dame de Warka, m'a certifié que Loïs assistait, avec son chef d'équipe, aux réunions qui fixaient le nombre de pièces nécessitant la pose d'un certificat, et la rémunération des Français pour chaque œuvre. Pour se couvrir, Ylmaz avait pris soin de retenir l'identité de chacun des membres de l'équipe des archéologues. Et, comme lui, j'ai une excellente mémoire. Lorsque Archiapatti vous a présenté, tout à l'heure, j'ai compris. Je suis désolé. »

Nous avions gardé le silence quelques instants. Je ne percevais plus le froid qui m'avait gêné depuis le début de l'entretien. Je flottais dans un état second, les mots de Ho se fixaient dans mon esprit, comme pris dans un étau de fer. « Je n'ai pas encore donné ces éléments aux enquêteurs. Je veux d'abord réfléchir à la proposition d'Anne Montelier : maintenir ma plainte, ou pas. Si je vais au bout de mon idée, je crucifie votre frère. Ses complices m'intéressent moins, Loïs était le plus fragile, rien n'aurait pu se passer sans son accord. Si j'abandonne, les enquêteurs français se retireront sur la pointe des pieds pour éviter tout scandale diplomatique et politique. Vous imaginez : des archéologues français complices des barbares ! La justice suisse finira discrètement le travail. Et "on oublie tout", comme disent les policiers. »

Rentré à Paris, j'ai achevé mon rapport et je l'ai expédié à Fiona en prétextant une urgence sur une autre mission, mais par chance j'avais accumulé assez d'informations pour lui présenter une version aboutie.

Je l'ai accompagnée d'une lettre dans laquelle je lui ai expliqué la raison de mon intérêt pour l'enquête. Je lui devais bien ça, mais elle ne m'a jamais répondu. Je suis resté quatre jours sans parler. Emmanuelle me regardait étrangement, mais je réussissais à passer huit heures sous mon casque sans décrocher un mot. Le soir, j'éclusais du rhum sur ma terrasse, puis je cherchais le sommeil. Le 2 mai, j'ai invité Emmanuelle à boire un verre après le travail. Je me suis effondré en larmes dans l'ascenseur, épuisé par ces mois de solitude et d'enquête qui se ponctuaient par cette révélation que je redoutais.

« J'ai besoin de m'éloigner quelque temps, j'ai un service à te demander. » Je n'avais alors aucune certitude sur la façon dont Loïs allait réagir à ma première lettre, s'il allait même la lire. Mais dans le cas où ma disparition l'intéresserait, il allait probablement se rapprocher d'Endless pour comprendre mon absence. J'ai demandé à Emmanuelle si, les semaines suivantes, elle ainsi qu'Anne Montelier pourraient permettre à Loïs d'enquêter à Endless. « Je ne vous demande pas de l'aider, juste de ne pas lui mettre de bâtons dans les roues. » Anne avait donné son accord.

Le lendemain matin, j'étais dans l'avion.

32

Mon cher Julien,

Le cri d'Harold Berger résonne encore en moi. Les fouilles de Piryadi, que nous avions commencées depuis plus de trois semaines, nous offraient chaque jour la confirmation que nous mettions très probablement à nu la première ville au monde. L'ambiance dans le groupe était euphorique, et Harold hurlait de joie dans la nuit. En buvant une bière que Clifford m'avait gentiment glissée sous le manteau, je songeais à la chance que j'avais eue d'intégrer cette mission qui allait marquer l'histoire de notre discipline, nous en étions désormais convaincus. Les journées étaient trop courtes, bientôt nous allions avoir besoin de renforts même si nous repoussions cette hypothèse. Notre quatuor formait un bloc soudé, chacun pilotait un chantier tout en apportant ses compétences sur les zones de ses collègues. Sylvain l'épigraphiste, Ariane l'archéozoologue, moi le topographe, Harold se chargeait de la coordination, c'était indispensable tant la charge de travail était lourde, et sous presque cinquante degrés certains jours.

À chaque coupe stratigraphique nous creusions les tells comme un gâteau, en commençant par le haut, avant de plonger vers une nouvelle piste, le plan d'une habitation ou d'un système d'irrigation, ce qui ressemblait à un four, les vestiges d'une pièce peut-être destinée à des bains, des traces de foyers qui avaient fossilisé le bois des bols et écuelles que nous ramassions aux quatre coins du site. La tente qui abritait nos découvertes était désormais remplie de sachets étiquetés, bourrés de pièces peintes ou brutes. Mille pistes s'offraient comme une imagination libérée de toute contrainte. Tout était possible. Cette *terra incognita* devenait notre domaine. Nous rêvions déjà de lancer un grand programme pour établir la carte archéologique de la région dans les dix prochaines années. Nous étions des pionniers, peu d'expériences offrent un tel sentiment de puissance. C'était comme si la somme de travail que nous avions fourni les uns et les autres, nos rêves de gamins, nos études, nos stages, nos premières missions formaient enfin une trajectoire cohérente, donnaient à nos vies de l'épaisseur. « Nous rentrons dans l'Histoire », avait solennellement déclaré Harold après plusieurs jours de fouille en contemplant sur nos ordinateurs la première vue globale du site que nous venions de dessiner.

C'était tacite, mais Harold Berger m'avait désigné comme son adjoint. Les deux autres membres de l'équipe, Sylvain et Ariane, étaient plus expérimentés que moi, ils connaissaient Harold depuis longtemps, et pourtant il ne cessait de me consulter, de m'interroger, me prenant parfois à part à la fin d'un repas pour définir la stratégie des prochains jours. Sa méthode était subtile car assez vite nos deux collègues avaient pris l'habitude de me demander mon avis lorsqu'ils hésitaient sur l'interprétation d'un plan, l'observation d'une pièce, l'appréciation du sol. J'étais devenu le référent du chef, sans que les choses aient eu besoin d'être formulées.

Je n'ai donc pas été surpris lorsqu'un matin, le lendemain de cette soirée où Berger avait ri et crié dans la nuit, il avait annoncé qu'il devait se rendre à un rendez-vous avec des représentants des autorités locales, à quelques kilomètres de nos chantiers. Il souhaitait que je l'accompagne, nous serions absents trois ou quatre heures. Nous avions d'abord roulé une demi-heure environ, il s'agissait d'avancer tout droit jusqu'au premier village. Lorsque des maisons étaient apparues, un 4X4 couleur sable nous attendait et son conducteur, d'un simple geste du bras, nous avait incités à le suivre. Il avait ouvert la voie à travers plusieurs petites rues désertes ou presque, traversées par des groupes d'enfants qui couraient en poussant des cris d'excitation, jusqu'à une grande bâtisse blanche dont les murs gardaient la trace d'impacts de tirs, sans doute lors d'affrontements entre les troupes kurdes et des groupes d'islamistes qui rôdaient dans la région, davantage à la recherche de rapines que d'opérations de guérillas.

Un homme de haute stature, vêtu d'un treillis militaire bleu, nous avait accueillis en parlant fort, les bras grands ouverts. Harold était traité avec égard, l'homme lui assénant de grandes tapes dans le dos en l'appelant «*My French friend*». Harold l'appelait aussi «*My friend*», sans le nommer davantage, cela m'avait mis mal à l'aise. Nous avions pris place dans un vaste salon meublé de deux larges canapés en cuir beige et d'une table basse sur laquelle reposait un plateau avec des bouteilles d'eau, une théière, des verres et des tasses. Quelques hommes armés étaient postés près des diverses entrées de la pièce. Ils ne semblaient pas inquiets, plutôt concentrés, une main posée sur le canon et un doigt sur la détente de leurs mitraillettes.

J'ignorais l'objet du rendez-vous mais je me sentais, malgré ma gêne, important. Sans doute était-ce dû au côté irréel et vaguement menaçant de la scène. Tu reviens de très loin, me disait une petite voix dès l'instant où je m'étais assis à côté d'Harold Berger, face à notre hôte et à un quatrième homme, minuscule et vêtu d'un costume noir poussiéreux, qui était son interprète. Après plusieurs années rythmées par un mélange d'attente, de petites missions, parfois de qualité mais trop courtes, ou de stages en Auvergne, je me retrouvais adoubé par le «pape» des missions moyen-orientales pour un travail qui s'annonçait déjà historique et sur le point de négocier un accord semblait-il très utile pour notre travail. Harold aurait pu me demander n'importe quoi, ou presque, je l'aurais satisfait.

Après nous avoir servi de l'eau et du thé, l'homme au treillis avait longuement parlé. Comme souvent avec les langues étrangères, j'étais incapable de situer l'intérêt, et même l'ampleur, de son propos : étions-nous déjà dans le cœur du sujet, ou nous accueillait-il par des mots de bienvenue? L'interprète hochait la tête afin d'indiquer qu'il suivait son raisonnement. Harold restait impassible, il tirait sur sa cigarette et rejetait lentement la fumée par le nez. Au loin, les enfants criaient de joie, j'avais l'impression qu'ils vivaient dans un autre monde.

L'interprète s'était lancé dans une traduction en anglais. L'exercice était laborieux, il essayait de parler vite, comme pour nous impressionner, mais son accent découpait les mots et il oubliait des syllabes. Il me semblait pourtant comprendre peu à peu qu'il était question d'un accord et d'argent. Une proposition nous était faite. Le ton n'était pas agressif, je comprenais plutôt que l'offre pouvait nous échapper si nous ne nous prononcions pas rapidement. « *Take it or leave it* », avait brutalement lancé l'homme en treillis en riant avec force, fier de montrer qu'il connaissait au moins une expression en anglais. À prendre ou à laisser.

« Je ne comprends rien, Harold. » Mon chef m'avait emmené dans le patio qui bordait le salon. Il avait allumé une nouvelle cigarette dans l'air brûlant, on distinguait à peine la fumée tant la lumière était blanche. Il avait commencé par une très longue phrase marquée par de courtes pauses, il jetait des coups d'œil par-dessus mon épaule, puis les mots qui revenaient plus vite, les chiffres ensuite, et mon cerveau qui ne comprenait pas, ou ne voulait pas comprendre que l'homme au treillis bleu et Hadjeb nous proposaient cent cinquante mille dollars chacun en échange de nos certificats officiels, qui permettraient à la Dame de Warka de quitter l'Irak. « La Dame de Warka ? La vraie ? » « Oui, c'est un miracle qu'elle ait été retrouvée intacte. Il y a aussi un lot de dix statuettes de femmes d'une grande valeur. Tout a été volé à Mossoul par un groupe d'islamistes dirigé par un certain Hadjeb, qui contrôle la région. Il vient de revendre les pièces à notre homme qui affirme avoir une touche en

Turquie, auprès d'un galeriste, pour les revendre. Ils ont besoin de nous parce qu'ils veulent éviter la route du désert. Avec une pièce d'une telle valeur, dont le vol a déjà fait le tour du Kurdistan, ils s'exposent à une embuscade, c'est évident. Alors ils ont besoin de nous pour la sortir. Loïs, tu dois comprendre qu'ici, la corruption est partout. Les directeurs de l'archéologie ne sont la plupart du temps que des ignares qui reluquent notre argent, incapables d'imaginer que nos budgets sont plafonnés à vingt mille euros. Dix fois j'ai eu des appels du pied pour les inviter à Paris dans des palaces, l'autre jour un député m'a expliqué ne pas comprendre pourquoi il y a plus de touristes à Londres qu'à Chamchamal ! Ils ne connaissent rien. Les trafiquants, eux, ont de l'argent. Avec un bon paquet de dollars, ils savent que les douaniers fermeront les yeux. Mais il leur faut des documents officiels, surtout les certifications d'exportation. Ça, c'est nous qui les avons. » Harold avait senti venir ma question. « Sylvain et Ariane ont déjà accepté, il ne reste que toi. Nous avons peu de temps. » Je comprenais à quoi avait tenu cette officieuse place d'adjoint, tout comme devenait concrète la réputation sulfureuse de Berger.

Des sentiments aussi opposés que l'humiliation et la fierté peuvent se partager le même instant. Ainsi, Harold Berger me regardait comme un homme susceptible d'accepter un pacte de corruption, un confrère capable de piétiner ses valeurs cardinales contre de l'argent facile. Mais il me considérait aussi comme un des siens, assez solide pour partager ses inavouables secrets, sachant apprécier l'opportunité qu'il m'accordait. J'avais quelques minutes pour choisir le visage que j'allais lui offrir. Le temps, d'habitude mon allié, devenait mon pire ennemi. Sa combine fonctionnait depuis deux ans environ, toujours avec Sylvain et Ariane. « Dès qu'on est rentrés dans le pays, j'ai compris. » Le chaos régnant en Irak avait fait exploser les trafics de pièces, sur chacun de ses chantiers il était approché par des chefs de bande dont les camionnettes étaient pleines d'œuvres dérobées dans les musées et les palais du pays. La demande était toujours la même : habiller les pièces de documents officiels pour achever d'endormir les gardes-frontières. Harold affirmait avoir résisté plusieurs fois, avant de craquer. « C'est si simple. »

La plupart du temps, il ignorait la destination finale des convois. Il n'en entendait plus jamais parler, les réseaux étaient assez aguerris et professionnels pour s'évanouir n'importe où en Europe. Il rentrait en France avec ses dollars qui, eux, franchissaient les frontières sans difficulté grâce au statut officiel de sa mission. Il y avait de bonnes affaires, « mais, là, c'est exceptionnel, dix fois ce qu'on nous propose en général. Dis-toi une chose, Loïs : où qu'elle soit, la Dame de Warka sera dans une meilleure situation qu'ici ». Cent cinquante mille dollars. Plus de deux ans de salaire.

Les hommes s'agitaient dans le salon. Celui au treillis bleu parlait fort au téléphone avec Hadjeb, qui devait lui mettre la pression. L'interprète faisait les cent pas, seuls les gardes demeuraient de marbre sous leurs casquettes. Harold avait remis ses lunettes de soleil mais je savais qu'il me fixait. J'ai pensé à toi. À ma place tu aurais refusé, bien sûr. Trop droit, trop honnête, trop intransigeant. Tu aurais même sans doute décliné cette mission, inquiet du parfum sulfureux entourant Harold Berger. C'est en pensant à toi qu'un brutal élan d'égocentrisme m'a envahi. Un goût de revanche, une pulsion de fierté. Après des années d'échecs et de tâtonnements, j'étais enfin le membre d'une mission qui allait rentrer en France auréolée d'un prestige comme cela arrivait rarement dans une carrière. J'imaginais le déjeuner que nous allions partager, où je te raconterais (presque) tout, où nous lirions ensemble un article que *Le Monde* aurait consacré à nos découvertes. Contre quelques certificats tamponnés sur une caisse, c'était tout. Rien ne pouvait nous arriver. J'ai hoché la tête, Harold s'est dirigé vers la maison. Je suis resté dans le patio, redoutant de comprendre son long cri de joie dans le désert, la veille. Dans l'après-midi, Harold s'était absenté pour un rendez-vous « administratif, un chefaillon de la région à qui il faut montrer patte blanche ».

En une seconde, un mot, une décision, une vision vous projette dans un nouvel état. Tout change. J'éprouvais cette fragilité de l'instant en regardant Harold échanger avec l'homme au treillis bleu. Leur conversation signait la fin de la grâce rencontrée depuis le début de la mission et dont, une semaine plus tôt, nous avions atteint l'acmé.

C'était un matin, je travaillais dans une zone reculée du chantier, à une vingtaine de mètres d'Ariane. Le silence total avait été percé par son cri de surprise. Je m'étais rapproché, elle se tenait accroupie, ses mains tremblantes réajustant sa casquette. Je m'étais penché par-dessus son épaule : dans un creux reposait une écuelle à bords biseautés, puis une autre, et une autre. « J'ai nettoyé un peu de sable, je pensais tomber sur un nouveau morceau de vase difforme, et puis voilà... » Des écuelles en céramique aussi bien dessinées, rangées de façon aussi régulières signaient deux faits historiques : une date, d'abord, 3 900 ans avant Jésus-Christ, car avant ce moment aucun objet de ce type, fabriqué à l'aide de fours sophistiqués, n'avait été retrouvé; la présence des Urukiens, ensuite, le peuple majeur de la Mésopotamie, connus pour avoir développé la production de céramique à grande échelle, et pour avoir fabriqué ces écuelles à la forme si particulière.

Si Ariane tremblait, c'est parce qu'à ce jour les connaissances dataient la présence des Urukiens dans la région de Piryadi à 3 600 ans avant Jésus-Christ. En une seconde nous venions d'effectuer un saut dans le temps de trois siècles. Ariane m'était tombée dans les bras. Ce n'était pas tout. Les jours suivants, nous avions retrouvé une trentaine de fours alignés en batterie dans des bâtiments aux dimensions beaucoup plus vastes. Nous avions la preuve d'un début d'organisation sociale du travail, les hypothèses des atlas prenaient vie. Piryadi était notre éden.

J'ai attendu Harold dans le patio brûlant, je ne voulais plus remettre un pied dans le salon de la conspiration. Tout était allé si vite. Les remords affleuraient déjà, je luttais pour déterrer des arguments valables. Je connaissais la Dame de Warka. J'avais lu les témoignages des archéologues allemands qui l'avaient découverte il y a presque un siècle à quelques kilomètres. Dans la bibliothèque de la « Maison », je m'étais égaré dans ce regard vieux de quatre mille ans. Ses yeux avaient dû être arrachés ici, à Piryadi, lors d'un pillage, à cette époque c'était déjà monnaie courante. Comme tous les spécialistes j'avais eu vent de sa disparition lors de la catastrophe de Mossoul, et je m'étais parfois demandé quel avait pu être le destin d'une telle œuvre. Je savais, et je venais d'y contribuer de la pire des manières.

Mais un autre sentiment m'envahissait, que je laissais s'épanouir dans les replis de ma conscience tant il représentait ma bouée de sauvetage. Notre contribution à l'histoire des connaissances était réelle, et importante. Sans l'intuition qui avait poussé Harold Berger à feuilleter ces vieux documents, sans son obstination à convaincre le Quai d'Orsay de ferrailler avec l'Irak pour décrocher notre autorisation, sans le vieil homme du souk de Chamchamal, un pan majeur de l'archéologie et de l'urbanisme serait toujours sous terre. Puisque la mauvaise foi est sans limites, je songeais que nous allions sauver la Dame. Revenu au campement j'avais demandé à Berger, sous les regards silencieux de Sylvain et d'Ariane, s'il savait entre quelles mains la statue allait se retrouver. D'après ce que lui avait dit l'homme en treillis bleu, elle avait été achetée par un Chinois vivant souvent en Europe. « Un collectionneur, il paraît qu'il est dingue de la Dame depuis des années », avait lâché Harold. Si, en plus, nous faisions un heureux...

Quelques jours plus tard, j'étais dans mon deux-pièces, avec les cent cinquante mille dollars au-dessus de mon dressing. J'ai commencé à échanger la somme contre des euros par petits paquets de cinq cents ou mille dans des bureaux de change différents, un peu partout dans Paris. C'est très routinier. Je n'ai encore rien fait de particulier avec cet argent dont je n'ai pas vraiment besoin, mais cela n'a rien à voir avec le frisson de ce « oui », l'exaltation de la ligne rouge franchie.

Lors de mon passage à Paris, nous avions dîné ensemble sur une jolie terrasse. Tu t'apprêtais à partir pour la première fois en Suisse pour un voyage d'étude. J'étais si léger, pas encore encombré par le poids de ma décision. En réalité, je n'avais plus de repères. Je flottais encore dans ce parfum d'héroïsme que laissent dans leur sillage plusieurs semaines dans un pays aussi délabré, abandonné, où les règles officielles volent en éclats. Un territoire où chacun se débrouille comme il peut, où chaque jour est une victoire. « *Godless* », disait Clifford. Sans foi ni loi. Je t'avais raconté nos premiers succès sans même repenser une seconde à cet argent, ce soir-là c'était totalement secondaire par rapport à ma fierté de te faire partager cette réussite.

J'ai compris à ta deuxième lettre. Longtemps tu n'as pas pu dépasser tes soupçons puisque mon nom vient seulement d'apparaître dans le dossier judiciaire, d'après ce que m'a expliqué hier un policier. Mon existence délinquante, elle, est bien plus ancienne. Après l'accord sur la Dame de Warka, et les certificats discrètement apposés un soir dans la lumière de nos 4X4, l'opération n'a pas duré une demi-heure, nous avons poursuivi notre travail pendant plusieurs semaines. Nous ignorions l'arrestation du convoi de la Dame et que, depuis les aveux du galeriste Ylmaz, dont je viens de découvrir l'existence, nous étions sous surveillance. Très haut dans le ciel de Piryadi tournaient des satellites qui nous enregistraient et nous filmaient. D'après mon avocat, les enquêteurs ont gardé ces informations secrètes le plus longtemps possible. Je vais bientôt découvrir le fruit de ces recherches. Peut-être la photo de mon visage apparaît-elle dans les ordinateurs de la police des frontières dans les péages, les gares et les aéroports. J'ai parfois l'impression qu'une énorme vague me rattrape.

Si je viens seulement d'apprendre le tour judiciaire de l'affaire, j'ai compris depuis plusieurs mois que la Commission des fouilles m'avait mis sur la touche. Le silence de ma hiérarchie, l'absence de nouvelle mission m'indiquait que l'état de grâce qui avait accompagné notre retour était bien loin. Mais protester contre cette indifférence revenait à me dénoncer. J'étais coincé. J'ai fini par attendre la foudre, et ta première lettre est arrivée. Je viens de découvrir que je ne peux même plus accéder à mon dossier administratif. J'ai appelé Harold Berger qui m'a appris sa mutation dans une direction régionale.

Jusqu'à cette lettre, pourquoi un tel silence? «C'est toi qui as commencé!» ai-je envie de crier comme lorsque nous étions gamins et qu'il fallait démêler, tâche souvent impossible, l'origine d'une bagarre. Si j'avais choisi d'en parler à une seule personne, cela aurait été toi, je ne sais même plus si tu en as conscience. J'ai parfois hésité mais tu avais déserté notre histoire, et je me suis enfermé dans mon silence coupable. Par honte, bien sûr, mais aussi par orgueil, terrifié en imaginant l'humiliation d'un aveu devant toi. Je ne saurai jamais comment tu aurais réagi si je m'étais confié, c'est désormais le scénario impossible de nos vies, l'irréparable contretemps. Tu m'imposais ton mutisme, j'ai construit le mien pierre par pierre, repoussant sans cesse le moment de revenir vers toi. Je t'attendais, tu n'es jamais venu. Nous progressions dans des directions diamétralement opposées. Sans le savoir.

Souvent, je t'en veux. Avec violence. Avec tristesse. Pour l'obscurité dans laquelle tu nous as plongés, et tu m'as abandonné, pendant ces deux années. Aujourd'hui tu surgis et tu t'ériges en procureur de ma vie, me crucifiant sans défense possible. Tu ne nous as laissé aucune chance, comme si, même inconsciemment, tu avais voulu tuer notre histoire comme on laisse mourir un feu. C'est un homicide plus involontaire que volontaire. Mais cela reste un homicide. Ton silence punit un acte, c'est plus noble qu'une distance qui n'aurait été fondée sur rien, une de ces séparations nées de l'indifférence et de la bêtise, du manque d'amour, de la fatigue de vivre. Mais la douleur de la sanction n'en est que plus vive.

Comment as-tu pensé que mon bonheur pouvait survivre, intact, dans de telles circonstances ? Tu m'as vitrifié dans une image fausse, parce que cela t'arrangeait. Passé l'excitation du moment, j'ai perdu l'équilibre. Je m'en veux. Cent fois j'ai rejoué la scène qui m'a été fatale, cent fois j'ai résisté, j'ai dit « non » à Harold Berger. Mais c'était trop tard. Il y a toujours, dans ces situations extrêmes, un moment où c'est trop tard, c'est d'ailleurs la limite que chaque délinquant, faussaire ou criminel, recherche. J'ai commencé à vivre avec mon acte, à l'intégrer comme un épisode avec lequel ma conscience allait devoir cohabiter.

C'est malheureusement assez simple d'être un homme corrompu, j'ai aimé écouter Antoine Hermann partager son expérience. C'est un crime de conscience sans trace de sang, cela change beaucoup de choses au sentiment de culpabilité. Seules des règles et des lois sont violées. Il faut être capable de faire son ménage intérieur, et c'est peut-être de cette facilité que tu as voulu me punir. De toute façon, qu'aurais-je pu réparer entre nous ? Jamais tu ne m'as cédé le moindre indice, jamais je n'ai pu imaginer ce que tu avais découvert. J'ignore toujours ce qui t'a mis sur ma piste, à quel instant tu as compris. J'ai si longtemps vécu en aveugle.

Nos mensonges ont été nourris de silence plutôt que de cris. Sont-ils des faux mensonges ? Des sortes de tricheries qui tendent vers le vrai, qui voudraient muer vers l'authenticité ? Je t'ai épargné ma honte par amour ; tu es resté si longtemps silencieux pour me protéger. Nos vérités se sont cachées dans les plis de nos pudeurs, elles y ont moisi et sont devenues des poisons.

Je suis assis sur ta chaise, à ton bureau, dans ton appartement que je viens de nettoyer et ranger de fond en comble. Dans la nuit j'ai fini ton rhum et ton dernier cigare.

Le policier m'a convoqué à une première audition. Je serai face à lui dans une heure. J'ai peur.

J'espère qu'un jour tu me pardonneras.
Mon frère.

Loïs

33

Mon cher Loïs,

Tu te souviens des insectes que tu broyais lentement entre tes doigts sous mon regard affolé ? Je te suppliais de t'arrêter mais tu ne m'écoutais pas, en souriant tu arrachais une autre patte ou une aile à ta victime. J'insistais, la fourmi, la libellule, le papillon ou la coccinelle n'avait aucune chance de se défendre, c'était gratuit et injuste, en réponse tu moquais mon inquiétude, leur vie ne comptait pour rien disais-tu, tu jouais avec moi comme avec ta proie dont tu aimais saisir un membre ou la tête entre deux ongles et tirer d'un coup sec. C'était un de mes objectifs secrets lorsque nous partions jouer derrière la maison, « aujourd'hui Loïs m'écoutera, il ne tuera pas d'insectes ». Je n'ai jamais réussi à te convaincre.

Mon appartement est aussi propre qu'à mon départ. Seule ta lettre posée sur la table basse, ma cave à cigares vide et moins de rhum dans ma collection trahissent ton passage. Depuis mon retour, il y a trois jours, je ne suis pas encore sorti. Je profite des derniers après-midi sur la terrasse, mais l'air devient froid, la lumière baisse vite en fin de journée, l'automne approche. Je reprends contact avec mes objets, les bruits, les craquements du parquet, la douceur de mon tapis, le petit rai de lumière que je ne suis jamais parvenu à occulter dans ma chambre. Je vais enlever les photos avec Lisa, ce sera ma réponse à ces mois sans avoir envie de lui donner de nouvelles, et sans en recevoir.

Dans l'avion du retour, j'ai repensé à une histoire de notre enfance. Un matin, alors que nous étions tous les deux seuls à la maison, nous nous étions chamaillés très fortement, jusqu'à nous battre sur le sol de la cuisine. Nous étions tout petits, environ sept ans pour moi et six pour toi. Tu avais caché mon sweat-shirt préféré, j'étais en droit de protester, c'était limpide. Puisque rien ne te faisait avouer où tu l'avais caché, j'avais entrepris de traverser la ville à pied pour raconter le premier ma version à papa. Au moins vingt minutes de marche sous un soleil de plomb, les yeux fixés au sol. J'avais une trouille terrible de salir mes chaussons, je redoutais les questions de chaque adulte que je croisais, mais j'avançais, pris d'une urgence absolue. Il fallait que ma vérité devance la tienne, sinon tu étais capable de trousser un mensonge implacable qui m'attribuerait le mauvais rôle. Plus que la justesse de tes mots, je craignais ton intensité, la force que tu mettrais dans ton récit. Ce mélange d'intuition et de raison dont les enfants se nourrissent est fascinant. Comme un pressentiment.

Mes sentiments d'adulte, eux, ont cédé sous les coups de boutoir combinés du destin et de la raison. Avant cette stratégie qui t'a amené sur mes traces et, surtout, au cœur de ta vie, il y a eu l'incroyable hasard d'une rencontre. D'après ta lettre, tu n'es pas au courant de ma rencontre avec Ho. Ta victime, votre victime. C'est lui qui m'a fait basculer avec certitude sur le chemin de ta culpabilité, avant de fuir. Devenir l'accusateur, enfin certain de sa légitimité, est une situation plus douce que le soupçon qui m'a rongé pendant ces deux années de silence. Lorsque j'ai compris, grâce à Fiona, ce qui se tramait en Irak, je t'imaginais sous le soleil, ruisselant de sueur, poussiéreux, ou enfermé dans une tente devant vos appareils de mesure, entouré de tes complices. Vos découvertes vous rendaient puissants, dominateurs, déjà les premiers messages de félicitations tombaient depuis les hautes sphères du Quai d'Orsay, les rallonges budgétaires surgissaient comme par magie, vous deviez prolonger votre mission. Malgré ces premières marques d'intérêt, vous étiez toujours les maîtres de votre territoire, les intouchables. Les limites s'évanouissaient. « *Godless* », écris-tu, comme si cet environnement vous avait dévoré le cerveau.

La réalité est moins indulgente, et penser que vous avez contribué à placer la Dame de Warka à l'abri est un cache- misère : tu l'as vendue comme une esclave, une prostituée. Contre de l'argent, tu as pris le risque qu'elle soit jetée dans les fosses de l'Histoire, évanouie dans le tumulte d'un pays en guerre, car rien ne vous garantissait que la statue arriverait à bon port. Vous avez accepté de jouer avec des truands, vos digues ont volé en éclats devant la couleur de l'argent : c'est un comportement primaire. J'aurais pu te prévenir plus tôt de l'enquête, m'accuseras-tu sans doute. Cela n'aurait rien changé. Lorsque mes premiers soupçons ont pris forme, j'avais déjà les statuettes sous les yeux, et la Dame était en chemin vers l'Europe, c'était trop tard.

Mais il me fallait cette preuve indiscutable, ce fut Ho, l'incarnation vivante du trafic. Il est coupable, lui aussi, d'avoir cédé à la tentation, mais sa sincérité n'est pas enrobée de mauvaise foi : il souhaitait retirer la Dame des griffes d'hommes comme vous. Il l'a vraiment aimée, comme on aime un être qu'on veut protéger. Il reste l'homme dépouillé de son rêve par votre folle prise de risques. Il a même dû résister à la pression de la diplomatie française pour participer à l'enterrement de vos agissements en retirant sa plainte. Il s'en fichait de l'amende, il pouvait en payer cent. Un seul objectif l'a animé : garder les mains libres pour obliger les enquêteurs à avancer, c'est le sens de son stratagème pour annuler l'accord du 6 juin. Lorsque je l'ai rencontré, tu n'étais qu'un nom dans la liste que lui avait fournie Ylmaz. Tu n'apparaissais nulle part ailleurs. Je t'ai donné chair, dans ses yeux tu as pris forme. Nos colères se sont nourries puisque depuis deux ans déjà je vivais dans le soupçon. J'étais épuisé et rongé. Lorsque j'ai compris qu'il irait au bout de sa punition, j'ai décidé de partir. Et de t'écrire la première lettre.

Avant de t'attirer dans mes filets pour te confronter à toi-même, j'ai su me montrer patient. Sur ce point, je suis ton exact opposé : l'hôpital, enfant, a gravé en moi l'instinct de l'attente. Je peux devenir une pierre, un bloc que rien ni personne ne bougera tant que je ne l'aurai pas décidé. J'ai espéré mes parents pendant des mois, la marque de cette attente est indélébile. J'aurais pu passer des années dans le petit bureau à côté de celui de Fiona à examiner ces documents judiciaires jusqu'au jour où la preuve ultime de ta culpabilité apparaîtrait. J'étais convaincu qu'il ne s'agissait que d'une question de patience. J'étais le guépard tapi dans la savane, immobile mais l'œil vif. J'ai connu des moments d'abattement, malgré tout. Les mois filaient et ton nom n'apparaissait nulle part, seule la rumeur courait. Fiona tentait d'en savoir davantage mais rien ne filtrait, « mes contacts en France sont tétanisés, ils attendent que l'enquête explose ».

Plusieurs fois, j'ai été tenté de t'appeler pour percer l'abcès. Le téléphone en main, ton contact sous les yeux, un effleurement du doigt pouvait suffire pour, peut-être, t'arracher un aveu, et surtout comprendre. Mais je n'y arrivais plus, et ce fut le sentiment le plus éprouvant. Un seul appel et je ruinais des mois d'efforts : tu n'aurais plus abordé ma prise de distance avec la même attention. Plus tard, tu aurais vu dans ma disparition le geste de ce frère parfois étrange, cette décision ne t'aurait peut-être même pas surpris. En lisant ma première lettre tu devais d'emblée rentrer dans un mystère, puis découvrir qu'il s'agissait du tien. Et non du mien. Tu devais t'enfermer dans ta propre vie. J'ai donc continué les SMS et, au fil du temps, cela m'a suffi. Te voir, heureux, devenait inconcevable alors que mon incertitude s'effritait à chacun de mes passages genevois, qui me prouvaient que mon frère devenait le complice d'un trafic odieux pour la mémoire de l'humanité. J'ai beau travailler à l'autre bout de l'échelle du temps, le passé ne m'est pas un territoire étranger, aride et froid comme un désert la nuit.

Sur mon île, j'ai découvert un phénomène étonnant. Dans les criques l'océan est comme une flaque, à peine frémissante de clapotis, jusqu'à la fin de l'après-midi. Peu avant le coucher du soleil, une première vague surgit. Sa soudaineté est incroyable, elle crève la surface de l'eau, un peu comme lorsqu'on propulse de l'air sous un tapis. Puis pendant deux bonnes heures le roulis ne cesse de délivrer des assauts puissants qui semblent vouloir conquérir toute l'île. Quand la nuit est enfin noire la mer s'apaise, jusqu'au lendemain. Pendant ces deux années, j'ai été l'eau de ces criques.

J'ai téléphoné à papa et maman qui m'ont appris ta mise en examen. Ils ignorent où tu te trouves. Ils semblaient complètement perdus, tu aurais pu les appeler directement plutôt que de confier cette tâche à ton avocat. Papa a lu l'enquête du *Monde*, il a été accablé d'y lire pour la première fois le nom d'un de ses fils dans ces circonstances. Maman n'a presque rien dit, je l'ai entendue soupirer plusieurs fois dans le deuxième combiné, « tu te rends compte, il a un contrôle judiciaire », a-t-elle fini par lâcher. Je dîne chez eux la semaine prochaine.

J'ai décidé que, cette fois, je n'allais pas regarder les albums photos. Je vais plutôt leur poser des questions, j'ai besoin de leur récit pour continuer à éloigner mes démons, à mon tour de jouer à l'archéologue familial. Adolescent, je dressais des listes de tout ce que je possédais : disques, livres, vêtements. Puis j'avais élargi ma recension à des moments et des lieux : pays visités, buts marqués au foot, livres lus, concerts. Je voulais « retenir mon bonheur ». Tu répliquais qu'il suffisait de vivre pour être heureux. Peut-être, dans le patio brûlant, as-tu cédé à ce pouvoir de l'instant, la promesse facile du plaisir ?

J'ai été cruel avec toi. Parfois vicieux. J'en ai pleinement conscience tout comme, je l'espère, tu mesures désormais la gravité de ton acte. Cela ne signifie pas que tu sois un être entièrement mauvais, gangréné par la corruption, rongé par une faiblesse de caractère qui aurait fait de toi le laquais de tes acolytes, et, de moi, ton ennemi total. Je ne me suis pas davantage vengé d'un quelconque passé qui aurait dicté chacun de mes choix, hanterait chaque minute, même si l'ombre de certains épisodes ne me quitte pas. J'ai, aussi, tant de souvenirs heureux avec toi que mon regard n'est pas, pour toujours, assombri par ton geste. Mais celui-ci reste impardonnable. Oui, j'ai décrété que tu ne pouvais pas vivre sans en prendre conscience, et j'assume ce choix. C'est peut-être aussi cela, être frère.

J'ai voulu te sauver. En ce sens, et malgré cette méchanceté que j'ai déployée à ton égard, je reste un homme bon et, je crois, juste. Toi aussi, malgré ta défaillance, et la noblesse de ton choix de carrière le prouve. Nous sommes des hommes méritants mais parfois victimes, comme tant d'autres, de la laideur que le monde est capable de nous infliger. Vivre est trop souvent un acte de résistance face aux pièges, aux tentations, toute cette avidité qui devrait être la norme. Il n'y a pas de plus grande qualité que le courage, la cohérence entre nos actions et nos idées. L'autre jour, j'ai lu l'histoire d'un garçon âgé d'une vingtaine d'années emporté par les flots alors qu'il avait plongé pour sauver la vie d'un enfant. Il n'y a pas de pire et de plus belle mort.

Avec toi, les insectes n'avaient pas de deuxième chance, mais je vais t'en laisser une. Je ne sais pas combien de temps cela va me prendre, ni comment je vais procéder, mais je vais te retrouver. Par les parents, j'ai appris que tu n'as pas le droit de quitter la France. Ils m'ont aussi donné l'adresse de la poste restante indiquée par ton avocat. Je viens de l'appeler, il m'a certifié ignorer l'endroit où tu te caches. Il m'a semblé sincère mais c'est lui qui a employé ce verbe. Tu te cacherais, donc. Mais de qui ? De moi ? De tes collègues ? De toi, peut-être ? Le procès devrait avoir lieu dans un an au mieux, peut-être deux. Tu as du temps devant toi. Un peu d'argent, puisque tu n'es que suspendu. En revanche, ce qui restait de tes cent cinquante mille dollars convertis en euros a été saisi.

Je veux me retrouver face à toi, parce que tu es mon frère.

Ce jour-là, nous ne reparlerons plus de cette histoire. Nous prendrons place sur une terrasse, tu voudras un demi, moi un verre de vin. Il nous faudra passer commande, et pas seulement lever le bras comme au Voltaire. Peut-être soupireras-tu, et je me demanderai si c'est de plaisir, de soulagement, ou par envie d'expliquer, de te justifier. Je lèverai alors doucement la main pour t'interrompre et tes mots mourront au bord de tes lèvres. Nous aurons sans doute envie de pleurer.

Ce jour-là, je déciderai qu'on ne peut pas lutter contre la fraternité. On peut s'éloigner, disparaître, faire du mal, jeter toutes ses forces pour tirer un trait sur le passé, jusqu'à en crever la page, mais on ne peut rien contre le souvenir d'un frère ou d'une sœur. Une image, même une seule, le son d'une voix ne s'effacent jamais. Je préférerai le camp de la vie, car l'absence de choix c'est la mort qui a déjà rôdé. Je me dirai, aussi, que j'ai beaucoup lutté pour que tu comprennes combien je t'aime. Dans cette histoire, le plus simple aurait été de te laisser partir à la dérive. Tu as peut-être cru que je t'avais piégé en semblant fermer les yeux, alors que je veillais, grand frère intransigeant. Peu importe mon silence. Ne rien faire aurait été mon pire mensonge.

Mon cœur toujours t'attendra.

Je t'embrasse.

Julien

Création graphique de la couverture
et de la mise en pages intérieure :
Hokus Pokus Créations.
Le texte est composé en Andada, un caractère dessiné
par Carolina Giovagnoli pour Huerta Tipográfica.

Composition et mise en pages
Nord Compo à Villeneuve-d'Ascq
Achevé d'imprimer en décembre 2019 par Grafica Veneta,
Trebaseleghe, Italie
Dépôt légal : février 2020 – Édition : 01
64-52-0147/4

Imprimé en France
FRHW011114110724
39734FR00004B/71

9 782234 088269